Christoph Marzi

Malfuria. Die Königin der Schattenstadt

Für Ivan

Weitere Bücher von Christoph Marzi
im Arena Verlag:

Malfuria. Das Geheimnis der singenden Stadt
(Band 1 der Malfuria-Trilogie)
Malfuria. Die Hüterin der Nebelsteine
(Band 2 der Malfuria-Trilogie)

Christoph Marzi

Malfuria

Die Königin der Schattenstadt

Arena

In neuer Rechtschreibung

1. Auflage 2008

Einbandillustration: Ralf Nievelstein
Gesamtherstellung: Westermann Druck Zwickau GmbH
ISBN 9-783-401-06128-3

www.arena-verlag.de

Inhalt

Prolog

Die große Silbermünze funkelte im gleißenden Licht der Sonne. Das junge Mädchen, das hoch oben auf dem schroffen Felsen von Gibraltar saß und hinaus auf die ruhige See blickte, betrachtete den Schatten, der gehorsam und still jeder seiner Bewegungen folgte. Die pechschwarzen Haare des Mädchens fielen ihm bis über die Schulter und in den dunklen Augen stand die Sehnsucht nach fremden Ländern, fernab des mächtigen Hauses, das sich hinter ihr über den Gassen der Stadt erhob.

Der warme Ostwind kräuselte die klaren Wellen in der breiten Bucht, die bis hinüber nach Marokko reichte, wo es geheimnisvolle Geister in sorgsam verkorkten und seltsam geformten Flaschen geben sollte, genau wie die fliegenden Teppiche, von wunderschönen Dschinnis gewebt. Die dunkelhäutigen Händler, die bei ihrem Vater vorsprachen, wussten davon zu berichten.

Dann stellte sich Kassandra vor, all diese fernen Orte bereisen zu können, und manchmal, in den stillen Augenblicken zwischen Wachen und Schlafen, malte sie sich aus, eine richtige Reisende zu sein.

»Du darfst nicht träumen.« Das waren die Worte ihrer Lehrerin, der *Maestra*. »Du musst lernen, deine Gedanken zu lenken und die Gefühle zu beherrschen. Sei kühl wie der Tau und ebenso schön.«

Kassandra Karfax schüttelte den Kopf und ihr Schatten tat es ihr gleich.

Sie spürte das palastähnliche Haus ihrer Familie in ihrem Rücken, als sei es ein lebendiges Wesen, das lauerte, auf sie wartete. Es war voll von geschäftigen Menschen, zu jeder Tageszeit und Nachtstunde wurden dort redselig Geschäfte abgeschlossen, heimliche Pläne geschmiedet und zwielichtig Intrigen gesponnen. Ihr Vater, den man den Arxiduc nannte, war ein mächtiger Mann, der die Fäden der Welt in seinen Händen hielt.

Kassandra wusste, was das für sie bedeutete.

»Einmal wirst du das Herz dieses Hauses sein und du wirst schlagen, damit es am Leben bleibt. Du wirst über all das hier gebieten.«

Das Mädchen strich über das Metall in ihrer Hand. Schwer lag die Silbermünze zwischen ihren Fingern. So eisighell und doch so schimmerndes Mondlicht am Tage.

Sie seufzte. Gerade einmal dreizehn Jahre war sie alt. Sie wollte nicht das Herz des alten Hauses sein, das sich mit seinen verschlungenen Säulengängen und Türmen wie ein Palast an die Felsen über dem unendlich blauen Meer krallte, während unten eine tosende Brandung gegen die zackigen Klippen schlug, so wild und so ungestüm, dass selbst die bunten afrikanischen Gischtgeister diesen Ort mieden.

Kassandra wollte das Leben fühlen. Sie wollte Abenteuer bestehen und irgendwann, das wusste sie, wollte sie von einem Prinzen geküsst werden. So, wie es in den Büchern stand, die sie heimlich las.

Die Sonne verlor an Kraft, sie spürte es im Gesicht. Bald würde sich die orangerote Scheibe den Wassern nähern und eine sichelförmige Mondmagie würde über die Welt fluten, messerscharf wie der Silberglanz der nächtlichen Himmelsscheibe in alter Zeit.

Alle sagten sie ihr, was sie tun sollte, allen voran die *Maestra.* Seit vielen Jahren schon war sie da und manche munkelten, sie sei eine *Bruja,* jemand, der die magischen Künste beherrschte, eine mächtige Hexe, jung und schön. Und ja – die *Maestra* hatte sie gelehrt, den uralten Buchstabenzauber zu gebrauchen. Aber ihre Fragen, die hatte Agata la Gataza nie beantwortet.

Kassandra beobachtete die Affen, die überall auf dem Felsen herumsprangen. Selbst in der Stadt machten sie sich breit. Sie hockten in den krummen Ästen der Pinien und hoch oben in den Palmwedeln, kletterten an den steilen Hauswänden hinauf und sprangen auf die Balkone. Sogar auf den Gaslichtlaternen saßen sie, dicht über den flackernden Lichtern, von wo aus sie die Menschen mit spöttischem Gekeife bedachten. Sie machten Faxen und manchmal bleckten sie die Zähne.

Kassandra mochte sie.

Draußen in der Bucht, wo der warme Ostwind auf den kühlen Westwind traf, schwebten zwei große Galeonen im

Himmel über der See. Die riesigen Segel fingen das Licht der Dämmerung ein und das Wappen der Familie, an deren Spitze das Mädchen einmal stehen würde, wehte im Wind.

Von unten, aus den Gassen der Stadt, drang das Lachen der Kinder zum Felsen hinauf. Nie hatte sie dort spielen dürfen, das geziemte sich nicht für jemanden wie sie. Die kratzenden Zeichenstifte und sanften Pinsel waren ihre einzigen Gefährten gewesen.

Die Silbermünze lag immer schwerer in ihrer Hand.

»Ja, ich werde es tun, heute!«, flüsterte sie ganz leise ihrem Schatten zu. Sie sagte es trotzig, aber dabei war ihre Stimme rau und ein wenig zitternd wie der wehende Wind im Abendrot.

Schon früh war das Schattenmädchen Kassandras beste Freundin geworden. Wenn sie allein in ihren Gemächern gewesen war, dann hatte sie mit ihr gesprochen. Sonst war niemand bei ihr gewesen. Ihr hatte sie sich anvertraut, immer schon. Erst recht, als man ihr die Bücher genommen hatte.

Und dann hatte sie erfahren, wie sie ihr das Leben schenken konnte.

Die *Maestra* wäre nicht erfreut, wenn sie wüsste, dass ihre Schülerin sie heimlich bestohlen hatte. Nein, fuchsteufelswild wäre sie, ganz außer sich vor Wut. Doch Agata la Gataza hatte nicht die geringste Ahnung von dem, was Kassandra tun würde. Sie war in ihrer Kammer hoch oben im Nordturm, wo sie mit den Raben sprach, das tat sie immer, wenn sie allein war. Man munkelte, dass selbst ihre

Kissen mit den weichen Federn wilder Raben gefüllt waren, Federn, die ihr die Kraft zu fliegen verliehen.

Manchmal fürchtete Kassandra sich vor der *Maestra*.

Der Abendwind blies ihr das dunkle Haar aus dem blassen Gesicht. Sie berührte ihren Schatten und der Entschluss war noch da, wie er es wohl immer schon gewesen war.

Sie wollte ihr das Leben geben, das sie verdiente.

Wenn das alte knisternde Pergament, das sie der *Maestra* gestohlen hatte, die Wahrheit schrieb, dann würde sie ihr immer zur Seite stehen.

Deshalb war sie jetzt hier.

»Wir gehören zusammen«, flüsterte sie so leise, als fürchte sie, dass die *Maestra* sie doch noch hörte. Die untergehende Sonne spiegelte sich auf der Silbermünze.

Sie durfte nicht mehr lange warten. In dem Pergament, das sie gestohlen hatte, war von der Sonne und den Sternen die Rede gewesen, von der Dämmerung eines sanften und sichelförmigen Mondes und wilden Winden, die einander kreuzten wie Pfade in der Nacht. Für jede Art von Magie gab es einen richtigen Moment und auf diesen einzigartigen Moment zu warten, erforderte Geduld.

Kassandra kniete sich auf den harten Felsen und roch die Wärme des Steins auf ihrer Haut. Sie berührte den Schatten vor sich mit der Fingerspitze, zärtlich und vertraut. Er war kühl wie das Wasser aus einem tiefen Brunnen.

Sie wusste, dass das, was sie vorhatte, schnell gehen musste.

Also nahm sie die Silbermünze und setzte dort an, wo ihre Haut den hellen Schatten berührte. Es gab nur diesen einen Weg, es zu tun, keinen anderen.

Als die Sonnenscheibe auf das Meer traf, da tat Kassandra den ersten tiefen Schnitt.

Sie spürte ihn.

Schrie auf.

Fast hätte sie die Münze fallen lassen.

Das scharfe Silber tat ihr so weh, als habe sie tief in ihre eigene Haut geschnitten. Erschrocken starrte sie auf die Stelle, doch da war kein Blut. Nichts. Nur der Schmerz und ein Stück ihres Schattens, der jetzt lose im Wind zappelte, obwohl sie ihren Arm ganz ruhig hielt.

Sie holte tief Luft, setzte erneut die Silbermünze an, schnitt langsam an der Trennlinie zwischen der blassen Haut und dem Schatten entlang und sah, wie sich die Dunkelheit von ihr löste.

Stück um Stück.

Atemzug um Atemzug.

Die Schmerzen trieben ihr die Tränen in die Augen, ließen sie aufkeuchen. Die Luft flimmerte ihr vor den Augen und das Salz, das sie weinte, rann ihr übers Gesicht und benetzte die Lippen. Leise, ganz leise wimmerte sie und schnitt doch weiter und weiter, führte mit zittriger Hand die Silbermünze an ihrer Haut entlang und hielt nicht inne, bis sie sich ihren Schatten vom Leib geschnitten hatte, so ganz und gar, als sei er schon immer ein Wesen mit einem Herz aus Nacht und Nirgendwo gewesen.

Schließlich glitt ihr die Silbermünze aus den Fingern. Sie fiel zu Boden und blieb auf dem Fels vor ihr liegen.

Eine Schattenhand hob sie auf.

Kassandra blickte auf. Sie sah ihrer Freundin in die Augen, die voll dunkelblauer Finsternis waren, so schön, wie sie es sich immer schon vorgestellt hatte.

»Wer bin ich?«, fragte das Schattenmädchen. Es streckte die Hand nach Kassandra aus und half ihr behutsam auf die Beine.

»Du bist mein Schatten«, sagte Kassandra. »Du bist wie ich.«

»Habe ich einen Namen?«

Kassandra berührte das Gesicht, das wie ihres war. »Den hast du«, gab sie zur Antwort und ihre Stimme zitterte dabei.

Dann sagte sie dem Schattenmädchen, welchen Namen es trug.

»Bist du meine Freundin?«, fragte Kassandra zögerlich.

»Ich bin, was ich bin«, sagte das Schattenmädchen und lächelte, wie die Nacht es tut, wenn die Wolken den Mond verhüllen.

Kassandra sah an sich herab.

Ihr Schatten folgte nicht länger den Bewegungen ihres Körpers.

»Du bist wirklich wie ich«, flüsterte sie.

Und dann erfüllte mit einem Mal ein lautes Getöse die Luft. Kassandra wusste nicht, wo es herkam. Wild wirbelnde Rabenfedern schälten sich aus der Dämmerung und aus ihrer Mitte trat schnellen Schrittes die *Maestra* auf das Mädchen zu.

»Du wagst es, den Mond und die Sonne zu beleidigen?«, fauchte Agata la Gataza.

Kassandra kauerte am Boden, zu kraftlos, um sich ihrer Lehrerin zu widersetzen.

Der neugeborene Schatten indes zischte wütend wie eine verlöschende Kerze und dann sah Kassandra, zu was er wirklich fähig war.

Agata de la Gataza schrie auf, als das Schattenmädchen sich ihr entgegenwarf. Die Luft begann vor Kälte zu brennen und Kassandra hielt sich weinend die Hände vors Gesicht. Sie spürte, wie etwas in ihr zerbrach. Und sie ahnte, dass die Welt von nun an nie mehr so sein würde wie jemals zuvor.

Nicht hier, nicht jetzt

Noch immer glänzte der Staub des Sternenschauers in Catalinas Blick, während sie neben dem alten Schatten herlief. Die Sehnsucht nach dem Lichterjungen brannte in ihrem Herzen und trieb ihr die Tränen in die Augen. Zu kurz nur war ihre Begegnung im dichten Getümmel der flüsternden Märkte gewesen, zu groß das Missverständnis, das sie erneut entzweit hatte. Nach allem, was passiert war, hatten sie einander in der fremden Stadt namens Lisboa wiedergefunden und im gleichen Augenblick auch schon wieder verloren.

Catalina wusste, wie schnell manche Gelegenheiten an einem vorübergehen können, aber sie wusste nicht im Geringsten, was man dagegen tun konnte. Das Lächeln, das für einen kurzen Moment über ihr schmutziges Gesicht gehuscht war und an die glücklichen Tage von Montjuic erinnert hatte, war schnell wieder von der Wirklichkeit ausgelöscht worden.

Jetzt rannte Catalina durch die engen Gassen hoch oben in der Alfama und war ganz außer Atem. Sie folgte dem lebendigen Schatten des alten Kartenmachers Arcadio

Márquez, der ihr während der vergangenen beiden Jahre ein Vater gewesen war.

Erst vor wenigen Stunden war sie in diese fremde Stadt gekommen und hatte sich so vieles davon erhofft. Die Stadt am Ende der Welt, so nannte man sie. Doch was auch immer sie sich ersehnt hatte, nichts von alldem war eingetreten.

Sie hatte Wunder gesehen und sie zerstört.

Das war der Gedanke, der sich in ihrem Kopf festgesetzt hatte, drängend und bohrend, und der sie mit Entsetzen erfüllte.

Catalina war in Malfuria hierhergekommen, dem uralten Sturm aus Rabenfedern, dem einzigen Ort, der die Macht besessen hatte, dem Übel, das die Schatten über die Welt brachten, Einhalt zu gebieten.

Und was hatte sie getan? Sie hatte Malfuria zerstört.

Sie war die Mephistia, die Verräterin, die das Herz der Hexenheit ausgelöscht hatte. Catalina Soleado hatte der Welt die Hoffnung geraubt und jetzt war sie, wie alle anderen auch, auf der Flucht. Denn die Dunkelheit war nach Lisboa gekommen und nichts würde sie mehr aufhalten können.

Menschen liefen aufgeschreckt und verwirrt durch die Straßen, ohne Hoffnung, ohne Ziel, nur die Furcht begleitete alle gleichsam.

Und Catalina?

Ausgerechnet einem Schatten hatte sie sich anvertraut, dem Schatten des alten Kartenmachers. Er hatte ihr versprochen, sie zu der Einzigen zu bringen, die jetzt vielleicht noch helfen konnte.

Catalina hoffte inständig, dass sie das Richtige tat. Konnte sie einem Schatten wirklich trauen? Durfte sie Márquez folgen?

Sie hatte keine andere Wahl. Dabei war sie des Fliehens so müde. Sie wollte sich ausruhen, die Augen schließen und gar nichts mehr tun. Sie wollte vergessen, schlafen, träumen. Doch die Ereignisse ließen sie nicht zur Ruhe kommen, nicht hier, nicht jetzt.

Dichte Wolkengebilde aus geflochtener Nacht schwebten über Lisboa und dem Tejo und alle reckten sie ihre Tentakel nach den Häusern, Menschen und Pflanzen. Die Fäden der Meduza, so hatten sie die Menschen in alter Zeit genannt. Sie hatten eine dunkle Armada mit sich gebracht, eine hohe Wand aus gewaltigen fliegenden Galeonen, die Lisboa von allen Seiten her einschloss und niemandem die Flucht erlaubte.

»Catalina!« Wenn der Schatten des alten Márquez sie anschaute, dann hatte sie beinahe das Gefühl, durch ihn hindurchsehen zu können. Er schwamm vor ihr durch die Nacht wie dunkle flüssige Luft, führte sie eilig durch das Labyrinth aus engen Gassen, vorbei an alten Kirchen, auf deren Dächern bunte Blumen wuchsen, und breiten Plätzen, wo wilde Rosenbäume knurrten, wenn sie ihnen zu nahe kamen.

»Wir müssen uns beeilen!« Der Schatten hatte ihr den dunklen Kopf zugewendet. »Wir haben nicht mehr viel Zeit!«

Zwei Jahre lang hatte Catalina bei Arcadio Márquez in

einer Windmühle mit schäbigen Flickenfetzenarmen gelebt, an einem weit entfernten schönen Ort, der einmal Barcelona gewesen war. Márquez hatte sie das Zeichnen gelehrt und vieles mehr. Er hatte ihr ein richtiges Zuhause gegeben, nachdem ihre Mutter sie dort zurückgelassen hatte, ohne ein einziges Wort der Erklärung.

Sie war ein gewöhnliches Mädchen gewesen, das Kartenmacherin hatte werden wollen, nicht mehr. Sie hatte die Geschichten des Windes genossen und ansonsten hatte sie gezeichnet. Und sie hatte all die Jahre nicht gewusst, was ihre Leidenschaft einst bedeuten würde.

Bis die finstersten Schatten nach Barcelona gekommen waren, die sich wie Harlekine hinter weißen Masken und schwarzen Roben verbargen und die in den Straßen ausschwärmten, um Catalina Soleado zu finden. Binnen weniger Augenblicke war ihr ganzes Leben so schnell ein anderes geworden, dass sie noch immer nicht ganz glauben konnte, dass all die Dinge, die sie erlebt hatte, auch wirklich geschehen waren.

Sie war aus der Windmühle geflohen und Jordi Marí über den Weg gelaufen, nun ja, förmlich in ihn hineingerast, mehr oder weniger. Gemeinsam waren sie weit durch den Himmel und über die See gereist. Sie hatten sich gefunden und es hatte weh, so wehgetan, als sie sich verloren hatten.

»Catalina, schneller!« Márquez flog voraus und auch der Wind – El Cuento – pfiff besorgt.

Catalina fühlte, wie die warme Brise ihr drängend über ihre Schulter wehte. Der Wind war schon von Kindesbeinen an Catalinas Freund und Begleiter. Erst vor Kurzem war er zu ihr zurückgekommen und hatte berichtet, was mit Jordi geschehen war, von all den Dingen, von denen sie nichts geahnt hatte, den Dingen, die zu Missverständnissen geführt hatten.

»Die Menschen wissen gar nicht, wie ihnen geschieht«, flüsterte er jetzt Catalina leise zu.

Sie lauschte. Von überall her tönten Schreie, überall waren die Menschen wie von Sinnen, weil die Glocken von Santo Amaro geschlagen hatten. Jeder, der in Lisboa lebte, wusste, dass Unheil nahte, wenn die Glocken schlugen, doch keiner ahnte, wie das Gesicht dieses Unheils wirklich aussah. »Es ist die Armada«, sagte El Cuento, »und sie ist so gewaltig, wie ich nie zuvor eine erblickt habe.«

Catalina beschleunigte ihre Schritte, um die dunkle Gestalt vor ihr nicht aus den Augen zu verlieren. Der Schatten des Kartenmachers war viel schneller, als es der Kartenmacher gewesen war. Er war nicht länger ein alter Mann, der ein wenig gebeugt ging, sondern ein altersloses Wesen aus flinker Finsternis.

»Wie weit ist es noch?«

Der Schatten hielt kurz inne. »Nicht mehr lange, Catalina. Nuria Niebla erwartet uns beim Chafariz – einem Brunnen in der alten Stadt, nahe der Beco do Mexicas.«

Catalinas Herz schlug schneller.

Nuria Niebla!

Wie hoffnungsvoll der Name doch klang.

Nur um die alte Frau zu finden, war Catalina überhaupt

erst nach Lisboa gekommen. Denn Nuria Niebla, die alte Nebelhexe, war ihre Großmutter. Eine weise Frau war sie, eine, die lebendige Karten zu zeichnen vermochte. Mit ihrer Gabe konnte sie die Welt verändern, genau wie Catalina selbst. Und sie war jemand, der, so erhoffte es sich Catalina, sich ihrer annehmen würde. Nuria Niebla war alles, was dem Mädchen an Familie geblieben war.

Deswegen, nur deswegen, hatte sie dem Schatten des alten Márquez vertraut. Deswegen rannte sie jetzt hinter ihm durch die verschlungenen Gassen.

»Woher kennen Sie meine Großmutter?«, fragte sie Márquez und spürte, wie ihr die warme Abendluft in der Kehle brannte. Sie hatte keine Mühe, den Schatten des Kartenmachers so zu sehen, wie sie ihren Meister gesehen hatte. Er war da und er war wirklich. Er war ein Wesen mit einem eigenen Willen, das sogar mit der gleichen Stimme wie der alte Mann sprach.

»Nicht ich habe sie gefunden. Nuria Niebla war es, die mich gefunden hat.«

Catalina erinnerte sich an den Abend, an dem der große Harlekin in die Windmühle gekommen war. Er hatte Besitz von Arcadio Márquez ergriffen. Der Mann, bei dem sie sich so zu Hause gefühlt hatte, war im Bruchteil eines Augenblicks zu einer Gefahr geworden. Angegriffen hatte er sie, wie ein Raubtier, und nur mit Mühe war Catalina die Flucht geglückt.

»Was ist passiert?«, fragte sie. »Was ist damals mit Ihnen passiert? Und was ist jetzt anders?«

Das war es, was sie wirklich beschäftigte.

»Erinnerst du dich an den Harlekin?«, fragte Márquez. »Wenn ein flüsternder Schatten einem Menschen in die Augen fließt, dann verändert sich alles. Das, was der Mensch einmal gewesen ist, wird aus dem Körper vertrieben und der kalte Schatten des Flüsterers nistet sich dort ein.« Er waberte tonlos und kühl an den weißen Hauswänden entlang und auf dem Kopfsteinpflaster einen kleinen Hang hinauf. »Der Schatten aber, der trennt sich in diesem Moment von seinem Körper.«

»Wie meinen Sie das?« Catalina verstand nicht, was genau er ihr sagen wollte.

Er lachte und es klang wie die kühle Dämmerung, die auf uralte Steine tropft. »Ich bin das, was vom alten Arcadio Márquez geblieben ist. Ich bin all seine Erinnerungen, all seine Gefühle, all das, was einst den Körper zum Menschen machte. Aber ich bin nicht Arcadio. Ich bin der Schatten, der sein stetiger Begleiter gewesen ist.«

»Das verstehe ich nicht.«

Der Schatten des alten Márquez nickte. »Nicht einmal ich verstehe es.«

Er wollte etwas hinzufügen, doch plötzlich hielt er inne, horchte.

Gleich darauf streifte der sanfte Wind aufgeregt Catalinas Gesicht. »Die schwarze Armada«, hauchte El Cuento besorgt. »Sie beginnt die Stadt mit Dunkelheit zu beschießen.«

Catalina blieb stehen.

Wie leiser Kanonendonner klang es, gedämpft und zischend. In der Ferne, tief unten in der Baixa und drüben in Bélem, hallten die Schreie der Menschen.

»Schneller!«, drängte Márquez erneut. Doch bevor sie sich wieder in Bewegung setzen konnten, ließ etwas Großes die Erde unter ihren Füßen erzittern.

Ein Beben kam über die Stadt, so laut knirschend und bröckelnd kreischend wie jene Erschütterung in dem wunderschönen Stadtteil Barcelonas, den Catalina mit einer winzigen Bleistiftzeichnung auf einem Holztisch zerstört und verändert hatte.

»Was war das?« Sie schwankte, versuchte ihr Gleichgewicht wiederzufinden. Die vielen Zöpfe, die ihr wild und zottelig vom Kopf abstanden, schaukelten unruhig mit jedem Wort hin und her.

El Cuento sauste hoch in die Nacht hinaus und lugte über die flachen Dächer hinweg. Dann kehrte er wieder zu dem Mädchen zurück. »Ein Wolkenfetzen aus tiefster Nacht ist zur Erde gestürzt«, wehte er ihr ins Ohr. »Drüben zwischen Avenida und der Alfama liegt er zwischen den Häusern und seine Fäden schlängeln sich durch die Stadt. Wir müssen einen neuen Weg einschlagen!«

Catalina teilte dem Kartenmacher mit, was der Wind ihr gesagt hatte.

»Das wird uns wertvolle Zeit kosten.« Márquez waberte unruhig hin und her.

»Aber es gibt doch eine Möglichkeit, zu diesem Brunnen zu kommen?«

Er nickte langsam und schwebte wie ein ganz gewöhnlicher Schatten an der Wand. »Wir müssen zum Castelo de Sao Jorge gelangen, von dort führt ein Pfad hinab in die alte Stadt.« Er seufzte und es klang wie ein Laut, der aus den Tiefen eines Brunnenschachts dringt. »Wir dürfen Nuria Niebla nicht verpassen. Du bist die Einzige, die ihr helfen kann bei dem, was sie vorhat. Das hat sie gesagt.«

Catalina schwieg.

Ja, sie sehnte sich danach, ihre Großmutter endlich zu treffen, jemanden, dem sie vertrauen konnte, der all ihre Fragen beantworten konnte, die sie quälten, seit Tagen schon. Aber sie fürchtete sich gleichzeitig davor. Denn das, was Nuria von ihr verlangen würde, hatte schon zu vielen das Verderben gebracht.

Catalina hatte am eigenen Leib erfahren, zu was sie fähig war. Nur ein einziger Federstrich aus ihrer Hand genügte, um schnell wie ein Sternschnuppensturz ganze Stadtteile zu zerstören. Wenn sie zeichnete, dann war alles möglich. Dann konnte sie verändern, was immer ihr beliebte.

Aber sie wusste jetzt auch, dass man für die Magie, die ihr wie ein Lied aus den Fingern floss, immer einen Preis zahlen musste. Denn demjenigen, der einem am nächsten stand, wurde ein schlimmes Schicksal zuteil, wenn man die Magie nutzte. Das war der Preis, den die Magie verlangte, wenn sie einem zu Diensten war.

Und wieder fragte sich Catalina angstvoll, was die Magie für das, was sie diesmal getan hatte, von ihr einfordern würde. Voller Wut hatte sie Malfuria gezeichnet und vernichtet, mit so wenigen Strichen nur, dass es ihr rückblickend wie ein furchtbarer Traum erschien. Doch wer musste nun den Preis zahlen? Würde Jordi Marí erneut etwas Schlimmes widerfahren? Er war bereits einmal das Opfer ihrer Fähigkeit geworden.

Catalina zerriss es das Herz, wenn sie daran dachte.

Wie dumm sie doch gewesen war! Alles, aber auch wirklich alles, hatte sie falsch gemacht!

»Du musst nach vorne blicken.« El Cuento, der Wind, rauschte an ihr vorbei. Wie immer schien er zu ahnen, was in ihr vorging. »Malfuria ist in den anderen Winden verweht und nichts wird diesen Ort zurückbringen.«

»Ich weiß«, murmelte Catalina. Überall in Lisboa waren die schwarzen Rabenfedern zu Boden gesunken. Gestern noch hatte sie geglaubt, dass nur der Sturm der Rabenfedern, der Agata la Gataza trug, die Macht besaß, sich den Schatten zu widersetzen. Und jetzt?

Nein, sie wollte nicht länger darüber nachdenken, sonst würde das geschehen, was sie am meisten fürchtete. Sie würde schlichtweg aufgeben. Sie würde dieser furchtbaren Müdigkeit nachgeben, die ihr in den Knochen saß und die ihr leise zuflüsterte, sich einfach hinzusetzen und auf die Dunkelheit zu warten. Auf die Harlekine und ihre Umarmung.

Aber genau dagegen musste sie sich mit aller Kraft wehren, denn sonst wäre alles umsonst gewesen, das wusste sie tief in ihrem Herzen. Nur wenn sie ihre Gabe ein letztes Mal nutzte, würde sie das wiedergutmachen können, was sie angerichtet hatte. Und ihre Großmutter würde ihr dabei helfen.

Catalina bog hinter Márquez in die Rua de Sao Mamede ein. Der Schatten floss jetzt noch schneller den Weg hinauf, in Richtung des Castelo de Sao Jorge, das sich hoch über der Alfama befand. Klirrende Mosaikeidechsen rannten flink davon, wenn sie ihre Schritte vernahmen. Pflanzen mit hellen Blüten und dornigen Armen krochen wie kleine Tiere in den Schutz der Mauerritzen, weil sie spürten, wie die Schatten in die Stadt kamen. Aufgeregte Menschen, die mühselig ihr karges Hab und Gut geschultert hatten, liefen kopflos in alle Richtungen.

Blindlings folgte Catalina dem alten Kartenmacher den Berg hinauf, und als sie den Largo das Portas do Sol auf der Anhöhe über der Alfama erreichten, da wurde ihr das ganze Ausmaß der Katastrophe bewusst, die gerade über Lisboa hereinbrach.

Die Tejo-Mündung erstreckte sich vor ihnen in der Dunkelheit und die verloren wirkenden Positionslichter der vielen Schiffe, die zu fliehen versuchten, waren kaum mehr als Nadelstiche in der Finsternis, die sich wie Schweigen über alles und jeden zu legen schien.

Wie angewurzelt blieb Catalina stehen. Die schwarzen Galeonen, die dort unten in der Luft schwebten, waren so groß, dass es ihr schier den Atem raubte. Manche von ihnen sahen aus, als habe man auf einem Schiff von der Größe eines ganzen Stadtteils eine gewaltige Festungsanlage mit hohen Mauern und schrägen Türmen und spitzen Zinnen errichtet. Die Segel waren weit wie der Himmel und das Dröhnen der Gebläsemaschinen, die riesig wie Fabriken waren und hungrig wie Kraken aussahen, erfüllte die Luft.

»Die Armada der Schatten«, flüsterte Catalina.

Márquez nickte. Seine Hand deutete auf die Fäden der Meduza, die den Himmel verhängten und die Stadt umschlossen. »Die Dunkelheit ist gekommen, um Lisboa zu erobern. Aber die Armada, die Schiffe des Hauses Karfax, sie sind auf der Suche nach dir.«

Catalina zitterte und mit beiden Händen hielt sie sich an einem eisernen Geländer fest. »Sie sind wegen mir nach Lisboa gekommen«, flüsterte sie und ihre Stimme war kaum mehr als ein Krächzen. »All diese Schiffe sind gekommen, um mich zu holen.« Die Gewissheit, dass dies so war, raubte ihr die Stimme. Wer war sie denn, dass sie eine solche Armada schickten, um sie zu fangen?

»Da, schau!«

El Cuento sah sie zuerst.

»Wie wunderschön!«, murmelte Catalina.

Die gleißenden Zeppelinschiffe der Stadtwache von Lisboa waren von den Flughäfen aufgestiegen und feuerten spitze Kanonen aus Licht und Blitzen auf Bairro Alto und Estrela. Todesmutig näherten sie sich den Fäden der Meduza, die mächtig wie Quallen aus dunklen Wolkenfetzen ihre Tentakel in die Fluten des Tejo tauchten, wo sie die Schiffe zum Kentern brachten und die Flugmaschinen, die über den Wassern dahinglitten, zum Absturz zwangen.

»Sie werden nicht viel gegen sie ausrichten können«, stellte der alte Kartenmacher fest.

Unten am Flussufer krochen die ersten Meereskreaturen aus den Fluten und schleppten sich, den Schatten in ihrem Inneren folgend, an Land, wo sie die schreienden und in verzweifelter Panik in fast alle Himmelsrichtungen fliehenden Menschen anfielen. Jedes einzelne Lebewesen, das die Schatten berührten, wurde ihnen binnen Augenblicken untertan. Die Gischtgeister und Libellenwürmer fielen gierig über die Menschen her und trugen die Dunkelheit von einem Körper zum anderen.

Hilflos standen Catalina, Márquez und El Cuento an dem Ort, der nicht lange Schutz bieten würde, und keiner von ihnen konnte die Blicke lösen von dem, was die Finsternis anrichtete.

»Der Largo de Chafariz befindet sich dort unten«, sagte Márquez und deutete ins Zentrum der Alfama. »Die Flüsterer an Bord der Schiffe werden sich nicht lange aufhalten.«

»Ein Grund mehr, sich zu beeilen«, fauchte El Cuento.

Catalina erkannte jetzt auch, was das große Beben kurz zuvor ausgelöst hatte. Eine Wolke aus pechschwarzer Nacht war zwischen Estrela und die Alfama gestürzt. Das Gebilde lag schwerfällig wie ein gestrandeter Wal aus Nacht und Nichts zwischen den teilweise zerstörten Häusern und die langen Tentakel aus Dämmerung und Schatten, die ihm aus dem Bauch herauswuchsen, schlängelten sich hektisch zuckend durch die Straßen und packten, wessen sie habhaft werden konnten. Sogar Pflanzen verstrickten sich in den Finsterfäden und wurden zu Auswüchsen des Wolkengebildes, das sich, so wie es aussah, nicht mehr aus eigener Kraft in den Himmel erheben konnte und stattdessen sein Werk von der Erde aus verrichtete.

El Cuento wehte dem Mädchen um die Füße und zerrte ihm an der Hose.

»Beeilen wir uns«, stimmte Catalina ihm zu.

So machten sie sich an den Abstieg.

Durch verwinkelte Gassen führte sie der Weg. Pflanzen und Gestrüppe, die dort seit Jahrhunderten an den Häusern emporrankten, hatten sich darangemacht, ihre Heimat zu verlassen. Wilde Hecken schlugen nach jedem, der sich ihnen näherte. Sie witterten die Schatten, von allen Seiten. Raschelndes Blätterwerk bewegte sich wie grüne Teppiche an den Hauswänden entlang, suchte nach dem Licht, das immer weiter schwand. Diejenigen Blüten, die Zähne hatten, schnappten wütend nach den Schattententakeln, wenn sie ihnen nah genug kamen, doch wenn eine Schlingpflanze mit der Kälte der Nacht in Berührung kam, da wurde sie zu einem verlängerten Arm der Finsterfäden.

Catalina wusste es: Lisboa ging unter. Sie sah es mit eigenen Augen. Und irgendwo in dieser Finsternis, im Gewimmel der Gassen, war Jordi Marí, den Catalina einfach auf den flüsternden Märkten hatte stehen lassen. Sie hatte die einzige Gelegenheit, ihn wiederzutreffen, verstreichen lassen, nur aus Eifersucht und falschem Stolz.

Sie spürte, wie Wut sie packte, Zorn auf sich selbst, auf die Schatten, auf ihr ganzes gottverfluchtes Schicksal.

Es durfte nicht so enden wie in der singenden Stadt! Das würde sie einfach nicht zulassen!

»El Cuento?«

Der Wind wehte ihr durchs Haar, als sie stehen blieb. »Was willst du mir sagen?«

»Finde Jordi, bitte.«

Er prustete überrascht. »Ich lass dich nur ungern zurück.«

»Márquez wird auf mich aufpassen. Und bald schon treffen wir Nuria Niebla. Mir wird nichts geschehen. Finde Jordi und bleib bei ihm. Versprich es mir.«

»Jetzt steckst du selbst mitten in einer dieser Geschichten, die du immer von mir hören wolltest«, stellte El Cuento nachdenklich fest. Und zauberte damit ein kurzes Lächeln in das gebräunte Gesicht des Mädchens.

Sie sahen einander an.

»Du liebst ihn wirklich, oder?« Sanft strich er ihr über ihre zerzausten Zöpfe.

Sie schwieg einen Moment lang. Noch gestern hätte sie das nicht zugeben können, hätte alles trotzig abgestritten.

Doch jetzt nickte sie leise.

»Finde ihn«, bat sie den Wind. »Und sag ihm das, was ich dir gesagt habe.«

El Cuento blies ihr warm um die Füße, die in ausgetretenen Sandalen steckten, und gab ihr das Versprechen, das sie hören wollte. »Pass auf dich auf«, wisperte er zum Abschied, hauchte ihr Glück auf die Wange und dann war er auch schon fort.

Catalina schluckte, sah dorthin, wo der Sand sich am Boden kräuselte, und setzte sich erneut in Bewegung. Márquez, der die ganze Zeit über stillgeschwiegen hatte, schwebte schattenhaft vor ihr her.

Diesmal verharrten sie nicht, bis sie den Berg hinter sich gelassen hatten und mitten in das Gewirr aus engen Gassen eingetaucht waren. Der alte Márquez führte Catalina durch dieses Labyrinth, so sicher, als kenne er sich hier aus, so schnell auf andere Straßen und Hinterhöfe und Gassen ausweichend, als schien er zu wittern, wenn Gefahr sich näherte.

So umgingen sie die Finsterfäden und anderes Getier und Gewächs und erreichten schließlich den Largo do Chafariz de Dentro.

Catalina spürte, wie ihr Herz schneller schlug, als sie aus dem Gassengewirr heraus auf den Platz einbogen. Hier würden sie endlich Nuria treffen und alles, davon war Catalina noch immer überzeugt, würde besser werden.

Sie schaute sich um, voller Erwartung.

Ein kleiner Platz in der Mitte der Alfama war es, mit bunten Pflastersteinen und einem runden Brunnen, der wie ein lebendiges Wesen aussah. Knorrige Pflanzen mit menschlichen Gliedmaßen und Gesichtern aus Dornen bedeckten die Brunnenöffnung und rankten sich an einem Stein aus dunkler Lava empor, der eine mächtige Statue trug.

Einer Harpyie gleich wachte die Gestalt in der Mitte des Brunnens, riesig und beherrschend. Weite Flügel spannten sich vor den Dunkelwolken und der stolze Drachenkopf blickte mit strengen Augen über den Platz, als würde er jeden Moment zum Leben erwachen.

All das sah Catalina.

Doch noch etwas sah sie.

Der Platz war menschenleer.

»Nuria müsste längst hier sein.« Die Stimme des Schattens war plötzlich voller Furcht und Sorge. Seine Unruhe, die Catalina vorher schon gespürt hatte, war nun allgegenwärtig.

Genauso wie Catalina schien er gar nicht mit der Möglichkeit gerechnet zu haben, dass Nuria nicht hier war.

»Wartet.« Catalina überquerte mit raschen Schritten den Platz und spähte in die dunklen Ecken und Winkel der Häuser. Vielleicht hatte das, was ihre Großmutter tat, einen Sinn? Was, wenn sie sichergehen wollte, dass Catalina nicht von den Schatten befallen war, ehe sie sich zeigte?

Aber egal, wohin sie blickte, nirgends fand sie einen Hinweis oder eine Spur von Nuria.

Catalina schluckte. Sie ballte die Fäuste. Nein, das durfte einfach nicht sein. Sie hatte den langen Weg zurückgelegt, nur um an diesem Brunnen zu stehen? »Was tun wir, wenn sie nicht kommt?«

»Wir müssen weiter.«

»Nein!« Catalinas Stimme war schneidend. »Wir warten auf sie. Sie wird kommen, ich weiß es.« Verzweifelt ging sie auf und ab. Nuria Niebla würde sie nicht einfach im Stich lassen. Sie war ihre Großmutter. Irgendjemand musste man doch trauen können.

Márquez seufzte gequält. »Ich kann dich nicht schützen, Catalina. Nicht vor den Flüsterern.« Er lauschte dem schabenden Geräusch der sich nähernden Finsterfäden. »Wenn Nuria nicht kommt, müssen wir fort. Es gibt keinen anderen Weg.«

»Aber wohin?«, fragte Catalina. Hastig blickte sie über ihre Schultern. Von ferne klang das Dröhnen der Gebläsemaschinen herüber, die die Armada antrieben. Vor ihrem inneren Auge erschienen die Harlekine. Bisher hatte sie noch keinen erblickt, nicht hier in Lisboa. Vermutlich warteten sie nur auf einen geeigneten Zeitpunkt, um in den Straßen und Gassen auszuschwärmen und sich auf die Suche nach ihr zu machen.

»Nicht mehr lange und Lisboa ist vollkommen eingeschlossen«, sagte sie. »Dann bleibt uns keine Möglichkeit mehr zur Flucht.«

Márquez schüttelte den Kopf. Seine Stimme senkte sich zu einem Flüstern. »Du irrst dich«, sagte er. »Ein Ausweg bleibt uns. Wenn etwas passiert, etwas, das wir nicht vorhergesehen haben, dann müssen wir in die Stadt aus Nacht und Nirgendwo gehen. Die Stadt der Schatten. Das ist es, was Nuria gesagt hat.«

Catalina starrte ihn an. Sie kannte die Geschichten und Gesänge von dieser Stadt, die irgendwo jenseits von Licht und Lisboa existieren sollte. Fado Mariza, die junge Hexe drüben in der Alfama, war es gewesen, die ihr davon erzählt hatte. Doch hatte Fado nicht auch gesagt, dass es nur Geschichten waren – nichts als Märchen?

»Aber –« Sie stockte.

Márquez spähte über die Schulter. »Du musst keine Angst haben, Catalina«, sagte er. »Die Schattenstadt ist anders, als du es dir jemals vorstellen könntest. Dort gibt es eine Windmühle, musst du wissen, und noch vieles mehr.«

Catalina sah ihn verwirrt an. »Unsere Windmühle?«

»Du wirst es verstehen, wenn wir dort sind.«

»Aber was ist mit Nuria?« Catalina sah sich verzweifelt um.

»Wir können nicht mehr lange warten, unmöglich.«

»Ich will nicht ohne sie gehen.«

»Du musst es tun!«

»Ich ...« Sie verdrehte die Augen und trat wütend gegen einen Stein, der über den Platz flog.

In Márquez' Schattenaugen schwamm Mitleid. Er öffnete den dunklen Mund zu einer Antwort, doch in dem Moment gewahrte Catalina einen schnellen Schatten über ihr.

Mit ausgebreiteten Schwingen stürzte er auf sie zu, packte sie mit scharfen Krallen und ließ sie aufschreien vor Schreck und Bestürzung. Catalinas letzter Gedanke galt Jordi Marí, gleich hier und jetzt.

Alfama

Jordi Marí hatte jegliches Zeitgefühl verloren. Nicht einmal schätzen konnte er, wie lange sie sich durch den wabernden Nebel bewegt hatten. Die alte Frau, Catalinas Großmutter, hatte ihn einfach aus der nahenden Dunkelheit, der Furcht, der kreischenden Panik in das grelle Weiß hineingezogen, und als die Welt um sie herum wieder klar wurde, da befanden sie sich in einer engen Gasse, die verwaist und still vor ihnen lag.

Dichte Büschel gelber und grüner Gräser mit spitzen Halmen, so lang wie schöne Wimpern, wehten über das Kopfsteinpflaster und es sah aus, als seien sie lebendige Wesen, die sich in einer Art Herde fortbewegten. Etwas hatte sie aufgescheucht und Jordi konnte sich denken, was es gewesen war.

Schatten!

Überall in der Stadt war das Chaos ausgebrochen. Es hatte begonnen, als er vor nicht einmal zwei Stunden mit Kamino Regalado die flüsternden Märkte besucht hatte, um Ersatzteile für ihr Fluggerät, den Falken, zu besorgen. Und dann hatten sich die Ereignisse förmlich überschlagen.

Jordis Hand tastete nach dem hellen glatten Stein in seiner Tasche, der ihm alles, was er vergessen hatte, im Bruchteil eines einzigen Augenblicks zurückgegeben hatte. Nur um es gleich darauf wieder zu verlieren.

Es war seine Entscheidung gewesen, Catalina in dem Moment zu verlassen, als er sie gerade erst wiedergefunden hatte, und diese Entscheidung war ihm so schwergefallen wie noch nie etwas zuvor in seinem Leben. Doch hatte er keine Wahl gehabt.

Und tatsächlich: Er hatte es geschafft, hatte die beiden Schakalwesen auf ihrer Suche nach dem Kartenmädchen auf die falsche Fährte gelockt, irgendwie. Aber am Schluss war er es gewesen, der gerettet werden musste, von einer, die – so sah es aus – endlich einmal zu den Guten gehörte.

Die alte Frau, die eine seltsame Papierverkleidung trug, hatte sich ihm kurz und knapp als Nuria Niebla vorgestellt und dann, ihrem Namen Ehre machend, für Nebel gesorgt.

»Wo gehen wir hin?«, fragte Jordi, als er Atem geschöpft hatte. Die Schwaden, die sie während ihrer Flucht vor neugierigen Blicken und vermutlich Schlimmerem bewahrt hatten, lichteten sich so schnell, wie sie gekommen waren.

»Es gibt eine Magierin, die in der Alfama lebt«, erklärte ihm Nuria Niebla. Sie sah viel mehr nach einer harmlosen alten Bäuerin aus als nach einer mächtigen Hexe, aber Jordi wusste, wie sehr der Schein trügen konnte. »Ihr Name ist Fado Mariza. Sie führt einen Laden für dieses und jenes, gleich hier in der Gegend. Nun ja, sie hat es früher getan und ich hoffe, das ist immer noch so.« Nuria beobachtete den Lichterjungen eindringlich. »Ihr werde ich dich anvertrauen. Sie wird sich deiner annehmen.«

»Anvertrauen? Aber warum?« Jordi blickte verständnislos auf Nuria. »Warum darf ich nicht mit Ihnen kommen? Ihr sucht sie doch auch, Catalina meine ich.«

Sie schüttelte nur den Kopf. »Das ist meine Aufgabe allein, mutiger Jordi, nicht deine.«

»Aber ich . . .«

Sie gebot ihm mit einer Handbewegung zu schweigen. Nichts an ihr duldete Widerspruch.

Etwas zog grollend über den Himmel. Etwas, das riesig war. So groß und so weit, dass Jordi sich gar nicht vorzustellen wagte, welche Macht es besaß. Die Nacht war heute voller seltsamer Dinge, die nicht einmal Barcelona heimgesucht hatten.

»Wir müssen fort von hier!«

Jordi nickte. Er hatte mit eigenen Augen gesehen, was die Fäden der Meduza in Barcelona angerichtet hatten. Nicht zu vergessen Valencia und all die anderen Orte, die bislang der Finsternis zum Opfer gefallen waren.

»Sie werden über die ganze Stadt kommen«, sagte er und Furcht klang in seiner Stimme. »Wir müssen Catalina schleunigst finden und dann von hier verschwinden.«

»Ich«, betonte Nuria energisch, »werde sie suchen. Allein!«

Jordi schüttelte verstockt den Kopf und blieb stehen. »Ich werde Ihnen helfen«, beharrte er. »Ich muss sie einfach finden.«

Die alte Frau bedachte ihn mit einem mitleidigen Blick. »Ich weiß, Junge, ja, ich weiß.« Sie nickte grimmig, aber entschlossen, betrachtete ihn lange. »Meine alten Augen sehen noch gut.« Seufzend setzte sie sich wieder in Bewegung. »Ich kann dich trotzdem nicht mitnehmen.« Ihre Stimme knarzte leise wie warmes Holz. »Ich muss allein auf die Suche gehen, deswegen bin ich hier. Das ist die Bestimmung.«

Jordi schnaubte. Bestimmung! Was verstand die alte Frau schon von Bestimmung? Das, was er tief in seinem Herz spürte, war viel mehr, war etwas, das ihn immer antreiben würde. So lange, bis er Catalina wiedergefunden hatte.

Gerade wollte er erneut einen Versuch machen, Nuria zu überzeugen, als die Nacht ganz plötzlich voller schwarzer Federn war, die wie kleine leblose Leiber vom Boden aufgewirbelt wurden und hinauf in die Wolkengebilde schwebten.

Nuria Niebla blieb stehen, mitten auf einem weiten Platz verharrte sie, als sei sie vollkommen erstarrt, und blickte mit Tränen in den Augen zum Himmel empor. Kreidebleich wurde das faltige Gesicht, das vormals noch so beherrscht gewirkt hatte, und die Nebelhexe stöhnte laut auf.

»Das ist Malfuria«, keuchte die alte Frau, und als sie das sagte, sah sie noch älter aus, als sie es ohnehin sein musste.

Jordi hatte diesen Namen bereits schon einmal gehört. Die junge Zigeunerin, in deren Begleitung Catalina gewesen war, hatte ihn genannt.

Ein pechschwarzer Wirbelsturm, der wohl eines der vielen seltsamen Fluggeräte gewesen war, die man überall in der Stadt antraf, war über dem Castelo de Sao Jorge in einer Wolke aus Rabenfedern explodiert und kurz darauf war die Luft erfüllt gewesen vom Kreischen vieler Raben und Katzen.

Jetzt wurden erneut Rabenfedern aufgewirbelt.

»Was hat das zu bedeuten?«

Nuria Niebla sah den Jungen an, als wäre wirklich soeben die Welt untergegangen, und sagte ganz leise: »Alles, junger Jordi, alles.« Und die alten Augen konnten den Blick gar nicht von dem lösen, was sie da sahen. »Manches, das tot ist«, flüsterte sie mit brüchiger Stimme, »sollte auch tot bleiben. Das ist der Lauf der Dinge.«

Jordi trat einen Schritt auf sie zu und berührte vorsichtig ihren Arm. »Geht es Ihnen gut?«

»Nein, tut es nicht! Wie kannst du so etwas Törichtes fragen?« Nuria Niebla schüttelte wütend und gleichsam verzweifelt den Kopf, wirkte durcheinander. »Eigentlich weiß ich nicht einmal, ob es mir gut geht, das ist das Schlimme daran.« Sie rieb sich die Augen. »Es sind seltsame Zeiten angebrochen, musst du wissen.« Sie senkte ihre Stimme zu einem Wispern: »Die Mephistia hat ihr Gesicht gezeigt, das ist es gewesen. Sie hat ihr Gesicht gezeigt und Malfuria getötet. Und jetzt . . .« Nuria sah zum Himmel hinauf. »Jetzt kann alles anders werden.«

Jordi Marí horchte auf.

Mephistia.

Das klang wie etwas, vor dem man sich fürchten musste. Etwas, das einem schlechte Träume brachte.

»Ich muss Catalina finden, jetzt schneller denn je!«, sagte Nuria Niebla mit einem Mal und der Ausdruck von schriller Panik und stillem Schrecken war wie fortgefegt. »Sie ist der Schlüssel zu allem, was noch kommt.« Sie starrte zu Boden und dann flüsterte sie kaum merklich: »Ich hoffe nur, dass nicht sie das getan hat.«

Jordi hob erneut den Blick. »Ich weiß, was sie tun kann«, sagte er zur Nebelhexe.

»Dann verstehst du meine Besorgnis?«

Er nickte. »War es böse?«

»Was?«

Er deutete zum Himmel. »Dieser Sturm, dieses Malfuria.«

Nuria Niebla streckte die Hand aus. Eine Rabenfeder segelte durch die Nachtluft, rasch gewann sie an Höhe und war auch schon bald im Himmel mitsamt seinen widernatürlichen Wolkengebilden verschwunden.

Eine weitere Feder, die am Boden lag, wehte ebenfalls in die Nacht hinauf. Schnell griff Nuria Niebla danach. »Malfuria«, murmelte sie, »ist das Herz der Hexenheit gewesen. All unser Wissen hat dort gelebt. Und Agata la Gataza, die Katzenhexe, hat es gehütet, so ist es seit alten Zeiten gewesen.«

Jordi wusste, dass dies nicht die Antwort auf die Frage war, die er ihr gestellt hatte.

»Wir müssen los, die Zeit drängt!« Noch immer hielt sie

die Rabenfeder in der Hand als eine Erinnerung, die loszulassen ihr nicht gelingen wollte. »Wir werden zu Fado gehen. Das ist es, was wir jetzt tun müssen.« Sie eilte voraus, ohne sich darum zu kümmern, ob Jordi ihr folgen würde oder nicht.

Zielsicher schritt sie voran und die Rabenfedern, die noch in der Luft schwebten, stoben auseinander, sobald sie zwischen ihnen hindurchging. Schon bald hatte Nuria den Platz überquert, doch noch immer zögerte Jordi, der alten Frau zu folgen.

Abermals fühlte er, wie Trotz in ihm aufstieg. Was bildete sie sich ein, ihn wie ein lästiges Anhängsel bei irgendeiner Hexe absetzen zu wollen? Warum erklärte sie ihm nicht, was wirklich vorging, statt nur geheimnisvolle Andeutungen zu machen?

Genauso gut konnte er die Gelegenheit nutzen und sich aus dem Staub machen. Er konnte Catalina auch auf eigene Faust suchen! Jetzt und sofort! Schließlich kannte er die alte Frau nicht, wenngleich sich eine gewisse Ähnlichkeit mit dem Kartenmachermädchen nicht leugnen ließ.

Würde Catalina in vielen, vielen Jahren so aussehen wie Nuria Niebla heute? Und wäre Jordi dann bei ihr, um zu sehen, ob es stimmte, was er sich Jahre um Jahre zuvor ausgedacht hatte?

Wenn du jetzt einen Fehler machst, wirst du sie nicht mehr wiedersehen, flüsterte eine Stimme in ihm. Wenn du dich falsch entscheidest, gibt es keine Jahre, keine Tage. Vielleicht nicht einmal eine Stunde.

Nuria umrundete die Häuserecke, wo Falkensteine aus den Fassaden ragten wie spitzzüngige Salamanderklauen.

Jordi stampfte mit dem Fuß auf, zornig.

Und wusste gleichzeitig, dass er der Vernunft nachgeben und Nuria folgen würde. Was hatte er schon zu verlieren? Vielleicht wusste diese Fado wirklich irgendetwas? Und wenn nicht, nun ja, dann könnte er sich immer noch allein auf die Suche machen.

Jordi holte tief Luft und setzte sich in Bewegung. Über den Platz Largo de Sao Moniz lief er, bis er das andere Ende erreicht hatte und in das Gassengewirr dahinter eintauchte. Hier war es merklich belebter, Männer, Frauen, Kinder rannten umher, nervös wie Fliegenfische, riefen sich Warnungen zu, standen in Grüppchen beieinander, um zu beraten, was zu tun war.

Jordi musste sich auf die Zehenspitzen stellen, da er die alte Frau aus den Augen verloren hatte, aber gerade als er dachte, dass sie vielleicht verschwunden war, entdeckte er sie, hoch aufgerichtet, trotz des kleinen Wuchses ein machtvoller Pol zwischen all den aufgeregten Menschen.

Jordi rannte los und bald schon hatte er sie erreicht. Nuria blickte sich nicht einmal um, als er neben sie trat. Sie schien mit seiner Entscheidung gerechnet zu haben und das ärgerte ihn mit einem Mal noch mehr als alles andere.

Schweigsam durchquerten sie schnellen Schrittes Santo António à Sé, so schnell jedenfalls, wie es ihnen möglich war bei all der Hektik, die in den Straßen losgebrochen war.

»Woher wissen Sie eigentlich, wo Sie Catalina suchen

müssen?« Am Ende schaffte es Jordi nicht, einfach so den Mund zu halten.

»Der Stein hat mich nach Lisboa gebracht.«

Jordi steckte die Hand in die Tasche und holte den glatten Aquamarin hervor, den er im Gewühl der flüsternden Märkte gefunden hatte.

»Ich suchte nach dem Stein, weil Steine zu mir sprechen.« Das Gesicht, das voller Falten war, wirkte ganz grau, mit einem Mal. »Gefunden habe ich aber nur dich.«

»Das tut mir leid.«

»Es muss dir nicht leidtun. Du musst nur laufen. Beeile dich, denn ich habe noch einiges vor.«

»Sie müssen nicht unfreundlich sein.«

»Ich bin, wie ich bin«, sagte sie, immer noch ruhig, aber dennoch herablassend. »Ich bringe dich zu Fado und dort werden sich unsere Wege trennen.«

»Aber wie sind Sie ausgerechnet auf mich gestoßen? Vielleicht hat es etwas zu bedeuten?«

Sie schüttelte den Kopf. »Das ist nur Schicksal«, murmelte sie. »Manchmal muss man das Leben eben so nehmen, wie das Leben es will. Wenn man alt an Jahren und etwas reicher an Erfahrung ist, dann weiß man, dass man daran nur selten etwas ändern kann.«

Sie lotste Jordi durch ein Gewirr aus Gassen und Plätzen, wo die Pflanzen, die an den Häuserwänden emporkletterten, mit ihren langen Stängeln elegant und zungengleich die Libellen aus der Luft schnappten. Es ging einen Berg hinauf, Schritt um Schritt dem Ziel entgegen.

»Wir müssen vorsichtig sein«, sagte Nuria Niebla und spähte in Winkel und tiefe Gassen. »Die Schatten lauern überall.« Aus der Ferne wurde man des Kanonendonners gewahr, der Fetzen aus Finsternis auf die Stadt schoss.

»Aber Sie haben mit den Schatten gesprochen.« Jordi erinnerte sich daran, wie Nuria ihn gerettet hatte. Die Schatten hatten sich auf ihren Befehl hin auf die Schakalwesen gestürzt. »Sie können über sie gebieten.« Er stockte und warf einen Blick zum Himmel, wo die Fäden der Meduza ihr dunkles Schattenreich errichteten.

»Da täuschst du dich, Junge«, sagte Nuria. »Ich kann nicht über sie gebieten. Die Schatten, die mir geholfen haben, waren Freunde. Einige von ihnen halten in diesem Moment gerade Ausschau nach Catalina.«

»Freunde?« Jordi war wie vom Donner gerührt. »Die Schatten sind es doch, die uns zerstören wollen! Sie sind keine Freunde. Sie sind die Bösen! Und sie sind hinter Catalina her.«

Nuria wiegte den Kopf. »Es gibt nicht nur Schwarz und nicht nur Weiß. Was für den einen Gift ist, kann dem anderen süße Stunden bereiten.«

Jordi dachte an die schrecklichen Erlebnisse, deren Zeuge er geworden war, in Barcelona und anderswo.

Er erinnerte sich an die Gestalten mit den Harlekinmasken, die Mensch und Tier mit Finsternis angesteckt hatten. Er dachte an die Heere von Finsterfaltern und verwandelten Eidechsen, an die Fledermausschatten und die bleichen Schattenaugenmenschen.

Und er dachte an seinen Vater und das, was er im Leuchtturm getan hatte, um Jordi die Flucht zu ermöglichen.

»Es gibt es aber, das Böse«, sagte er mit fester Stimme. »Was ist mit den Harlekinen?«

Sie schnaubte. »Wir nennen sie die Flüsterer«, sagte sie. »Sie besitzen keine Körper mehr und die Gewissheit, dass dies so ist, macht sie ganz krank in Kopf und Herz und rasend vor Eifersucht.« Seufzend schaute sie ihn an. »Jordi, die Menschen haben von jeher Kriege geführt, haben versucht, neue Welten zu erobern, haben ganze Völker ausgelöscht. Genau das tun die Schatten jetzt. Sie erobern die Städte wie einst ihre Menschen. Ist deswegen aber jeder Mensch schlecht? Ist deswegen jeder Schatten böse?«

Jordi schüttelte verwirrt den Kopf, wollte etwas erwidern. Doch in dem Moment bog ein surrendes Fluggerät mit Propellern in die Gasse ein und fegte so dicht über ihre Köpfe hinweg, dass Jordi sich mit einem Sprung in einen Hauseingang retten musste, um nicht von den Füßen gerissen zu werden.

Das Fluggerät sah überhaupt nicht aus wie der Falke, mit seinen genieteten Metallteilen, den breiten Schwingen und den schrägen Raubvogelaugen. Aber Jordi fühlte trotzdem einen Stich.

Seit er Nuria getroffen hatte, hatte er nicht mehr an Kamino Regalado gedacht, an seinen Freund Kopernikus und Santiago Cortez, den Kapitän des Falken. Drüben beim Torre de Bélem, hoch in der Luft, waren sie alle vor Anker gegangen und von dort war er mit Kamino zu den flüsternden Märkten aufgebrochen. Ob sie den Falken noch rechtzeitig erreicht hatte? Er wusste es nicht. Andererseits – so wie er Kamino kennengelernt hatte, würde sie es mit jedem Schatten aufnehmen.

Ganz egal, ob nun gut oder böse.

Nuria war schon wieder vorausgeeilt, ohne eine weitere Erklärung zu bieten. Mittlerweile strömten immer mehr Menschen mit ihren Gepäckstücken durch die Straßen, manchmal mussten sie sich regelrecht einen Weg bahnen.

»Sie wissen nicht einmal, wohin sie fliehen sollen«, murmelte Nuria Niebla, als er sie wieder eingeholt hatte.

»Sie haben Angst«, sagte Jordi.

Mitleid schwamm in den Augen der Nebelhexe, als sie ihn von der Seite musterte, und etwas in ihrem Blick erinnerte Jordi so sehr an Catalina, dass er mit einem Mal kaum noch Luft bekam. Übermächtig wurde der Wunsch in ihm, jetzt bei dem Kartenmachermädchen zu sein, sie wiederzusehen, ihre Stimme zu hören.

Blind vor Verzweiflung tastete er nach dem Stein und sofort schlugen die Erinnerungen ihn in ihren Bann.

Er sah Catalina so deutlich vor sich, dass es schmerzte, sie nicht berühren zu können. Jede Einzelheit ihres Gesichts sah er, das er so lange vergessen hatte. Da war diese winzige Falte gewesen, die sich auf ihrer Stirn bildete, wenn sie wütend war, gleich über der Nase, die ganz kalt war, wenn sie sich fürchtete. Ihre grünen Augen, die manchmal blau schimmerten, wenn die Sonne sich in ihnen brach. Ihr Mund, der sich so entnervt verziehen konnte, wenn Jordi etwas Dummes gesagt hatte oder einfach nur, wenn sie ungeduldig war.

Fast war ihm, als könne er sogar den Geruch ihres Haars atmen, als sei sie jetzt bei ihm.

»Catalina«, flüsterte er. »Wo bist du nur?«

Plötzlich merkte er, wie die Menge vor ihm ins Stocken geriet. Um ihn herum blieben die Menschen stehen, ein Raunen wehte durch die Gasse.

»Seht nur«, rief ein Kind, das den Blick nach oben richtete.

»Was ist das?«, wisperte ein Mann in einer schmutzigen Uniform.

Dann sah Jordi es auch.

Ein gleißender, glitzernder Sternenschauer füllte plötzlich das nächtliche Firmament. Winzig helle Punkte besprenkelten die Dunkelheit wie schöne Träume aus einer anderen Welt. Sternfunken fielen zur Erde und erleuchteten die Gesichter der Menschen, die den Blick nicht mehr von ihnen lassen konnten.

Jordi dachte an Catalinas Augen, in denen er Sterne wie diese erblickt hatte, erinnerte sich an das Lachen, das sich so angehört hatte wie das Rauschen, mit dem die Sterne die nahende Dunkelheit in ein Wunder verwandelten.

Nuria war an seine Seite getreten und legte eine Hand auf seinen Arm. »Sie denkt an dich«, sagte sie überrascht.

Jordi sah sie fragend an.

Nuria Niebla lächelte, so warm und froh, dass Jordi wieder in den Sinn kam, wie ähnlich sie Catalina war. »Sie denkt an dich. Und du hast gerade an sie gedacht.«

Ich tue nichts anderes, wollte Jordi erwidern. Die ganze Zeit schon. Er sagte es aber nicht, sondern nickte nur.

Winzige Sterne regneten wie glitzernder Staub aus dem Dunkel der Nacht auf Lisboa nieder und dort, wo sie herabsanken, da zogen sich die Fäden der Meduza zurück und Jordi fühlte sich ganz wunderbar getröstet.

Nuria Niebla flüsterte fasziniert: »Sagen die alten Erzähler denn nicht, dass Liebende, wenn sie sich auf der Erde verloren haben und aneinander denken müssen, den Himmel rühren?« Sie seufzte, als erweise sich ein uraltes Märchen als wahrhaftig. »Die Natur spürt, was tief in uns vorgeht, Jordi Marí, das tut sie immer.«

Jordi lächelte unsicher, doch bevor er etwas erwidern konnte, hob Nuria Niebla die Hand. »Sag jetzt besser nichts, Junge. Komm einfach mit mir mit. Du kannst mir vertrauen.«

Noch immer sah er die Sterne vor sich, nahm ihren Glanz in sich auf, der sich in den Augen der alten Frau spiegelte, und wusste, dass etwas sich verändert hatte. Mit einem Mal machte er sich keine Gedanken mehr, ob Nuria ihn mit auf ihre Suche nehmen würde. Er würde Catalina finden. Und alles würde gut werden.

Er hob den Kopf und blickte Nuria an. Und dann nickte er.

Feuerfinger

Als Jordi sich hinter Nuria unter der niedrigen Tür aus schwerem Holz bückte, tauchte er in eine Welt voller Magie ein. Nuria war in den kleinen Laden hoch oben in der Alfama eingetreten, ohne sich die Mühe zu machen, anzuklopfen.

»So viele Gäste!« Eine junge Frau beugte sich über einen Tisch in der Mitte des vollgestopften Ladens. Sie hatte fein geschnittene Züge. Hals, Ohren und Nase waren mit exotischem Holzschmuck geschmückt. »Und das alles an nur einem einzigen launischen Tag.«

Jordi blickte sich staunend in dem kleinen Raum um. Amulette baumelten von der niedrigen Decke und die Leiber toter Tiere schwammen in trüben Einmachgläsern. Seltene Gewürze verströmten die Düfte ferner Länder. Krumme Regale voll merkwürdig geformter Tiegel und verstaubter Fläschchen bedeckten jeden Zentimeter der unverputzten Wand.

»Wie kann ich euch helfen?« Die Frau richtete sich auf und trat zwischen Krimskrams und Gerümpel hervor, das Magie und Zauberkunst ausatmete wie die Dunkelheit

Kälte. Obwohl sie noch so jung war, hatten sich ihre Zähne schwarz verfärbt wie die eines Hafenarbeiters, der fortwährend Tabak zerkaut. Und als sie jetzt erkannte, wen sie vor sich hatte, kniff sie ihre braunen Augen zusammen. »Nuria Niebla?«

»Ich brauche deine Hilfe, Fado Mariza.«

Fado antwortete nicht. Sie nahm einen irdenen Krug vom Tisch und steckte ihn in einen großen Sack aus festem grobem Leinen, der ausgebreitet auf dem Boden lag. »Nuria Niebla«, wiederholte sie nachdenklich. »Warum wundert es mich nicht wirklich, dass du hier bist?«

Nuria antwortete nicht. Ihr Blick traf den der jungen Hexe und sie musterten sich in stummer Zwiesprache.

Endlich schüttelte die Jüngere den Kopf. »Ja, ich habe es gesehen«, sagte sie, als ob Nuria eine Frage gestellt hätte. »Drüben, über dem Castelo. Malfuria ist tatsächlich zum Sterben in meine Stadt gekommen.« Sie wies auf den Sack unter dem Tisch. »Ich denke, dass ich Lisboa verlassen werde. Und ihr solltet das auch tun.«

Jordi stand nur schweigend da. Er fühlte sich fehl am Platz. Die Frauen schienen sich ohne Worte zu verstehen. Und sie kannten sich offenbar gut. Ob sie einander leiden konnten, vermochte er nicht zu sagen.

Nuria Niebla sagte: »Wir haben es auch gesehen.«

Fado Mariza prüfte schnell einige Pülverchen, die in winzigen Beuteln verschnürt waren, und steckte sie zu den anderen Sachen in den Leinensack. »Die Mephistia hat also ihr Gesicht gezeigt.«

Nuria nickte traurig.

»Weißt du, wer sie ist?«

Die alte Frau schloss für einen ganz winzigen Augenblick die Augen, dann sagte sie: »Sarita.«

»Deine Tochter? Catalinas Mutter?«

»All die Jahre befürchtete ich, dass so etwas geschehen könnte.« Nuria sah aus, als zwänge die Last der ganzen Welt ihr dieses Nicken auf. »Vielleicht ist es auch Catalina gewesen.«

»Warum glaubst du das?« Fado sah die alte Hexe lauernd an.

»Nur die beiden haben außer mir noch die Gabe. Niemand sonst hätte den Rabenfedernsturm vernichten können.«

Fado bleckte die Zähne wie ein Tier. Sie nickte nachdenklich, bevor sie sich wieder in Bewegung setzte. Sie warf ihren beiden Gästen Blicke zu, die nur schwer zu deuten waren, und sammelte seltsam geformte Utensilien aus Draht und Metall für die Flucht aus der Stadt ein.

»Ich, für meinen Teil, weine der alten Katzenhexe keine einzige Träne nach«, sagte sie schließlich abfällig. »Hat Agata la Gataza nicht schon immer ihr eigenes Spiel gespielt? Ich weiß es und du vermutlich auch, Nuria. Du hast La Gataza gehasst, gib es zu, wenigstens jetzt.« Die junge Hexe zog den Sack hinter sich durch den Laden, in dem von irgendwoher ein leises Klimpern erklang.

»Malfuria und La Gataza sind eins, das waren sie schon immer. Wenn Malfuria tot ist, dann ist sie es auch.«

Fado zuckte die Achseln. »Wäre das schlimm?«

Niemand gab ihr eine Antwort auf die Frage.

Jordi fröstelte. Es war kalt hier drin.

»Catalina ist bei mir gewesen«, sagte Fado Mariza und stellte den Sack ab.

Jordi erwachte zum Leben. »Wann ist das gewesen?«

»Bevor Malfuria gestorben ist.« Sie überlegte, nur kurz. »Eine Stunde zuvor.«

Jordi trat einen Schritt auf sie zu. »Was hat Catalina –«, begann er, doch er stockte, als sich plötzlich eine Schlange, die ganz aus Mosaiksteinchen bestand, zwischen den Gefäßen auf dem Tisch hindurchringelte.

Fado streckte den Arm nach ihr aus und nahm das Tier zu sich. Sie zwinkerte Jordi zu. »So viele Fragen hast du«, sagte sie. »Ich sehe es dir an. Und vielleicht hab ich ein paar Antworten für dich.« Sie streichelte der Schlange über den kleinen Kopf, doch dann sah sie lauernd hoch. »Aber erst mal müssen wir von hier verschwinden.« Sie blickte zur Tür. »Die Culebra wittert die Finsternis.«

Etwas schlug gegen die Wand des Hauses.

Das Regal, das dort stand, kippte um und alles, was sich in ihm befand, fiel scheppernd und klirrend zu Boden.

»Sie sind schon hier!« Fado sprang schnell zur Tür und verriegelte sie, als würde das etwas nützen. »Draußen, Junge! Spürst du es auch?« Sie ließ die Tür nicht aus den Augen.

»Ich heiße Jordi.«

Sie sah ihn an und lächelte. »Hallo Jordi. Ich bin Fado Mariza.«

»Kannst du dich des Jungen annehmen?«, fragte Nuria Niebla. Ihre Stimme klang plötzlich ganz anders, tief und drängend.

Fado Mariza hob den schweren Leinensack auf und warf ihn Jordi zu. »Du kannst damit anfangen, das hier zu tragen, wenn wir verschwinden.«

Jordi blickte zu Nuria Niebla hinüber, die den Kopf geneigt hatte und auf das horchte, was draußen vor sich ging.

»Ich gehe mit Nuria«, sagte Jordi mit fester Stimme. »Ich muss Catalina finden.«

»Aha. Störrisch wie ein Esel«, kommentierte Fado die Bemerkung.

»Er will meine Enkelin finden.« In Nurias Stimme schwang Verständnis mit und Jordi spürte, wie die Hoffnung in ihm übermächtig wurde, dass sie ihn doch noch mitnehmen würde.

»Catalina ist längst fort«, stellte Fado Mariza lapidar fest. »Wisst ihr, wer Makris de los Santos ist? Sie ist eine Zigeunerhexe. Sie kann die Magie nicht benutzen, aber sie kennt viele Tricks. Sie hat Catalina begleitet, vorhin, und ...«

In diesem Moment schlug etwas durch und durch Schweres gegen die Tür.

Was immer es war, es musste stark sein. Und viel, viel größer als ein Harlekin oder ein Schattenaugenmensch.

»Wir haben keine Schatten gesehen, als wir herkamen«, murmelte Jordi. »Nicht in den Gassen der Alfama, nur oben am Himmel.«

»Sie sind schneller, als man glaubt.« Fado streichelte beruhigend die Culebra, die sich aufgeregt um ihren Arm ringelte.

Draußen scharrten wuselnde Füße gegen das feste Holz der Tür. Tausende und Abertausende mochten es sein, und klein, so winzig klein.

»Was ist das?« Fado Mariza starrte auf den Boden unter der Tür.

Tiere kamen dort hervorgekrochen.

Hungrig zwängten sie ihre gepanzerten und schwarzen Chitinleiber durch jeden Winkel, drangen in das Haus ein, als gebe es nicht das geringste Hindernis. Kleine wendige Punkte hektischer Nachtschwärze krabbelten dort überall herum. So groß wie Kinderfinger, manche auch kleiner.

Jordi erkannte voller Ekel, was die Punkte waren. »Kakerlaken«, schrie er.

Nuria Niebla fluchte. »Die Schatten leben in ihnen.«

Das Rascheln war jetzt überall auf der Tür zu hören. Der Gedanke, dass die schwere Tür auf der anderen Seite mit Kakerlaken bedeckt war, deren Körper diese widerwärtigen Geräusche machten, erfüllte Jordi mit Grauen. Er wusste, wie stark diese Kreaturen waren. Nicht selten hatte er versucht, sie zu töten, wenn er sie in der Küche des Leuchtturms erwischt hatte. Man konnte alles Mögliche auf sie werfen, man konnte sogar mit dem Stiefel auf sie treten und es passierte ihnen nichts. Selbst mit nur wenigen Gliedmaßen krabbelten sie noch weiter.

»Es sind zu viele«, murmelte Fado nur und die Culebra zischte wütend. Die junge Hexe trat mit dem Stiefelabsatz auf die kleinen Leiber, so fest sie konnte, und die zuckenden Schatteninsekten, die am Boden klebten, zappelten wie wild in ihrem eigenen Blut und lösten sich nach und nach aus ihrer Erstarrung, um einfach weiterzulaufen, geradeso, als sei nichts geschehen.

Nuria Niebla achtete nicht auf die Kakerlaken. Stattdessen schritt sie die Regale entlang, studierte die Etiketten. Endlich fand sie eine Flasche, die sie eilig entkorkte. Sie schüttete den Inhalt auf den Steinboden und nahm ein krummes Streichholz zur Hand, das sie in Windeseile entzündete und in die feucht glänzende Lache warf. Sofort züngelten gierige Flammen auf und trieben die Kakerlakentiere, an denen die Schatten klebten, zur Tür zurück.

»Das verschafft uns ein wenig Zeit.« Die alte Nebelhexe ging im Raum auf und ab, unruhig wie ein gefangenes Tier, das nicht akzeptieren wollte, dass seine Zeit gekommen ist.

Jordi indes ließ die Tür nicht aus den Augen. »Gibt es noch einen anderen Ausgang?«

»Den gibt es«, sagte Fado und lief nach hinten in den Laden. Kurz darauf erschallte ein kräftiger Fluch und sie kehrte mit großen Schritten in den Laden zurück. »Kakerlaken, überall.«

Hinter ihr züngelten Flammen an den Wänden. »Ich musste auch dort Feuer legen«, sagte Fado nur.

Die Culebra zischte aufgeregt.

»Ob das wirklich eine so gute Idee ist, sich selbst anzuzünden?«, fragte Jordi, als er die Flammen im hinteren Teil des Ladens beobachtete.

Fado schüttelte den Kopf. »Die denkbar schlechteste überhaupt, wenn du mich fragst. Aber sie verschafft uns immerhin ein wenig Zeit. Hast du einen besseren Vorschlag?«

Er zuckte mit den Schultern. Nein, hatte er nicht!

Entsetzt beobachtete er die Kakerlakenschwärme, die sich jetzt zurückzogen, nur um sich einen neuen Weg jenseits der züngelnden Flammen zu suchen. Die Tiere liefen die Wände hinauf und von dort aus an der niedrigen Decke entlang. Es war ein Meer aus wuselnden winzigen Leibern, die alle die Finsternis in sich trugen, ein Heer von großen Insektentieren, bestehend aus Tausenden von Fühlern, Abertausenden von dürren Beinen und unzähligen gezackten Panzern, die flink an der Decke entlangkrabbelten. Einige von ihnen verloren den Halt und fielen zwischen die Gegenstände, die den Tisch bedeckten, oder aber sie stürzten in die Flammen, die Nuria entfacht hatte. Diejenigen, die nicht knisternd verbrannten, sprangen aus den Flammen und zappelten wild auf dem Boden.

»Sie dürfen uns nicht berühren, auf keinen Fall!« Jordi dachte an die Finsterfalter und das, was ihr Stich mit ihm gemacht hatte.

Nuria Niebla schüttete erneut Öl auf den Boden. Dann stellte sie sich mitten in die Lache.

»Es gibt nur diesen einen Weg«, erklärte sie. »Ich habe keine Wahl. Ich muss Catalina finden.«

»Was haben Sie vor?« In Jordis Stimme klang Panik.

»Das Feuer wird mich von hier fortbringen.« Sie hielt ein

Streichholz in den Händen. »Es tut mir leid«, sagte sie und sie sagte es so, als meinte sie ihre Worte ernst. »Ich kann zwar in den Feuern wandern, aber ich kann niemanden dorthin mitnehmen. Die Flammen würden jeden töten, der den Zauber nicht beherrscht.«

Jordi spürte, wie Zorn in ihm aufstieg. »Und was geschieht mit uns?«

Nuria Nieblas Blick suchte den seinen. »Du und Fado, ihr müsst einen anderen Weg finden.«

Die junge Hexe war gerade dabei, eine ganze Reihe der Kakerlaken mit den Absätzen ihrer Stiefel zu zertreten. »Hör lieber auf sie. Es ist nicht die beste Lösung, aber allemal besser, als zu dritt zu verbrennen. Feuerzauber sind sehr eigenwillig.« Sie blickte zu Nuria hinüber. »Geh hin und such deine Tochter oder deine Enkelin oder wen auch immer.«

Nuria hatte Jordi nicht aus den Augen gelassen.

»Viel Glück«, sagte sie schlicht.

»Nein!«

Jordi wusste nicht, ob er es gerufen hatte oder nur gedacht, aber der Schrei schrillte in ihm wie etwas, das ihn nie mehr loslassen würde.

Nuria Niebla stand einen kurzen Augenblick regungslos da, dann entzündete sie das Streichholz mit dem Fingernagel und ließ es ruhig fallen. Sofort loderte das Feuer um sie herum auf.

Jordi taumelte zurück, so groß war die Hitze der hoch aufschlagenden Flammen, die den Laden in unruhiges

Licht und viele tanzende Schatten tauchten und nach Vorhängen, Holz, Regalen, Tand und Krimskrams griffen.

Das Feuer umarmte Nuria Niebla in Windeseile und es sah so aus, als würde sie in den Flammen sogar ein wenig durchsichtig werden. Es schien ihr keine Schmerzen zu bereiten. Langsam, ganz langsam begann das Feuer mit der Nebelhexe darin zu wandern, bewegte sich in Richtung der schmalen runden Fenster.

»Sie reist mit den Flammen, wie es die weisen Frauen vor langer Zeit schon getan haben.« Fado Mariza folgte fasziniert dem Schauspiel.

Jordi hörte sie sprechen, doch er achtete nicht auf die Worte. Noch immer konnte er nicht glauben, was hier geschah. Nuria hätte ihn zu Catalina führen können! Sie war vielleicht die Einzige, die das konnte!

Die Tür zerbarst in viele Splitter, als etwas sich von draußen gegen sie warf.

Fado wurde bleich vor Furcht.

Die Flammen, in denen Nuria Niebla reiste, begannen aufgeschreckt zu flackern.

Ein pulsierender Finsterfaden, breit wie der Arm eines Kraken, hatte die Tür zerschmettert und schob sich in den Raum hinein. Ohne Zögern packte er die Flammen, die um Nuria Niebla züngelten und die fast das Fenster erreicht hatten. Es sah aus, als würde der pechschwarze Finsterfaden mitten in die Flammen hineinstechen. Er vollführte eine ruckartige Drehung und das Feuer wurde mitsamt der alten Frau durch den Raum geschleudert.

Jordi spürte, wie Fado ihn schnell und unsanft zur Seite stieß, sodass das Feuer ihn um Haaresbreite verfehlte. Schwer prallte er gegen die Kante des Tisches und stöhnte vor Schmerzen laut auf.

Dann sah er, dass die hektisch kreischenden Flammen Fado Mariza mit sich gerissen hatten. Der beißende Gestank ihres brennenden Haars schlug dem Jungen mitsamt der Hitze ins Gesicht und wurde schnell eins mit den Schreien der jungen Frau, so kläglich wimmernd und hilflos und voll des Schmerzes, dass der Junge sich nicht auszumalen wagte, was die junge Hexe empfand.

Schreie der allertiefsten Verzweiflung waren es, die zu einem tosenden Kreischen fern jeder Hoffnung wurden und dann schnell, ganz schnell, erstarben.

Überall knisterte es, überall züngelten die Flammen nach Nahrung.

Jordi kauerte am Boden und zitterte. Rauch nahm ihm den Atem, ließ ihm keinen Moment zum Verstehen, zum Verweilen, zur Trauer.

Die Flammen, die aus dem Feuer stoben, sprangen im Laden umher und verbrannten, was sich ihnen in den Weg stellte.

Der Finsterfaden schob sich schnell wie eine Peitschenschnur durch den Raum und packte erneut den kümmerlichen Rest der Flamme, die Nuria in ihrer Mitte trug. Das Feuer biss sich seinerseits in der schattenhaften Finsternis des Tentakels aus Nacht und Nichts fest, kletterte an ihm empor und brannte große Fetzen aus ihm heraus. Der

Finsterfaden stieß einen Ton aus dem Innersten, der wie berstendes Eis in der Sonne war.

Die alte Frau schrie.

Etwas funktionierte nicht mehr mit ihrem Feuerzauber. Jordi war nicht gerade bewandert in den magischen Künsten, aber um das herauszufinden, bedurfte es keiner besonderen Kenntnisse. Jeder hätte es bemerkt, wirklich jeder.

Denn Nuria Niebla brannte.

Jordi sah es mit eigenen Augen.

Zappelnde Finsterfädenstücke packten sie an den greisen Haaren und zogen sie aus den Flammen heraus. Ihre Kleidung fing Feuer und dann murmelte ihr Mund erstickte Laute. Mit beiden Händen griff sie nach dem Finsterfaden und kleine Funken aus Furcht flossen ihr dabei aus den Fingern. Mit Feuer in den alten Augen sah sie den Jungen an und ihre geschwärzten Lippen formten ein einziges Wort: »Lauf!«

Und am Ende war es dieses eine einsame Wort, das Jordi aus seiner Erstarrung riss. Vielleicht war auch ein Zauber dabei, wer konnte das schon sagen?

Der Junge sprang jedenfalls auf die Beine und rannte durch die wilden Flammen nach draußen. Das Feuer leckte an seiner Hose, seinem Hemd, den Haaren. Wild und aufgeregt schlug er nach den Flammen, die ihn zu packen versuchten, und hoffte inständig, dass er es bis zur Tür schaffte.

Bitte!

Nur diese kurze Strecke!

Der wütende Finsterfaden beachtete den Jungen nicht. Er hatte Nuria Niebla ergriffen und wirbelte die Nebelhexe durch den Raum, der zu einem lichterlohen Inferno geworden war. Das Letzte, was Jordi sah, war Nuria, die mit beiden Händen ein Loch in den Finsterfaden riss und es den Flammen so ermöglichte, sich an dem Tentakel zu laben.

Dann sprang er durch den zerborstenen Türrahmen ins Freie.

Gierig sog er die kühle Abendluft ein, die ihm ins Gesicht schlug.

Und er sah, was geschehen war.

Das Wolkengebilde, aus dem der Finsterfaden herauswuchs, der in Fados Haus hineinreichte, hing über der Alfama und es schien kurz davor zu sein, abzustürzen. Näher und näher kam es den Dächern der Stadt, während seine Fäden wütend um sich schlugen und packten, wen sie kriegen konnten. Etwas zog die Dunkelwolke nach unten, etwas zerrte an dem einen Finsterfaden, der noch im Laden wütete.

Nuria?

Er wusste es nicht. Denn die Kraft, Dinge zu wissen, schwand mehr und mehr.

Hatte die Nebelhexe den Kampf gegen den Faden gewonnen?

Jordi Marí schnappte nach Luft und sah die Masse aus finsterer Nacht und Nichts auf sich zukommen und er ahnte, dass seine Entscheidung, Nuria zu folgen, nicht unbedingt die beste gewesen sein mochte.

Chafariz

»Miércoles!« Der Freudenschrei steckte Catalina noch immer im Hals, als sie sich zu der kleinen Gestalt am Fuße des Brunnens hinunterbeugte. Die kleine Nase des schwarzen Katers, der aus dem Nichts gekommen war, fühlte sich so kalt an wie die schattigen Plätze in La Marina, an denen die Fischer in der Mittagszeit gesessen hatten.

Einen Bruchteil von Augenblicken hatte sie geglaubt, ein Schatten wäre über sie gekommen, bis sie erkannt hatte, wen sie da wirklich vor sich hatte.

Kein Zweifel. Es war der Kater, der ihr in Malfuria auf Schritt und Tritt gefolgt war.

»Was machst du denn hier?«, fragte sie überglücklich, kniete sich nieder und kraulte ihm das schwarze Fell.

Der Kater sagte nichts. Er war ein Kater.

»Miércoles!« Es tat so gut, ihn am Leben zu wissen!

»Ihr kennt euch?«, fragte Márquez.

»Er hat in Malfuria gelebt.« Catalina streichelte dem Tier langsam über das samtweiche Fell und die schwarzen Federn. Der geschmeidige Katzenkörper streckte sich unter der Berührung ihrer Hand. Der Kater schnurrte leise und stupste das Mädchen mit der Schnauze an. »Es tut mir leid«, flüsterte Catalina und wusste nicht einmal, ob die Katze, die sich immerzu und überall in den sich fortwährend ändernden Räumen des Sturms aus dichten Rabenfedern herumgetrieben hatte, sie überhaupt verstand.

Das grazile Tier faltete seine Flügel aus, um sie zu reinigen. Nie zuvor war dem Mädchen aufgefallen, wie filigran die Flügel des Katers waren. Es waren zerbrechliche Schwingen, so viel stand fest. Hoch oben in Malfuria hatte er sie nicht gebraucht und wenn er sie nicht benutzte, dann fielen sie kaum auf.

»Bist du bis hierher geflogen?«, fragte Catalina und schaute in den Himmel hinauf.

Miércoles gab keine Antwort. Er schnurrte nur, leise.

Was für ein schönes Tier er doch war. Catalina berührte sein Fell erneut und Hoffnung stieg in ihr auf. Wenn es Miércoles geschafft hatte – was war dann mit Agata la Gataza geschehen? Hatte auch sie sich aus Malfuria retten können?

La Gataza verlässt Malfuria niemals, rief sie sich die Worte von Makris ins Gedächtnis.

Miércoles schnurrte und faltete die Flügel wieder zusammen. Langsam erhob er sich, wie es der Katzen behäbige Art ist, und strich an den Beinen des Mädchens entlang. Sein samtiger Schwanz ringelte sich, als male er Buchstaben in die Luft.

Der Schatten des alten Kartenmachers glitt über Catalina und die Katze hinweg und floss über den Platz. Unruhig spähte er in die Gassen, mal hierhin, mal dorthin. Einen Augenblick später zuckte er zurück – enttäuscht, nicht das gefunden zu haben, worauf er wartete, und legte sich wieder über sie.

»Das ist Márquez«, stellte Catalina den Schatten des Kartenmachers vor.

Miércoles drehte den Kopf und musterte sein Gegenüber.

»Wir verstehen uns«, sagte der alte Kartenmacher schlicht und beugte seinen Kopf.

Der Kater schnurrte leise, aber plötzlich wurde das Schnurren zu einem Fauchen, in dem alle Traurigkeit der Katzenwelt mitschwang.

»Sie meinen – Sie verstehen, was er sagt?«, fragte Catalina verwundert und ließ den Blick von einem zum anderen wandern.

»Ich bin ein Schatten«, sagte der Schatten, als würde das alles erklären, und lächelte kühl wie ein Windhauch in der Nacht. »Die Katzen mögen die Schatten, schon immer sind sie befreundet gewesen. Warum findet man sie sonst so oft in den Schatten liegend vor? Wir führen Gespräche, gerade in der Mittagsstunde, wenn die Sonne hoch am Himmel steht. Die Katzen sehen vieles, was uns verborgen bleibt. Wir tauschen Geschichten aus, erblicken die Welt mit den Augen der Katzen. Und die Katzen, mein Kind, sehen die Welt mit Schattenaugen.«

Catalina schnappte nach Luft. Erneut blickte sie von einem zum anderen.

»Stimmt das?«, fragte sie den Kater.

Miércoles schnurrte.

Und nickte dann, wie nur Katzen es tun.

»Warum können Sie ihn verstehen und ich kann es nicht?« Ja, sie wusste, dass sie selbst kein Schatten war. Trotzdem!

Der Schatten lächelte gütig. »Katzen«, sagte er, »haben Herzen, die nur ihnen selbst gehören. Eine Katze gehört niemandem und mit ihrem Herzen verhält es sich genauso.«

Catalina sah ihn ratlos an. »Was hat das mit meiner Frage zu tun?«

»Geduld, Geduld.« Márquez hob die Hände.

Catalina verzog das Gesicht.

»Wenn du es irgendwann einmal schaffst, eine Katze zu echten Tränen zu rühren, dann wirst du sie verstehen.«

Mit einem Mal fiel Catalina auf, dass sie noch nie zuvor ein Tier hatte weinen sehen. Konnten sie überhaupt Tränen vergießen? Die güldenen Katzenaugen beobachteten sie und wirkten nicht so, als würden sie sich zu einer echten Gefühlsregung hinreißen lassen. Sie sahen freundlich aus, ja, und doch raubtierhaft.

»Du musst ihm eine Geschichte erzählen, die ihn zu Tränen rührt, und wenn das passiert, dann musst du die Träne, die das Katzenauge weint, ganz leise kosten.«

»Dann werde ich Miércoles verstehen?«

Der alte Kartenmacher nickte.

Catalina betrachtete den Kater. Und sie fragte sich, wie

die Geschichten der Schatten sich wohl anhörten, wenn sie die Katzen in der Welt zu Tränen gerührt hatten.

»Aber wir haben jetzt kaum Zeit zum Geschichtenerzählen, nicht wahr?« Márquez spähte über den Platz zu den angrenzenden Straßen und Gassen, in denen es verdächtig still war. »Sie müsste längst hier sein«, sagte er.

Catalina nickte.

Wo war Nuria?

Was hatte ihr Ausbleiben nur zu bedeuten?

Sie rief sich Márquez' Worte ins Gedächtnis. »Wenn etwas passiert, etwas, das wir nicht vorhergesehen haben, dann müssen wir in die Stadt aus Nacht und Nirgendwo gehen.«

Und dass etwas passiert war, das spürte Catalina tief im Inneren ihres Herzens. Auch wenn sie ihre Großmutter überhaupt nicht kannte, war sie doch sicher, dass sie ihr Wort halten würde, wenn sie es nur könnte.

Meine Güte, außer den kümmerlichen Erinnerungen eines kleinen Mädchens, die der Aquamarin ihr geschenkt hatte, besaß sie nichts, aber auch gar nichts, was sie mit Nuria Niebla verband. Trotzdem war da ein Band zwischen ihnen, das stark war. Sie vertraute der Nebelhexe aus tiefstem Herzen.

Plötzlich kam ihr ein Einfall. Was, wenn Nurias Verschwinden etwas mit dieser riesigen Wolke aus Finsternis zu tun hatte, die drüben in der Alfama mit lautem Getöse niedergegangen war? Was hätte das dann zu bedeuten?

Der Kater erhob sich langsam, strich ihr einmal um die

Beine und sprang dann auf den Brunnenrand. Gleichsam neugierig wie vorsichtig betrachtete er die Rankenwurzeln, die über dem Brunnenschacht lagen. Die Drachenharpyie, die wie ein strenger Wächter auf dem gewaltigen Sockel aus Stein thronte, sah von oben auf sie hinunter – fast schien es, als ob sie die Neuankömmlinge misstrauisch beäugen würde.

Und noch etwas erkannte Catalina jetzt. Zwischen den mächtigen Klauen des Brunnenwächters entsprang eine richtige Pflanze, die wie kunterbunter Efeu aussah und lange Wurzeln besaß. Sie rankten sich über den Sockel hinab und verflochten sich mit den hölzernen Ranken zu einem dichten Teppich, der die Brunnenöffnung ganz bedeckte.

Spitze Dornen wuchsen auf den Wurzeln, aber auch wunderschöne Rosenblüten. Der Duft der Pflanze schwebte Catalina in die Nase und trotz ihrer Sorgen fühlte sie sich plötzlich merkwürdig getröstet.

»Es ist ein Rosenefeu«, erklärte Márquez, doch er war nicht ganz bei der Sache. Wieder sah er sich unruhig um.

Catalina hatte von diesen Pflanzen gehört. Ihre Eltern hatten ihr davon erzählt. Wie lange war das nun her? Sie seufzte. An die Cala Silencio zu denken tat weh. An ihre Familie zu denken tat weh.

Sie schloss die Augen.

»Catalina. Es ist so weit. Wir dürfen nicht länger warten!«, sagte der Kartenmacher. In seiner Schattenstimme klang jetzt ganz offen die Furcht.

Catalina blinzelte. Die Töne der Wirklichkeit kehrten unsanft zu ihr zurück. Das dumpfe Donnergrollen der Kanonen, die aus der Ferne Finsternis auf Lisboa schossen, schwoll an. Ebenso die Schreie der Menschen. Die unglücklichen Fluggeräte, die mit den hungrigen Fäden der Meduza in Berührung kamen, strauchelten und stürzten dann mit Getöse ab. Staubwolken erhoben sich in den Nachthimmel, überall dort, wo eine Flugmaschine in ein Haus gerast und kunstvolle Bauwerke aus blendend weißem Stein in brennende und rauchende Trümmerhaufen verwandelt hatte.

»Werden wir Nuria dort treffen?«, fragte sie und presste ihre Lippen zusammen. »Ich meine, in der Schattenstadt?«

»Nein.« Der Schatten schüttelte den Kopf. »Nuria lebte zwar unter Schatten, seit sie auf der Flucht ist. Aber die Stadt aus Nacht und Nirgendwo kann sie nicht betreten. Das können nur wir Schatten. Und du.«

»Aber warum gerade ich?«

Er warf ihr einen langen Blick zu. »Du bist die Mephistia, Catalina.« Er schnitt mit einer Handbewegung ihre Frage ab. »Später. Wenn wir uns nicht beeilen, ist sie fort.«

»Wen meint Ihr nun schon wieder?«, fragte Catalina verwirrt. »Nuria? Ich denke, sie kann die Stadt nicht betreten.«

»Nein.« Márquez waberte so schnell auf und ab, dass seine Gestalt ganz verzerrt war. »Ich meine die Stadt der Schatten. Sie ist eine Wanderstadt, das ist sie schon immer gewesen. Sie wird nicht auf uns warten.«

Catalina seufzte. Hilflos sah sie von dem Schatten zum Kater.

Sie kannte sich nicht aus mit Wanderstädten. Wie auch?

»Bist du bereit?« Márquez hatte ihr sein Gesicht zugewendet, doch sie konnte seinen Blick nicht deuten, dafür war es inzwischen zu dunkel geworden.

War sie bereit? Sie wusste es nicht.

»Die Flüsterer«, drängte Márquez. »Sie werden bald hier sein. Dann ist es zu spät. Deine Großmutter würde mir das nicht verzeihen.« Die Furcht in seiner Stimme wurde zur Panik, wie ein Sturm aus Eis und Schnee.

»Wer sind sie wirklich, diese Flüsterer?«

Hektisch schaute er sich um, dann sagte er: »Einer von ihnen kam zu uns in die Windmühle. Er war es, der meinen Körper in Besitz nahm, er war es, der trennte, was niemals getrennt werden durfte.«

»Die Flüsterer sind die Harlekine?«

Er nickte.

Catalina erschauerte allein beim Gedanken an diese Wesen. Sie verspürte nicht das geringste Interesse daran, einem Harlekin zu begegnen. Überall in Barcelona waren sie aufgetaucht und immer war ein eiskalter Hauch ihr Vorbote gewesen. In Eivissa hatten sie Makris de los Santos und ihr selbst aufgelauert. Sie hatten die Culebra dazu angestiftet, die arme Zigeunerhexe zu vergiften.

Plötzlich fauchte Miércoles. Noch immer stand er auf dem Brunnenrand. Er breitete seine Flügel zur vollen Spannweite aus und funkelte Catalina an. In seinen Raubtieraugen stand derselbe Blick wie damals, als er ihr in Malfuria geholfen und ihr die Bibliothek im Herzen des Rabensturms gezeigt hatte. Ein bisschen Ähnlichkeit hatte er in diesem Moment sogar mit der großen Harpyie, die den Brunnen bewachte.

»Catalina! Was ist nun?«

»Wie werden wir die Stadt betreten?«

»Wir müssen in die allertiefste Dunkelheit hinabtauchen«, erklärte Márquez. »Jede Art von reiner Dunkelheit ist ein Tor, durch das man in die Schattenstadt hineingelangen kann.« Er trat an den Brunnenrand und spähte hinunter. »Der Chafariz hier ist so ein Tor.«

Sie schwieg. Lange.

Tauschte einen Blick mit dem Kater, der sie noch immer unverwandt anstarrte.

Keine Worte der Zustimmung kamen über ihre Lippen. Aber irgendwann nickte sie.

Catalina hatte ihre Entscheidung getroffen.

»Dann schnell.« Der Kartenmacher floss einmal um die hohe Skulptur in der Mitte des Brunnens herum.

Ein leises Zischen war zu vernehmen, als der Drache langsam seinen Kopf senkte. Die Ranken zu seinen Füßen wisperten und raschelten aufgeregt und der Rosenefeu streckte sich unruhig.

Catalina war nicht entgangen, dass die Pflanzen in Lisboa ein seltsames Eigenleben führten. Sie waren lebendiger als ihre Artgenossen in Barcelona, machten Geräusche, bewegten sich schlangengleich an den weiß getünchten

Hauswänden entlang. Man musste vorsichtig sein, durfte ihnen nicht zu nahe kommen.

Das Mädchen wusste nicht, was geschehen würde, wenn man dies tat. Aber sie hatte gesehen, wie machtvoll sich manche der Pflanzen gegen die Finsternis zur Wehr gesetzt hatten.

Der alte Kartenmacher berührte die schlanken Rankenwurzeln, einem Knäuel Hölzer gleich, an denen noch Blätter und Blüten sprossen. Kaum merklich erschauderten sie, als der Schatten über sie hinwegglitt.

Catalina spähte in den Brunnen. »Ich kann ein Licht erkennen, das durch die Wurzeln schimmert.«

War das möglich? Da unten durfte es doch nur Finsternis geben, oder etwa nicht? War die Schattenstadt etwa kein Ort der reinen Dunkelheit? Catalina hatte niemals hinterfragt, ob dies so war. Schatten waren dunkel, also musste ihre Stadt genauso finster sein.

»Du bist die Mephistia«, sagte Márquez, »du siehst Licht, wo andere nur Dunkelheit sehen.«

Catalina, die sich seit zwei Tagen immer weniger über Dinge wunderte, die ihr passierten, nickte einfach nur.

Blieb trotzdem die Frage, wie sie in den Brunnen hineinkommen sollte. Das dichte Blattwerk und die Ranken ließen keinen Zugang erkennen.

»Du musst den Rosenefeu berühren«, erklärte ihr Márquez. »Ich kann schnell durch die Lücken hindurchfließen, aber für dich und den Kater müssen die Wurzeln den Weg erst freigeben.«

»Was muss ich denn tun?«

»Wenn du sie berührst, dann musst du sie bitten, sich dir zu öffnen.«

»Einfach so?«

Er nickte. »Einfach so!«

Sie betrachtete die Dornen, die winzig aus den knorrigen Rankenwurzeln herauswuchsen. Hier und da öffnete sich eine Efeurose, erblühte wie eine frische Farbe und roch wie der frühe Morgen in der Cala Silencia.

»Einfach so«, murmelte Catalina skeptisch und berührte ein wenig zögerlich das Wurzelwerk des Rosenefeus. Es fühlte sich an, als würde es tatsächlich atmen.

Das Holz war ganz warm und etwas in ihm pulsierte. Säfte flossen in den Rankenwurzeln und in ihnen war Leben, das vieles empfinden und sich an dem blauen Himmel erfreuen konnte. Die Gedanken, die dem Rosenefeu sonst allein gehörten, tasteten nach dem Mädchen. Catalina konnte sie nicht verstehen, aber sie spürte, dass sie ihr nicht feindlich gesonnen waren. Es waren Gedanken, in denen die gleißende Sonne des Nachmittags und die frische Feuchtigkeit der Nacht lebten, Gedanken, in denen Schmetterlinge und Bienen vorkamen, die sich auf den Blüten niederließen, um sie sanft, ganz sanft, zu berühren.

Es war nicht nur ein Rosenbaum, der sich da zwischen den Klauen der Drachenharpyie hervorwand, mit Blüten, so bunt wie die Farben der Welt. Nein, dies war ein Wesen, das atmete und lebte und auf eine Art, die Catalina nicht verstand, sogar reden konnte. Sie konnte sich jetzt vorstellen, dass sich auch die Pflanzen Geschichten erzählten.

Rosenefeu, dachte Catalina nur.

Sie wusste nicht, wie lange sie so dagestanden hatte.

Plötzlich hörte sie ein Knirschen. Die steinernen Flügel der Brunnenfigur spannten sich ein wenig. Leise, ganz leise hob die Harpyie eine Klaue und der Rosenefeu zog sich von der Brunnenöffnung zurück. Wie knorrige Schlangen, die keinen Anfang und kein Ende hatten, schoben sie ihre Leiber an dem Sockel hoch, sodass sich ein gähnend tiefer Brunnenschacht vor dem Mädchen auftat.

»Danke«, flüsterte Catalina und streichelte eine der Rankenwurzeln und kam sich nicht einmal komisch dabei vor.

Dann blickte sie in den Chafariz hinein.

Miércoles machte einen Buckel. Noch immer hatte er seine Flügel gespreizt.

Ein kühler Windhauch streifte das Gesicht des Mädchens, einer, der von tief, tief unten kam.

»Was bedeutet eigentlich dieser Name?«, fragte sie und ihre Stimme hallte von den Brunnenwänden wider.

»Es ist ihr Name«, antwortete Márquez.

»Wessen Name?«

»Der Name der Harpyie.«

»Ist sie lebendig?«, fragte sie.

»Das weiß niemand so genau.«

Sie fröstelte.

Schaute noch einmal die Brunnenfigur an, die nun wieder aussah wie etwas aus Stein, und dann hinab in den Brunnen.

Es war ein Abgrund, der sich vor ihnen auftat. Dunkel war er, als gebe es überhaupt keinen Boden. Doch ganz unten, wo normalerweise die Finsternis am tiefsten sein musste, dort, wo die Nacht ohne Mond auszukommen hatte, gewahrte Catalina abermals dieses sachte Glimmen wie ein weit, weit entferntes Licht.

»Sie ist noch da«, sagte Márquez, der vor ihr waberte.

»Wen meinen Sie?«

»Die Stadt aus Nacht und Nirgendwo. Wir müssen sie betreten, bevor sie sich wieder auf eine neue Wanderschaft begibt.« Der Schatten hob den Kopf und blickte zum Himmel hinauf, der sich immer mehr verfinsterte. Die Fäden der Meduza strickten langsam, aber stetig ein neues Firmament. Eines, an dem keine Sterne funkeln und über den keine Fluggeräte mehr fliegen würden.

Die Dunkelheit kam durch die Gassen gekrochen, man konnte ihre Kälte bereits fühlen. Bald schon würde sie den Largo do Chafariz erreicht haben.

Ein letztes Mal dachte Catalina an Nuria.

Daran, dass sie nicht gekommen war.

Daran, was das bedeuten mochte.

Sanft schimmerte das Licht aus allertiefster Finsternis.

Die Stadt der Schatten.

»Es ist, als nehme man ein Blatt Papier in die Hand.« Márquez war dicht neben ihr. Seine Schattenstimme hatte sich zu einem Flüstern gesenkt. »Man betrachtet das Bild, das darauf gemalt wurde. Dreht man dieses Blatt Papier aber um, so sieht man das schattenhafte Abbild dessen, was auf der anderen Seite ist. Es schimmert durch, weil die Tinte von beiden Seiten aus zu erkennen ist. Die Tinte hinterlässt Formen auf beiden Seiten.«

Der Schatten des Kartenmachers glitt an der Brunnenmauer entlang. »Aber für jede der beiden Seiten«, erklärte er, »ist die andere Seite kaum mehr ein Abbild dessen, was sie selbst als die Wirklichkeit ansieht.«

Catalina blickte auf. »Es hängt also von der Sichtweise ab.«

»Alles, Catalina, hängt immer und überall nur von der Sichtweise ab.« Márquez schwebte ohne Probleme in die Dunkelheit hinein, und als er ganz und gar in sie eingetaucht und förmlich von ihr verschluckt worden war, da konnte Catalina nur noch seine Stimme und den leisen Atem hören, die beide wie ein Echo im Schacht widerhallten.

Catalina streckte ihre Hand aus und wiederholte im Stillen die Bitte an den Rosenefeu.

Wieder schoben sich die Äste und Wurzeln geräuschvoll zur Seite. Blätterwerk raschelte und eine große Rankenwurzel kroch in die Tiefe. Die Dornen, die aus ihr herauswuchsen, wurden kleiner und kleiner, als zöge die Pflanze sie absichtlich ein, damit sie dem Mädchen kein Leid zufügte. Die Blüten, die bisher noch geschlossen gewesen waren, öffneten sich und verströmten den einladenden Duft nach Rosen.

Catalina verstand.

»Ich danke dir, Rosenefeu«, flüsterte sie. Dann kletterte sie, sich an der langen Rankenwurzel festhaltend, über den Brunnenrand in die Dunkelheit hinein.

Im Abgrund

Die Finsternis legte sich um Catalina wie eine Decke. Vorsichtig tastete sie mit den Füßen nach dem glitschigen Mauerwerk, doch sie fand keinen Halt. Nur ihre eigenen Atemzüge hörte sie, keuchend, angstvoll. Ihre Fingerspitzen suchten nach kleinen Lücken im Mauerwerk.

Unter ihren Beinen, die haltlos in der Luft baumelten, konnte sie die Tiefe spüren. Sie fühlte sich nicht gut an, nur weit und leer, so tintenschwarz.

Sie verstärkte ihren Griff um die atmenden Rankenwurzeln und begann zu klettern, Griff für Griff, wie sie es früher gelernt hatte, als sie an den alten Flickenfetzenflügeln der Windmühle herumgeturnt war. Sie tastete sich durch die Finsternis und fühlte sich blind und hilflos. Kleine Tiere, die viele Beine hatten, wuselten ihr über die Hände und Arme, fielen manchmal von ihr ab und manchmal krochen sie ihr über den Nacken ins Haar.

Sie schloss die Augen, öffnete sie wieder. Die Dunkelheit war geblieben.

Vorsichtig kletterte sie weiter, wohl wissend, dass das

hier etwas völlig anderes war als alles, was sie früher erlebt hatte, sogar auf ihrer Flucht mit Jordi.

Das hier war tief, so tief und bodenlos. Wenn sich kleine Steine aus der Wand lösten und nach unten fielen, dann hörte sie keinen Aufprall. Da war nur Stille, ein leichter Windzug.

Das schaffe ich nicht, schoss es ihr durch den Kopf. Diesmal nicht.

Aber es gab nur diesen einen Weg.

Abwärts würde es gehen, weiter und weiter. Und sie wusste nicht einmal, ob sie damit nur den Brunnen meinte.

Catalina spürte, wie ihre Arme unter ihrem Gewicht anfingen zu zittern. Die Finger, die sich um die hölzernen Ranken klammerten, verkrampften sich, das raue Holz riss ihre Haut an den Innenflächen der Hände auf. Ihre Nackenmuskeln fühlten sich an, als würde jemand mit einer Klinge hineinstechen.

Sie keuchte.

Doch gerade als sie das Gefühl hatte, dass sie sich keine Sekunde länger halten konnte, spürte sie plötzlich unter ihrem linken Fuß eine Ranke, die sich zu einem dicken, atmenden Strang verdickte und ihr Halt gab. Wie eine Strickleiter formte der Rosenefeu Stufe für Stufe. Der Duft der Pflanze stieg auf und gab ihr Mut.

Sie hörte ein Rauschen, irgendwo von weiter oben, und einen Moment später war Miércoles neben ihr. Und während sie sich mit neuer Zuversicht an den Abstieg machte, flog er mühelos neben ihr her.

Es dauerte nicht lange und sie war ganz in den tiefen Brunnen abgetaucht. Wieder und wieder lauschte sie in die Dunkelheit hinein. Und die Dunkelheit, so kam es ihr vor, lauschte zurück. Müsste dort unten nicht Wasser sprudeln? Es war nichts zu hören.

Sie zitterte, fror. Kalt war es hier drinnen.

Und kälter wurde es, je tiefer sie kletterte.

Ein letztes Mal sah Catalina nach oben. Lisboa war zu einem kleinen Kreis geschrumpft, über dem sich die Fäden der Meduza zusammenzogen.

Und während ein lautes Zischen die Nacht zerschnitt, erblickte sie das bleiche Gesicht.

Beinahe hätte sie vor Schreck die Rankenwurzel losgelassen. Denn das bleiche Maskengesicht hatte auch sie gesehen.

»Oh, verdammt!«

Es war ein Harlekin.

Die Maske mit den leeren Augenschlitzen und dem breiten rot gemalten Grinsen war ganz plötzlich hoch oben am Brunneneingang aufgetaucht und schien dort mitten in der Luft zu schweben.

Regungslos verharrte die Maske.

Wartete.

Sie verfluchte sich, dass sie so lange gezögert hatte. Márquez hatte sie gewarnt! Er hatte gewusst, dass die Harlekine, die mit der Armada gekommen waren, sie finden würden.

Miércoles flatterte neben ihr in der Dunkelheit und die

güldenen Augen des Katers leuchteten warm vor ihrem Gesicht. So nah, dass sich die Furcht in ihren Augen in denen des Katers spiegelte.

Márquez war auf einmal zur Stelle, sie fühlte es, wenn sie ihn in der Dunkelheit auch nicht mehr sehen konnte.

»Was immer er tut«, flüsterte der alte Kartenmacher, »er kann uns sehen.«

Gerade wollte Catalina fragen, warum er ihnen dann nicht folgte, als der Harlekin in einer einzigen eleganten Bewegung in den Brunnen hineinglitt, als hätte jemand flüssige Finsternis in den Abgrund geschüttet.

»Klettere, so schnell du kannst!« Márquez' Schattenstimme wurde zu einem Fauchen.

Das Mädchen zögerte nicht länger. Sie spürte, wie die knorrige Haut der Rosenrankenwurzel, an der sie sich festklammerte, immer dünner und dünner wurde, je weiter sie nach unten kletterte. Ihre Füße fanden kaum noch Halt, was nur bedeuten konnte, dass die Ranken bald schon zu Ende sein würden.

Wie weit es dann noch bis zum Boden war, vermochte sie nicht zu sagen. Sie erinnerte sich nur an die unendliche Tiefe, die sie gespürt hatte, und erschauderte.

Was sollte sie tun, wenn die Ranken endeten? Was wurde von ihr erwartet? Springen? War das die Lösung? Befand sich die Schattenstadt am Boden dieses Brunnens?

Die weiße Maske, die in der Dunkelheit zu leuchten begann, kam näher.

Catalina kletterte.

Schneller.

Und schneller.

Ihr Herz pochte laut und ihre schweißfeuchten Hände griffen immer öfter ins Leere.

Miércoles fauchte wütend.

Da! Die Harlekinmaske glitt auf sie zu.

Entsetzt schaute sie sich nach Márquez um, doch sie konnte ihn nirgendwo erkennen. Es war einfach zu finster. Sie war auf sich gestellt.

Nicht denken! Klettern, schrillte es in ihr.

Bitte! Sie durfte diesem Ding nicht in die Hände fallen.

Die eisige Nachtschwärze um sie herum war undurchdringlich; inzwischen konnte Catalina nicht einmal die Hände vor ihren Augen sehen. Auch nicht mehr die Harlekinmaske hoch über sich. Sie hörte das Flügelschlagen des Katers und hin und wieder ein Zischen, das der Harlekin ausstoßen mochte.

Doch wurde es nicht leiser?

War sie vielleicht doch schneller als der Harlekin?

Noch einmal blickte sie nach oben, gegen besseres Wissen, denn sie ahnte, dass sie ihre Kraft einzig darauf konzentrieren musste voranzukommen.

Der runde Punkt der Brunnenöffnung war verschwunden.

Und plötzlich verstummte jedes Geräusch, selbst das Zischen des Harlekins, selbst das Schlagen von Miércoles' Flügeln. Nichts!

Sie spürte, wie Panik in ihr hochkroch.

Den Harlekin gar nicht mehr zu hören, war vielleicht noch schlimmer, als die Maske nahen zu sehen oder das Zischen zu vernehmen. Er konnte sich jetzt überall in dieser Finsternis verbergen und er konnte sich jederzeit auf sie stürzen. Catalina hatte nicht die leiseste Ahnung, wie schnell sich diese Kreaturen in der absoluten Nachtschwärze bewegen konnten.

Angstvoll verharrte sie, tastete nach der Pflanze, dünn, so dünn unter ihren verkrampften Fingern.

Trost konnte ihr der Rosenefeu nicht länger geben.

Miércoles. Wo war er? War er vorausgeflogen?

Ein Beben rollte durch die Nacht und die Rankenwurzel, an die sie sich klammerte, wurde unsanft hin und her geschüttelt. Sie bäumte sich auf und erzitterte, als habe sie Schmerzen.

Catalina klammerte sich fest, um nicht zu fallen. Der dünne Strang glitt durch ihre schweißfeuchten Hände.

Ich werde loslassen, schoss es ihr durch den Kopf. Diesmal werde ich loslassen.

Erneut schüttelte sich die Rankenwurzel.

Catalina stöhnte auf.

Vor Wut, Verzweiflung und Trotz.

Und dann rutschte ihre Hand ein letztes Mal ab und sie begann zu fallen, in ein tiefes, bodenloses Nichts.

Nicht einmal schreien konnte sie.

Sie dachte an den Harlekin.

Sie dachte an Nuria.

Sie dachte an Jordi.

Dann dachte sie an nichts mehr. Oder an alles. In ihrem Kopf war Leere und gleichzeitig ein Wirbel von Gedanken und Gefühlen.

Wie ein Stein sauste sie in die Tiefe, drehte sich wild um die eigene Achse, zumindest glaubte sie das. Es fühlte sich so an wie eine Drehung, die unten zu oben und oben zu unten macht. Sie wirbelte herum und mit einem Mal spürte sie den Flügelschlag des Katers wieder dicht neben sich.

Wie von Geisterhand bekam sie erneut die Rankenwurzel zu packen. Sie war jetzt wieder dicker und die Dornenansätze und die Blätter, die sie griff, fühlten sich an wie die Blätter und die Dornenansätze, die sie weiter oben ertastet hatte, die aber im Laufe des Abstiegs verschwunden waren.

Catalina warf einen hastigen Blick nach unten. Zumindest glaubte sie, dass es unten war, denn in dieser Richtung baumelten ihre Füße. Doch das runde Licht dort sah genauso aus wie der Eingang zum Brunnenschacht, oben am Largo do Chafariz.

Sie stutzte.

Nein, das konnte nicht sein. Oder doch?

Sie war von oben nach unten geklettert, zweifelsohne. Also musste sich der Brunnenschacht noch immer über ihr befinden.

Tat er aber nicht.

Sie vergewisserte sich. Und nein – sie täuschte sich nicht.

Die Öffnung des Brunnens war jetzt unter ihr. Wenn sie ihre Augen zusammenkniff, konnte sie sogar die

Drachenharpyie sehen, die nun nicht mehr himmelwärts ragte, sondern nach unten in die Tiefe. Sie erkannte gewaltige Wolkengebilde, die unten in der Tiefe entlangzogen, und dann fiel ihr Blick auf den dicken Bauch einer fliegenden Galeone. Aber sie sah ihn von unten! Herrje, sie sah die Unterseite der Galeone, die hoch oben über der Alfama schwebte und die Stadt mit Finsternis bombardierte.

Oben und unten waren vertauscht.

Ja, nur so konnte es sein.

Catalina kletterte verkehrt herum weiter. Mit dem Kopf nach unten an der Rankenwurzel entlang, doch für sie war es ein Aufwärtsklettern. Alles war verdreht worden.

Wie das möglich war? Sie hatte nicht die geringste Ahnung.

Ein Gefühl des Schwindels befiel sie, wie vor zwei Tagen, als sie von der Gezeitengondel zur Sagrada Família gebracht worden war.

Die Welt war verdreht, das war geschehen.

Wann genau sie die Perspektive gewechselt hatte, wusste sie nicht zu sagen. Es musste in dem Moment abgrundtiefer Finsternis geschehen sein, in dem sie nichts, aber auch wirklich gar nichts mehr erblickt hatte und die Stille übermächtig geworden war. Jener Moment, bevor sie gefallen war.

Plötzlich kamen ihr die Worte des Kartenmachers in den Sinn: Die eine Seite des Blatts Papier zeigt die Welt, die man kennt, und die untere Seite des Blatts Papier zeigt etwas anderes. Etwas, das auf der anderen Seite ist.

Oben ist unten.
Und unten ist oben.
Richtig.
Verkehrt.
Licht.
Schatten.
Es kam wirklich immer auf den Standpunkt an.
Zuversicht durchströmte Catalina wie ein Lied, das sie einmal am Morgen in den Straßen von La Marina gehört hatte. Entschlossen packte sie die breiter werdende Rankenwurzel und kletterte weiter hinauf. Und wenn sie oben ankäme, dann wäre sie ...
Wo?
War dies hier der Eingang zur Schattenstadt?
Ein Flügelschlag streifte sie. Miércoles fauchte eine Warnung, während er sie umkreiste, wie es nur ein fliegender Kater tun kann.
Im gleichen Moment hörte sie es wieder, dieses gedehnte bösartige Zischen, und sie spürte die Eiseskälte in der fernen Tiefe.
Sie schnappte nach Luft. Der Harlekin! Dabei war sie überzeugt gewesen, ihn hinter sich gelassen zu haben.
Catalina bot all ihre Kräfte auf und zog sich an der Rankenwurzel nach oben. Schnell näherte sie sich dem Licht am Ende des Brunnens, der jetzt wieder der Einstieg zum Brunnen war.
Der Schatten des Kartenmachers, der in der Dunkelheit mit seiner Umgebung eins geworden war, gewann langsam

an Kontur. Je näher sie dem Licht kamen, umso schärfer umrissen wurde er und umso ähnlicher sah er dem alten Mann, den Catalina so in ihr Herz geschlossen hatte.

Sorgenvoll blickte er hinter sich, nach unten.

Doch diesmal zwang Catalina sich, es ihm nicht gleichzutun.

Jordi hatte einmal davon gesprochen, wie schwer es war, sich von dem, was einen festhielt, zu lösen, wenn man erst zurückschaute. Wie sehr der Blick zurück auf dem Weg nach vorn behindern konnte.

An Jordi zu denken, gab ihr Kraft. Sie hoffte, dass El Cuento ihn gefunden hatte. Sie vertraute dem Wind. Er war gewitzt und er würde den Lichterjungen zu beschützen wissen. Und dann? Catalina würde Jordi wiedersehen, irgendwo. Sie würden einander über den Weg laufen. Und dann würde sie ihn nicht wieder gehen lassen. Das war der Gedanke, der ihr Zuversicht gab.

Die Rankenwurzel bewegte sich.

Nach oben.

Schnell!

»Rosenefeu«, flüsterte Catalina.

Die Rankenwurzel zog sie mit aller Macht in die Höhe, dem Licht entgegen. Tief hinter sich hörte Catalina ein Geräusch, das sich fremd anhörte wie etwas, das erfroren war und zu zirpen versuchte. War das der Harlekin? Konnte er ihr überhaupt bis hierhin folgen?

Natürlich kann er das! Er ist ein Schatten. Dies hier ist das Tor zu seiner Stadt.

Die Angst trieb sie vorwärts.

Weiter und weiter.

Bis sie endlich das Ende des Schachts erreicht hatte, sich hochzog und über den Brunnenrand stemmte. Miércoles schoss an ihrer Seite ins Freie, und während sie noch die sanfte Berührung seiner Flügel an ihrer Wange spürte, ließ sie sich einfach fallen und blieb erschöpft im Sand neben dem Brunnen liegen. Atemlos schnappte sie nach Luft und rieb sich den Schmutz aus den Augen.

»Wir sind da«, hörte sie eine Stimme sagen, die wieder die Stimme des alten Kartenmachers war, genauso, wie er sich angehört hatte, als er in der Windmühle von Montjuic gelebt hatte.

Catalina sah auf und fischte sich eine Strähne des schmutzigen Haares aus dem Gesicht. Miércoles hockte neben ihr im Sand und faltete die Flügel zusammen.

»Komm hoch, Catalina«, drängelte Márquez. Sie konnte ihm ansehen, dass er ihr am liebsten aufgeholfen hätte. Es quälte ihn, dass ihm das ohne seinen Körper nicht möglich war.

Sie rappelte sich auf und schaute sich um.

Der Brunnen mit dem Rosenefeu sah anders aus, irgendwie. Wie eine schöne Zeichnung, und doch lebendig. Noch immer wachte die Drachenfigur über dem Brunnen, aber ihr Gesicht war nicht länger streng und Furcht einflößend, sondern freundlich.

Alles hier wirkte fremd und dann wieder ganz vertraut. Der Himmel über der Stadt war hell und hatte die Farbe von brüchigem Pergament. Die Galeonen und Finsterfäden waren verschwunden.

»Willkommen in der Schattenstadt«, sagte Márquez gehetzt.

Catalina nickte und ein ungläubiges Staunen verdrängte für einen Moment jede Furcht in ihrem Herzen.

Denn das, was sie um sich herum erblickte, war keine gewöhnliche Stadt. Sie wusste nicht einmal, was genau es war. Sie erkannte Häuser, die aussahen, als habe man sie aus Lisboa gestohlen. Die Pflanzen, die hier lebten, waren grün und grau und blau und rot und die meisten von ihnen sahen aus, als habe jemand sie sorgfältig angemalt.

Der Chafariz befand sich inmitten eines Platzes, der Catalina bekannt vorkam, aber er lag mit Sicherheit nicht in Lisboa. Der Port de les Glòries, wie er genannt wurde, war eine kunterbunte Ansammlung von Stegen und Stelzenhäusern, Lagerhallen und Balkonen in Barcelona. Auf ihrer Flucht mit den Flickenfetzen waren Catalina und Jordi genau an diesem Platz vorbeigekommen. Doch was tat er hier, mitten in der Schattenstadt?

Drüben, wo in Barcelona Eixample mit seinen Geschäften lag, ragte ein mächtiger Turm aus dem feinen Netzwerk ausgetrockneter Kanäle, in denen Schiffe und Dampfkarawellen ankerten, rostig und auf die Seite gekippt.

War das nicht der Torre de Bélem, das Wahrzeichen von Lisboa?

Andererseits gehörte die riesige runde Säule, die hinter

den Häusern mit den Mosaikwänden in den Himmel ragte, eindeutig nach Barcelona. Sie stellte den berühmten Entdecker Kapitän Colom dar, Catalina war oft auf dem Weg ins Farbengeschäft an ihr vorbeigekommen.

Verwirrt drehte sie sich einmal auf dem Absatz um. Jenseits des Platzes ragte ein zinnenbewehrtes Gebäude auf. Catalina kam es vage bekannt vor und endlich wusste sie, dass sie es schon einmal auf einer Zeichnung gesehen hatte. Es war die Seidenbörse von Valencia.

»Alles ist durcheinander«, sagte Catalina.

Miércoles schwieg.

Und Márquez antwortete nur: »Ich weiß.«

Das Firmament war zerknittertes und vergilbtes Papier. Und die Türme der Sagrada Família überragten die Häuser, von denen manche aussahen wie nichts, was Catalina jemals zuvor erblickt hatte.

»Komm«, drängte sie der alte Kartenmacher.

Ein schriller Schrei zerschnitt die Stille.

Miércoles fauchte.

»Der Flüsterer!«, entfuhr es Márquez, der so bleich geworden war, wie es ein Schatten nur sein kann. Schnellen Schrittes trat er auf das Mädchen zu und packte es an beiden Händen. Schattenaugen sahen Catalina an. »Ich werde ihn aufhalten. Aber du ...« Er schluckte. »Du musst fort.« Er deutete die Straße hinab. »Du findest die Windmühle, *unsere* Windmühle, wenn du dieser Straße folgst. Weiche nicht vom Weg ab, das geht selten gut aus.« Er bedachte den Kater mit einem vielsagenden Blick. »Pass auf sie auf.«

Miércoles schnurrte etwas und legte den Kopf schief.

»Ich treffe euch bei der Windmühle.«

Das Kreischen drang erneut aus dem Brunnenschacht. Instinktiv legten sich die Rankenwurzeln wieder über den Chafariz. Die Dornen wurden nun größer und die Blüten schlossen sich. Der Drache fauchte.

Es würde nichts nützen.

»Das ist kein Harlekin«, murmelte Catalina und ihre Stimme bebte. »So haben sie sich nie angehört.«

Márquez schüttelte traurig den Kopf. »Es ist ein Flüsterer. In der Stadt aus Nacht und Nirgendwo sind die Harlekine anders.« Er berührte ihre Stirn mit seinem Schattenfinger, doch sie spürte es nicht. »Du musst mir versprechen, dass du nicht zurückschaust. Egal, was passiert.«

Catalina schüttelte den Kopf. Sie war gerade erst in der Schattenstadt angekommen. Aber jetzt schien ihr alles falsch zu sein. Vor den Harlekinen hatte Márquez sie retten wollen und jetzt, wo sie hier waren, sollte alles schlimmer sein als je zuvor?

»Lauf!« Márquez stieß sie von sich fort.

Sie blieb stehen.

»Du musst gehen!«

»Das haben wir doch schon einmal erlebt!« Ihre Stimme bebte. »In der Windmühle.«

»Du hättest mir dort nicht helfen können und du kannst mir auch jetzt nicht helfen. Aber *ich* kann dir helfen. Glaub mir.«

»Haben Sie nicht gesagt, dass Sie mich nicht vor den Flüsterern schützen können?«

Er wiegte den Kopf.

»Was wird mit Ihnen passieren?«

»Ich werde ihn aufhalten.«

»Wie?«

»Das lass meine Sorge sein.«

Sie ging auf ihn zu. Wie gerne hätte sie seine Schattenhand ergriffen. »Sie zittern.«

Er lächelte. »Schatten«, sagte Márquez leise, »können auch Angst haben. Hast du das nicht gewusst?«

Lähmend langsam schüttelte sie den Kopf.

»Falls ich es nicht in die Windmühle schaffe, musst du zu Firnis gehen.«

Miércoles zerrte an ihrem Hosenbein.

Hatte sie richtig gehört? »Firnis Cervantes? Der Bibliothekar?«

Er nickte nur. »Du musst los!«

Der Schrei des Flüsterers zerriss die Stille. Diesmal war er nah, ganz nah.

Etwas machte sich von unten an den Rankenwurzeln zu schaffen.

»Catalina!«

Sie erwachte aus ihrer Starre. Es durfte nicht sein, dass sich das, was in der Windmühle geschehen war, hier wiederholte. Arcadio Márquez war wie ein Vater zu ihr gewesen. Er war ihr Meister, er hatte ihr gezeigt, wie man mit Tusche und Stiften umgehen muss, um Karten zu zeichnen. Er hatte sich um sie gekümmert, als niemand sonst für sie da gewesen war. Sie konnte ihn nicht ein zweites Mal zurücklassen.

»Ich will das nicht«, krächzte Catalina und spürte, wie ihr Tränen über das schmutzige Gesicht rannen. Die alten Augen aus Schatten, in denen ihr Abbild schwamm, waren tief und ehrlich, wie sie es immer gewesen waren. So viele Momente lebten in nur diesem einen Augenblick.

Dann entstieg der Flüsterer dem Chafariz und die bittere Entscheidung, wie auch immer sie ausgesehen haben mochte, wurde Catalina aus der Hand genommen.

Auf und davon, hinaus und hindurch

Die Finsterfäden hingen wie hungrige Schlangen aus dem Wolkengebilde. Schon berührten sie die flachen Dächer und dschungelartigen Hängegärten. Die frisch geregneten Schattentropfen sammelten sich in seichten Pfützen, die ölig im schwachen Licht der Feuer glänzten.

Jordi Marí kniete mitten im Schmutz der Straße vor dem brennenden Haus. Hinter ihm verzehrten die wütenden Flammen das Gebäude, in dem Fado Mariza gelebt hatte, und er hatte nicht die geringste Ahnung, was aus Nuria Niebla geworden war. Jordi wusste nicht, wo Kamino Regalado war, ganz zu schweigen von den Sorgen, die er sich wegen Catalina machte.

Immerhin, er hatte es geschafft, dem brennenden Laden zu entkommen, doch der Anblick, der sich ihm in diesem Teil der Alfama darbot, hatte ihm schlagartig das bisschen an Kraft geraubt, das er noch besessen hatte.

Nie zuvor hatte er die Fäden der Meduza aus solcher Nähe erblickt. Etwas lebte in ihnen, etwas, das sich fortwährend bewegte. Es sah aus wie Farben, die sich im Schwarz verbargen und sich drehten und veränderten, wenn man in sie hineinschaute. Wie Buchstaben, die leise flüstern, wenn man ihnen nicht lauschen will und wegzuhören versucht. Es fühlte sich genauso an, als sänge die frostige Nacht ihr Lied in Farben, die niemand sehen konnte.

Jordi wendete den Blick schnell ab, weil er fürchtete, die Melodie am Ende noch schön zu finden. Es war nur ein Gefühl, schnell empfunden und doch so mahnend wie eine schlimme Vorahnung.

Der Gestank des Feuers vertrieb die Gedanken.

Es breitete sich aus. Der beißende Rauch, den die Brände atmeten und der jetzt überall war, ließ Jordi schmerzhaft husten.

Aber ihr Licht würde die Dunkelheit nicht vertreiben. Bald schon, dessen war Jordi Marí sich sicher, würde ihn diese eiskalte Finsternis umarmen. Er würde in die Farben, vor denen er jetzt noch die Augen verschloss, eintauchen und ein Teil dieser gewaltigen Dunkelheit werden, die über das Land gekommen war.

So weit war er gereist, seitdem er Barcelona verlassen hatte. Und doch war auch hier die Luft erfüllt von den Schreien der Menschen, die kopflos und panisch aus ihren Häusern stürzten. Und wieder war Jordi allein auf sich gestellt. Alles wiederholte sich, wie es sich auch in den anderen großen Städten zugetragen hatte.

Er dachte an Valencia, das die Schatten erobert hatten. Wie vielen Städten mochte es während der letzten Tage ähnlich ergangen sein? Wie groß war die Armada, die vor Lisboa lag, wirklich und was führte sie im Schilde? Warum wollten die Schatten diese Welt erobern? Warum begnügten sie sich nicht damit, einfach nur Schatten zu sein?

Jordi starrte in den sternenlosen Himmel und wunderte sich selbst, wie nüchtern, nahezu still er ausgerechnet jetzt über seine Lage nachdachte. Fast war es, als stünde er losgelöst inmitten des Infernos, kaum mehr als ein unauffälliger Beobachter, dem niemand etwas anhaben konnte.

Doch was hätte er schon anderes tun können, als ruhig dazustehen? Er konnte nirgendwohin laufen. Es gab keinen Fluchtweg mehr.

Die Luft wurde umso kälter, je tiefer das Wolkengebilde sank. In Barcelona hatten die Fäden der Meduza die Stadt umschlossen, aber sie waren nie auf den Erdboden gestürzt.

Sein Blick fiel auf den Finsterfaden, der durch die Tür in Fados Laden hineinreichte. Er lag nun still und lauernd da – ob er am Leben war, konnte Jordi nicht sagen.

Hatte die Nebelhexe am Ende doch gesiegt? Konnte das Wolkengebilde sich deswegen nicht mehr am Himmel halten? Entzog sie ihm die Kraft?

Jordi wusste es nicht und plötzlich war es ihm auch egal. Es war ihm egal, wer hier wen bekämpfte – und vor allem, warum sie es taten.

Denn alles Wissen über das, was hier vorgehen mochte, würde ganz und gar nutzlos sein.

Und gerade dieses unendliche Gefühl der Hilflosigkeit machte ihn plötzlich so wütend wie noch nie zuvor. Wütend zu sein war allemal besser als ängstlich zu sein! Zumindest vergaß man die Furcht, solange man richtig wütend war.

Jordi hob den Kopf und sah sich nach einem Ausweg um.

Die lodernden Flammen, die auf die angrenzenden Häuser übergriffen, hielten die Schatten im Moment noch in Schach, doch bereits jetzt hatte das Gewicht des Wolkengebildes Ziegel von den Dächern stürzen lassen und die oberen Stockwerke einiger hoher Häuser gestreift. Aus den Fensteröffnungen quollen Staub und Schatten und wenn jemand versuchte, von dort oben zu entkommen, so riss ihn die Nachtschwärze ins Innere seines Heims zurück.

Etwas berührte ihn sacht am Bein.

Noch bevor Jordi die Kälte spürte, rollte er sich mit einem Aufschrei zur Seite und sprang auf die Füße. Ein Finsterfaden schnappte nach ihm, als sei er eine Peitschenschnur, die sich ihm um den Knöchel wickeln wollte.

Hastig torkelte er zurück, bis er mit dem Rücken an der nächsten Hauswand stand.

Drüben, vor dem Laden, strömten jetzt Kakerlaken auf die Straße und versammelten sich in sicherer Entfernung von den heißen Flammen. Alle waren sie von Schatten überzogen und bildeten einen dichten Teppich aus schwarzen unruhigen Leibern, einen, der sich bald schon der Gegenwart des Jungen bewusst werden würde.

Eine Gruppe von Männern rannte die Straße entlang in die Richtung, wo es zum Hafen gehen musste. Sie riefen Jordi etwas zu, das er nicht verstand. Hastig sah er sich um.

Vielleicht hatten die Flüchtlinge einen Plan?

Ein Mann aus der Gruppe winkte ihm zu, bedeutete ihm, sich zu beeilen.

Jordi holte tief Luft und schob sich im Schutz der Wand auf die Männer zu.

Doch er war keine zwei Schritt weit gekommen, da griffen die Finsterfäden an. Sie wickelten sich um die Hälse der Männer, zerrten sie in die Luft hinauf und wirbelten sie umher, als seien sie nur ausgestopfte Puppen. Ein Faden peitschte auf einen der Älteren zu – glitt genau zwischen ihm und seinem Schatten entlang, wie ein Messer, das Stoff trennt. Ungläubig sah Jordi, wie sich der Schatten vom Körper des Mannes löste, zum Leben erwachte und im Erdboden versickerte, während der Finsterfaden den Körper umschlang und in die Höhe riss.

Es dauerte nur Augenblicke und die ganze Gruppe war in der Wolke hoch über der Alfama verschwunden, mitten in Nacht und Nichts.

Der Einzige aus der Gruppe, der sich zu Boden geworfen hatte, bevor die Fäden der Meduza ihn zu fassen bekamen, war in Windeseile von dem Kakerlakenschwarm bedeckt worden.

Jordi wandte seinen Blick ab. Zu entsetzlich war das, was er da beobachtete.

Es gab kein Entrinnen, es konnte einfach keins geben.

Jordi ging einen Schritt zur Seite.

Langsam, vorsichtig.

Die Schwärme der Insekten blieben ruhig. Sie reagierten

fast nur auf Bewegungen, das war dem Jungen eben aufgefallen. Wenn er sich still verhielt, dann ...

Etwas zischte erneut an ihm vorbei.

Bevor sich Jordi auch nur einen einzigen weiteren Gedanken um die Kakerlaken machen konnte, hatte sich bereits etwas um sein Bein geschlungen und ihn unsanft von den Füßen gerissen.

Er stieß einen lauten Schrei aus und dann stürzte er, wurde ein ganzes Stück die Straße hinuntergeschleudert und schlug mit dem Gesicht auf dem Steinboden auf, sodass ihm warmes Blut aus der Nase rann.

»Verdammt«, keuchte er.

Die Berührung des Finsterfadens brannte wie Eis und brachte ihn wieder zu Bewusstsein.

Er strampelte hektisch, um sich zu befreien, trat nach dem Tentakel, versuchte ihn abzustreifen.

Ohne Erfolg.

Der Tentakel ließ nicht locker. Er schleifte den Jungen über den Boden, hinüber zur anderen Straßenseite, wo er ihn erneut gegen die Wand eines Hauses stieß.

Verzweifelt suchte Jordi nach einem Halt, nach irgendetwas, an dem er sich festklammern konnte. Doch seine Hände griffen nur in den Schmutz der Straße und der aufgewirbelte Sand brannte ihm in den Augen.

Die Kakerlaken witterten ihn jetzt und setzten sich in Bewegung.

Jordi sah den Teppich aus kleinen Leibern auf sich zuströmen. Ihre winzigen Münder öffneten und schlossen sich ganz aufgeregt und machten knisternde hungrige Geräusche, die in ihrer Vielzahl zu einem fließend raschelnden Ton wurden.

Er hatte diese Tiere noch nie leiden können und das, was da auf ihn zugerannt kam, sah nicht einmal aus wie die Kakerlaken, die sich normalerweise in den Häusern herumtrieben. Sie sahen unecht aus, schräg, fremdartig. Als habe jemand Kakerlaken zu zeichnen versucht und diese Zeichnung mit echten Kakerlaken vermischt. Er musste an die Papierwesen denken, die eine Mischung aus Schakal und Mensch gewesen waren. Waren die Kakerlaken hier ähnliche Geschöpfe? Es gab auch noch Kakerlaken, die echt aussahen, aber die anderen ...

Ihm schwindelte.

Er konnte kaum mehr klar denken, aber er wusste, dass er etwas finden musste, womit er sich verteidigen konnte, irgendeine Waffe, die ihm dieses verdammte Gefühl nahm, sich seinem Schicksal so schutzlos auszuliefern.

Blut rann ihm übers Gesicht, er spürte es warm auf seiner Stirn.

Der Finsterfaden zerrte an Jordi.

Die Kälte schnitt ihm durch den Stoff seiner Hose ins Bein und bald kroch Taubheit ihm das ganze Bein hinauf wie Eis.

Panisch schaute er sich um. Nichts!

Da war nichts, was ihm eine Hilfe gewesen wäre.

Die Kakerlaken, dunkle Punkte mit wachsamen Augen und allesamt zum Leben erwacht, machten klackende hungrige Geräusche. Ihre langen Fühler tasteten auf dem Boden nach Beute und Jordi ahnte, wer diese Beute sein würde.

Warum nur zog der Finsterfaden ihn nicht einfach hinauf, wie er es mit all den anderen Opfern getan hatte? Konnte er es etwa nicht? Verlor er die Kontrolle?

Jordi fiel erneut zu Boden und im Fallen sah er einen Gegenstand im Sand. Er griff danach, instinktiv. Eine alte Münze, ein Geldstück, vielleicht aus Silber oder einem anderen Metall.

Egal. Die scharfen Kanten schimmerten wie die Klinge eines Messers.

Jordi hob den Arm und hieb mit der Münze auf den Finsterfaden ein, ohne genau zu wissen, was er da tat und warum er es tat. Die dunklen Farben kreischten auf.

Und dann ließen sie ihn los. Jordi sah, dass er ein Stück des Tentakels abgeschnitten hatte.

Ja!

Blitzschnell kroch er rückwärts, fort von dem um sich schlagenden Tentakel, und fast schon wähnte er sich in Sicherheit, als ein neuer Finsterfaden ihm mit einem einzigen Peitschenhieb die Münze aus der Hand schlug. Verzweifelt folgte Jordi ihrem Flug und sah, wie sie in dem Meer aus Kakerlaken unterging, das sich ihm näherte.

Und noch während er fassungslos auf die wuselnden Käfer starrte, wurde Jordi erneut in die Höhe gerissen. Dieser Finsterfaden schien damit keine Mühe zu haben. Wo sein Gefährte versagt hatte, blieb er nun siegreich. Er packte

Jordi am Handgelenk und schleuderte ihn hoch hinaus, den Dächern und Gärten entgegen.

Das tosende Meer schwarzer Leiber indes strömte raschelnd unter ihm hindurch. Einige der Tiere sprangen sogar in die Höhe, doch Jordi war schon zu weit entfernt.

Nicht, dass er gewusst hätte, welches Schicksal ihm lieber gewesen wäre.

Der Finsterfaden zog ihn hinauf zu dem riesigen Wolkengebilde, das jetzt wie ein neugeborenes Firmament ohne einen einzigen Stern zwischen den Dächern zu Boden quoll. Die obersten Stockwerke der Häuser waren bereits von ihm verschlungen worden. Die Dunkelheit näherte sich durch die Straßen und legte sich wie ein Leichentuch über diesen Teil der Alfama.

Jordi schrie wütend auf.

Catalina war irgendwo da draußen und all die anderen auch. Kamino, Cortez, Kopernikus. Das hier durfte einfach nicht das Ende sein, nicht nach all dem, was er erlebt hatte!

Er hatte dem Finsterfaden immerhin mit der Silbermünze Schaden zufügen können. Warum? Er hatte keine Ahnung. Waren die Schattengewächse doch nicht so stark, wie es den Anschein erweckte? Vertrugen sie die Berührung mit dem scharfen Silber nicht?

Etwas Weißes blitzte in seinem Augenwinkel auf.

Dann schlug er mit dem Kopf gegen eine Häuserwand und verlor beinah das Bewusstsein.

Das Wolkengebilde war nun ganz nah. Er konnte die

Farben in seinem Innersten sehen, obwohl dort nur Finsternis lebte. Verzweifelt versuchte sich Jordi an einer Schlingpflanze, die auf einem Dach lebte, festzuhalten. Die Pflanze spürte die Bedrohung und mit ihren Mündern aus Dornen schnappte sie wütend nach den Händen des Jungen.

Ein zweiter Finsterfaden packte ihn am Fuß. Kopfüber hing er jetzt in der Luft und das Blut schoss ihm ins Gesicht.

Tränen traten ihm in die Augen und dann spürte er, wie sich sein Körper entspannte.

Bald schon würde es vorbei sein, bald schon wäre er erlöst. Er müsste nur die Farben genießen, die man ihm schenken würde, das konnte doch nicht so schwer sein. Er fühlte sich leicht und unbeschwert und musste sogar lächeln, weil die Gewissheit, dass es in wenigen Augenblicken zu Ende sein würde, ein schöner Gedanke war, der so unverhofft zum Leben erwachte wie die Winde, die jetzt heulend aufkamen und, die Feuer anfachend, durch die Straßen wehten.

Jordi blinzelte.

Warum kam ihm das so bekannt vor?

Ein plötzlicher Windhauch schlug ihm ins Gesicht.

El Cuento?

Er spürte, wie tief in ihm Hoffnung aufkeimte. Catalinas Freund, der Wind, hatte ihnen schon in Barcelona zur Seite gestanden.

Die Flammen schlugen jetzt höher und wenn sie die

Finsterfäden berührten, dann zogen diese sich ruckartig ein Stück zurück. Genauso war es in Barcelona gewesen! Dort hatten die brennenden Flickenfetzen von den Winden angetrieben die Dunkelheit verjagt!

Und das hier waren keine gewöhnlichen Flammen wie in der singenden Stadt. Es waren die Flammen der Nebelhexe, es war ein Feuerzauber!

Jordi lauschte.

Da waren Stimmen!

Nein, keine Stimmen, sondern Seufzer! Irgendjemand seufzte mitten in den Winden.

Durchhalten, Jordi, schoss es ihm durch den Kopf. Du musst noch ein bisschen durchhalten.

Mit neuer Kraft begann er zu zappeln, sich zu wehren, auf die Finsterfäden, die sein Fußgelenk umklammert hielten, einzuschlagen.

Dann zuckte ein greller Blitz durch die Schattenwolke hindurch, raste an ihm vorbei und schlug in die nächstgelegene Hauswand ein, wobei er die dort hinaufwuchernden Lianen in grauschwarze Asche verwandelte.

Jordi keuchte auf, diesmal vor Schreck.

Ein weiterer Blitz zischte an ihm vorbei.

Der Junge bemerkte, wie die dürren langen Fäden der Meduza unruhig zuckten und die dichte Wolkendecke aufgerissen wurde, als sich neue Blitze entluden und in Windeseile ein großes Loch in die Nachtschwärze brannten.

Die seufzenden Stürme, die ihm jetzt laut um die Ohren heulten und die Feuer weiter entfachten, ließen nicht locker, sie fütterten die Glut und trieben die Flammen höher und höher die weiß getünchte Hauswand hinauf, bis selbst der Dachstuhl zu einem Flammenmeer wurde.

Die Seufzerstürme!

So hatte Kamino sie genannt.

Ein Lichtstrahl erhellte die Straße, die unter ihm lag. Jordi musste die Augen fest zusammenkneifen, so hell war es für einige Momente geworden. Er erkannte etwas, das wie eine Laterne aussah und am Boden zerschellte wie eine Explosion aus gleißender Helligkeit.

Ein weiterer strahlender Blitz durchstieß die Dunkelheit und diesmal traf er den Finsterfaden, der Jordis Knöchel umklammert hielt, mit voller Wucht. Das tentakelartige Ding wurde durchtrennt und derjenige Teil, der sich noch immer um den Knöchel des Jungen wickelte, fiel kurz darauf ab wie totes Gewebe.

Der Rest des Finsterfadens schlug tobsüchtig in der Abendluft um sich und derjenige, der ihn am Handgelenk gepackt hielt, drückte umso fester zu, als wolle er Rache nehmen für das, was seinem Gegenstück widerfahren war.

Ein neuer heißer Blitz verbrannte Jordi sengend den Arm. Es tat so weh, als habe er seinen Arm in ein loderndes Feuer gehalten.

Plötzlich war sein Handgelenk frei.

Und Jordi stürzte wie ein Stein in die Tiefe.

Er fiel, im Bruchteil von Sekunden stürzte er, direkt in die Schlucht zwischen den Häusern, und erst kurz vor dem Boden schloss er die Augen, um den Aufprall zu erwarten.

Doch im letzten Moment erfasste ihn eine seufzende Sturmböe, trieb ihn weiter und hob ihn mit aller Macht über den Boden. Erst dann kam der Aufprall, inmitten einer Wolke aus Staub. Jordi wurde schwarz vor Augen, doch der Wind hatte den Fall gebremst und nach einem kurzen Augenblick der Verwirrung rappelte er sich wieder auf.

Fast drei Stockwerke war er in die Tiefe gestürzt und außer dem Schmerz schien alles an ihm einigermaßen unversehrt zu sein. Doch freuen konnte er sich nicht darüber, als er die winzig wuselnden Bewegungen von Hunderten kleiner Leiber um sich herum spürte.

Erneut explodierte ein Licht direkt vor ihm.

Jordi hielt sich beide Hände vor die Augen und dachte für einen kurzen Moment, dass er blind geworden war. Alles war in gleißend helles Licht getaucht.

Er hörte die Kakerlaken Laute ausstoßen, die ihn später noch in seinen Träumen heimsuchen würden.

Dann, als die gleißende Helligkeit nachließ und er wieder sehen konnte, durchbrach ein riesiger Vogel die Finsternis der Wolke und raste auf ihn zu. Jordi wusste sofort, was das war, das sich ihm da näherte.

Das Ding sah aus wie ein fliegender Haufen Schrott, dem jemand, der viel Ausdauer und bestimmt viel Fantasie besaß, die Form eines Falken zu geben versucht hatte. Bretter und Metallteile waren verbunden, aneinandergenagelt oder verschweißt worden. Bunte Glassplitter waren zu Fenstern zusammengefügt worden, die wie schräge Raubvogelaugen auf der Suche nach Beute aussahen. Die breiten Tragflächen, unter denen sich Ballons befanden, wirkten so klapprig, als könnten sie jeden Moment zerbrechen, aber Jordi wusste, dass sie das nicht taten.

Der Falke!

Jordi hätte am liebsten laut geschrien vor Freude.

Meine Güte, sie hatten ihn gefunden!

Das große Fluggerät schwebte dicht unterhalb des Schattengebildes. In der Alfama landen konnte das Gefährt nicht, dafür waren die Straßen zu eng. Stattdessen öffnete sich eine Luke, keine drei Meter über dem Boden, und das besorgte Gesicht eines Mädchens mit zwei lila Zöpfen erschien dort oben.

Kamino Regalado!

Jordi sprang auf die Füße, als habe er allein durch ihren Anblick neue Kraft erhalten.

Ein Zylinder aus Glas zerschellte neben ihm auf dem Boden und wieder ergoss sich eine Lichtflut auf die Kakerlaken, die von Krämpfen geschüttelt wurden oder das Weite suchten.

»Jordi?« Kaminos Ruf wurde ihr von den Lippen geweht.

Der Junge schüttelte die überlebenden Kakerlaken ab, die hektisch an ihm hochzuklettern versuchten. Blitze schlugen neben seinen Füßen ein und verbrannten weitere Tiere.

Kamino winkte ihm zu und rief etwas, das er nicht verstand.

Dann ließ sie einen Gegenstand durch die Luke fallen. Er sah aus wie ein Würfel, aus dem man dreieckige Kerben herausgeschlagen hatte und in dessen Innerem sich Zahnräder bewegten und Drähte verflochten waren. Das Ding sauste an einem Kabel hängend auf ihn zu.

»Halt dich daran fest!«, rief ihm Kamino zu.

Der Würfel schwang durch die Luft.

Jordi erkannte den Kubus wieder. Kamino hatte ihn dazu benutzt, die Flughöhe des Falken zu messen. Keinen Tag war das erst her, doch ihm kam es vor, als sei es in einem anderen Leben passiert.

Jordi raste los – dem Kubus hinterher, der unruhig an einem kettenartigen Seil hin und her schwang. Ihn zu fangen war nicht so einfach, wie es aussah. Es brauchte einige Anläufe, ehe es Jordi gelang, den Würfel zu fassen. Doch dann endlich bekam er ihn zu packen. Hastig wickelte er sich das Seil um den Unterarm, griff den Kubus und wurde auch schon mit Schwung in die Höhe gerissen.

Ein weiteres Gesicht erschien oben in der Luke. Bleich war es, mit ernsten Augen und einem Spitzbärtchen, das nicht mehr ganz so ordentlich aussah wie noch Tage zuvor, als Kopernikus dem Jungen über den Weg gelaufen war.

»Jordi!«, rief er.

Das Seil mit dem Kubus und dem Jungen wurde nach oben gezogen.

Der Falke gewann an Höhe.

Jordi schnellte auf die Luke zu.

Kopernikus und Kamino packten ihn gleichzeitig bei den Schultern und zerrten ihn in die Flugmaschine hinein. Jordi kroch ein Stück weit von der Luke weg und dann spürte er auch schon, wie der Falke an Geschwindigkeit gewann.

»Wir haben ihn!«, rief Kamino in den Raum hinein. Jordi wusste, dass es ein Sprachrohr gab, das ihre Stimme hinauf ins Cockpit des Falken zu Kapitän Cortez leiten würde.

»Dann nichts wie los!«, ertönte die blecherne Antwort.

Die Welt kippte und Jordi rutschte gegen die nächstgelegene Wand, an der sich runde Öffnungen mit Routenkarten darin befanden. Erschöpft blieb er dort liegen und schnappte nach Luft. Kopernikus warf die Luke zu.

»Du hast Cortez gehört«, rief er ihm zu. »Halt dich lieber fest!«

Geschickte Manöver

Draußen heulten die Seufzerstürme laut auf, als sie den Falken in die Höhe hoben und durch das Loch in der Wolkendecke schleuderten. Die uhrenartigen Instrumente, die sich überall an den Wänden befanden, ließen die Zeiger in wilden Kreisen laufen und die Ventile, die sich an den Rohren aus Bronze angebracht waren, zischten hektisch auf und stießen feine Dampfwölkchen in den Raum.

Vor Jordis Augen drehte sich alles. Noch war er viel zu verwirrt über das, was geschehen war, um einen klaren Gedanken zu fassen.

Kamino Regalado war plötzlich an seiner Seite, umarmte ihn stürmisch. »Meine Güte, du lebst! Wir hatten schon das Schlimmste befürchtet.« Die lange Narbe in ihrem Gesicht leuchtete im flackernden Schein der Bordlampen. »Ich hatte solche Angst und ...« Sie hielt erschrocken inne und stand auf. Offenbar war sie selbst überrascht von ihrer Reaktion. »Ich meine ... wo bist du nur gewesen?«

Er öffnete den Mund, schloss ihn wieder. Es war so viel passiert, dass er gar nicht wusste, wo er beginnen sollte.

»Wie habt ihr mich gefunden?«, fragte er das Bootsmannmädchen stattdessen.

Kopernikus kniete sich neben ihn. Er hatte einen Becher mit kühlem Minztee in der Hand, den er Jordi reichte. Dankbar griff der Junge danach und trank in gierigen Zügen. Aber selbst als er ein zweites Mal sein Glas geleert hatte, wollte der Geschmack des Feuers nicht von seiner Zunge verschwinden.

»Wir haben nicht gewusst, wo du bist«, sagte Kopernikus. »Ganz im Gegenteil: Die Zigeunerhexe Makris de los Santos glaubte, dass deine Freundin Catalina zu diesem Ort kommen würde. Sie war es, die wir eigentlich gesucht haben.«

Jordi rappelte sich auf und kam im schwankenden Frachtraum des Falken zum Stehen. Kamino musterte ihn aus zusammengekniffenen Augen.

»Geht's?«, fragte sie kurz.

Er nickte, immer noch erschüttert von dem, was gerade passiert war, und wischte sich über die Augen.

»Wo ist sie?«, fragte er und blickte sich um. »Wo ist diese … diese Makris?« Er erinnerte sich an die junge Frau, die er an Catalinas Seite auf den flüsternden Märkten gesehen hatte.

»Die Zigeunerhexe ist nicht bei Bewusstsein«, sagte Kopernikus. Er sah müde aus, seine dunklen Haare standen wirr von seinem Kopf ab und er hatte tiefe Schatten unter den Augen. Seine Hand, die Jordis leeres Glas entgegennahm, zitterte.

»Der Zigeunerhexe ist etwas zugestoßen«, erklärte Kamino. »Etwas Seltsames.«

Kopernikus nickte. »Sie schläft. Wir mussten sie festbinden.«

»Festbinden?«

»Am Bett. Damit sie während des Flugs nicht herausfällt.«

»Bevor ihr dieses Unglück widerfahren ist, hat sie uns aufgetragen, zur Alfama zu fliegen. Aber anstelle von Catalina haben wir dich gefunden.«

»Catalinas Großmutter hat mich dort hingebracht«, stammelte Jordi und erzählte in knappen Worten, was ihm widerfahren war.

»Dann ist Nuria also tot?«, fragte Kopernikus nachdenklich. Er stand auf und ging zu dem runden Fenster, schaute nach draußen.

»Sie ist verbrannt«, erklärte Jordi und schluckte. »Zumindest hat es so ausgesehen, als sei sie verbrannt.«

Der Mann nickte. Er trug noch immer seinen schwarzen langen Mantel, den er nie abzulegen schien. »Nuria ist schon einmal verbrannt«, sagte er und Jordi hatte keine Ahnung, was er meinte.

Santiago Cortez bellte einen hektischen Befehl durch die Sprachrohre.

Kamino sprang auf, rannte zu einem der gewundenen Rohre aus Messing und schrie hinein: »Es ist alles vorbereitet! Warte nicht auf uns.« Sie drehte sich zu Jordi um. Ihre Augen blitzten. »Die Galeonen liegen direkt voraus.«

»Was ist mit Catalina?«, fragte Jordi drängend.

Kamino schaute ihn an und sagte schnippisch: »Bist du nicht froh, dass wir wenigstens dich gefunden haben?«

Kopernikus schaute von dem Jungen zu dem Mädchen und wieder zurück.

»Was gibt es da zu glotzen?« Kamino funkelte jetzt ihn an und machte dann auf dem Absatz kehrt. »Es gibt Wichtigeres zu tun. Wir fliegen auf die Galeonen zu! Kommt mit ins Cockpit.« Damit war sie schon aus der Tür, ohne eine Antwort abzuwarten.

»Willkommen zurück auf dem Falken«, sagte Kopernikus und grinste schwach. »Mit seinen außerordentlich gastfreundlichen Bewohnern.«

Jordi nickte geistesabwesend und folgte seinem Freund durch den Frachtraum zur Tür.

Kopernikus hatte recht. So hatte er Kamino kennengelernt, zutiefst misstrauisch und verschlossen. Aber da war auch die andere Kamino – die ihm ihre Sorgen anvertraut und die ihn eben so stürmisch begrüßt hatte.

Durch ein verschlungenes Labyrinth aus runden Gängen, schrägen Aufstiegen, engen Leitern und heimlichen Stegen führte ihr Weg durch den Falken. Von Kamino war nichts mehr zu sehen, aber Kopernikus schien sich hier inzwischen bestens zurechtzufinden.

Hin und wieder wurde der riesige Vogel von Erschütterungen heimgesucht und man konnte Donnergrollen hören, das gedämpft durch die Wände aus Stahl und Holz nach innen drang.

Dann erreichten sie das Cockpit.

»Da seid ihr ja!« Die dünnen Zöpfe, die Santiago Cortez an den Schläfen herabbaumelten, die langen geflochtenen Haare, die unter einem Kopftuch hervorlugten, und die kunstvollen Ketten, die ihm um den Hals baumelten, ließen ihn wie einen Freibeuter aus alter Zeit erscheinen. Jordi wusste, dass er ein Windwanderer war, jemand, der die Lüfte bereiste und die Wracks unglückseliger Flugmaschinen fledderte. Als Jordi vortrat, sagte er nur: »Sag, sind wir nicht nette Kerle, dass wir dich gerettet haben?« Er grinste süffisant, wendete den Blick aber nicht von dem ab, was sich da vorne vor dem Fenster abspielte. »Das wird ein gehöriges Stück Arbeit«, knurrte er und wisperte etwas in ein Sprachrohr aus Messing, das sich direkt vor seinem Gesicht befand. »Die Seufzerstürme denken, dass es zu schaffen ist.«

Kamino ließ sich in einen der freien Sitze vor den Schaltpulten fallen. »Ein Hurra auf die Meinung der Seufzerstürme«, murmelte sie. Dann, zu den anderen gewandt: »Schnallt euch an, es geht gleich rund.«

Jordi und Kopernikus taten, wie ihnen geheißen wurde.

Durch die Buntglasfenster, die wirklich den Eindruck entstehen ließen, sich im Kopf eines Raubvogels zu befinden, bot sich ihnen ein weitläufiger Blick auf Lisboa.

Das Wolkengebilde, das sie gerade durchstoßen hatten, bedeckte einen großen Teil der Alfama und wilde Tentakel schlängelten sich durch die Straßen. Die Lücken, welche die Blitze in die Fäden der Meduza gerissen hatten, waren in Windeseile wieder zugewachsen. Die Flammen, die noch vereinzelt dort unten gebrannt hatten, wurden wohl von der Macht der Dunkelheit ausgelöscht, als sich das gesamte Wolkengebilde wie ein Teppich über diesen Stadtteil legte.

Cortez hatte sich lässig in seinem großen Pilotensitz zurückgelehnt, doch etwas in der Art und Weise, wie er mit den Seufzerstürmen redete, verriet seine Unruhe. Ohne zu zögern steuerte er den Falken auf eine Wand aus Dunkelheit zu, die sich jenseits des Tejo bis hoch in den Himmel erhob. »Seht ihr das da vorne?«, fragte er.

Jordi nickte nur, entdeckte aber nichts, aber auch wirklich gar nichts, was das Grinsen im Gesicht des Windwanderers gerechtfertigt hätte.

Der Falke hatte die Alfama verlassen und schickte sich an, den Tejo zu überqueren. Geschickt wich er den Fäden der Meduza aus. Die Finsterfäden versuchten, das Gefährt zu packen, schafften es aber nicht, weil Cortez den Vogel drehte und wendete und die wildesten Ausweichmanöver flog, die man sich nur denken konnte.

»Glaubst du, dass es funktioniert?« Das kam von Kamino.

Cortez pfiff durch die Zähne. »Wenn es nicht funktioniert, dann haben wir ein Problem.« Er sah sie frech grinsend von der Seite an und fügte hinzu: »Schätzchen.«

Kamino zog ein Gesicht. »Nenn mich nicht Schätzchen.«

»Du weißt, wie ich es meine.«

»Schau nach vorne, Cortez«, wies sie ihn an. Und legte ihm die Hand auf die Schulter, wenn sie auch nur kurz dort ruhte.

Jordi hielt die Luft an, als der Falke an Geschwindigkeit gewann. Wie ein Blitz schoss er am Nachthimmel auf die Wand zu, die unüberwindbar aussah.

Die Blockade!

»Die Schiffe sind aus Gibraltar«, flüsterte Kopernikus leise.

Was immer das bedeuten mag, dachte Jordi nervös.

Die riesigen Galeonen, die vor ihnen in den Himmel ragten und einen Ring um ganz Lisboa bildeten, waren jedenfalls an Größe und Eleganz mit nichts zu vergleichen, was der Junge jemals zuvor in seinem Leben gesehen hatte.

Wie fliegende Städte, die auf den Rümpfen gewaltiger Schiffe errichtet worden waren, so schwebten sie über den Wassern und über dem Land. Sie schleuderten Fetzen aus Finsternis auf die Stadt. Große Löcher taten sich in den prallen Bäuchen auf und Kanonen, die im Verborgenen lebten, schossen ihre Kälte hinaus in die Welt. Die Finsterfetzen schlugen überall in der Stadt ein und Lisboa, das bei ihrer Ankunft noch ein Ort voll fremder Magie gewesen war, verwandelte sich so schnell in einen Hort der Schatten, dass es wie ein schlechter Traum anmutete, was hier geschah.

Am Himmel und auf der Erde tobte eine Schlacht, die nicht einmal eine richtige Schlacht war. Die Fäden der Meduza packten die Fluggeräte, die panisch zu fliehen versuchten, und zerrten sie in die Tiefe, während glänzend weiße Zeppelingleiter von betörender Unschuld die Galeonen mit gleißenden Lichtstrahlen angriffen. Ihre schlanken Leiber schwebten durch die Lüfte wie Wunder aus einer fremden Zeit.

»Das ist die Stadtwache«, bemerkte Cortez.

»Was habt Ihr vor?«, fragte Jordi den Kapitän, der den Steuerknüppel in einer flinken Bewegung herumriss und dann nach vorne drückte. »Auf und davon, hindurch und hinfort«, antwortete der nur. Und bevor Jordi fragen konnte, was er damit meinte, ging der Falke auch schon in einen schrägen Sturzflug über. Zwei Galeonen von der Größe normaler Schiffe flogen im Abstand von mehreren Hundert Metern auf sie zu. Ihre Segel aus Nacht und Nichts füllten sich mit der Luft, den die Gebläsemaschinen ausatmeten, und Jordi konnte die Besatzungen mit den Silbermünzenaugen erkennen.

Er stutzte.

Die Silbermünze!

Sie hatte den Schatten zu durchtrennen vermocht. Eine Waffe in dem Chaos der Schatten.

Bevor er dem Gedanken weiter nachhängen konnte, stürzte der Falke in die Tiefe.

»Wollen wir doch mal sehen, ob die genauso schlau sind wie wir«, murmelte Cortez. Der Falke schoss auf die beiden Galeonen zu, dann tauchte er weiter ab. Die fliegenden Schiffe waren unfähig, den Kurs zu korrigieren, und fuhren aufeinander zu, bis sie sich krachend ineinander verhakten.

Der Falke stieg wieder in die Höhe und änderte den Kurs.

»Das ist doch Irrsinn!«, schrie Jordi, als er erkannte, was Cortez vorhatte.

»Kennst du einen anderen Weg?«

Jordi schwieg.

»Siehst du?«

»Das werden wir nicht schaffen.«

Santiago Cortez grinste erneut sein breites Goldzähnegrinsen und nicht zum ersten Mal glaubte Jordi, dass er verrückt sein musste.

Der Kapitän dagegen konzentrierte sich ganz und gar auf den Falken, den er steuerte, und bemerkte nicht im Geringsten, dass ihm Kamino Regalado einen bewundernden Blick zuwarf.

Dann stieß der Falke mit dem Schnabel voran in die Tiefe. Der Bauch der Galeone kam näher und wurde immer größer. »Ist vielleicht so was wie ein Flaggschiff«, grummelte Cortez. »Meine Güte, dass sich etwas so Riesiges überhaupt in der Luft halten kann.«

Rasend schnell näherten sie sich der Galeone.

Und plötzlich konnte Jordi erkennen, dass sich an Deck tatsächlich eine ganze Stadt befand. Es gab Straßen, Gassen und Plätze, alle in Dunkelheit gefangen. Matrosen mit Silbermünzenaugen liefen in diesem Labyrinth umher und über ihnen lebte ein Firmament aus pechdunklem Segeltuch, das nur wehte, weil die rostigen Gebläsemaschinen rumpelnd einen Atem erzeugten, der die gewaltigen Schiffe in Bewegung hielt.

Der Falke folgte den Seufzerstürmen auf ihrem Sinkflug. Wie ein Blitz stieß er hinab und jagte durch die Häuserschluchten, die sich auf der Galeone befanden. Matrosen mit Silbermünzenaugen warfen sich zu Boden und selbst die Harlekine waren überrascht, dass eines der Schiffe so schnell und wendig war und den Mut aufbrachte, sich in dieses Territorium zu wagen.

»Los!«, schrie Cortez mit einem Mal.

Kamino und Kopernikus betätigten Kippschalter neben ihren Sesseln, die laut knirschende Mechanismen in Gang setzten.

Der Falke ließ einen Teil seiner Ladung über Bord gehen.

»Die goldgelben Fässer aus Granada«, bedauerte Cortez mit einem traurigen Blick. »Die hätten uns viele gute Dublonen gebracht.«

Jordi konnte erkennen, wie eine Reihe großer Holzfässer, die aus dem Bauch des Falken gefallen waren, unten in den Straßen zerschellte und sich eine goldgelbe Flüssigkeit daraus ergoss.

»Sich vermehrendes andalusisches Ölwasser«, erklärte ihm Kamino, als sie seinen verwunderten Blick bemerkte. »Wir hätten mit diesem Zeug ein Vermögen machen können.«

»Was tut es?«

»Es vermehrt sich«, sagte Kamino. »Und es kann brennen.« Sie grinste. Betätigte einen anderen Hebel. Eine spitze Stichflamme zischte aus der Seitenwand des Falken und entzündete das Ölwasser. In Windeseile züngelten Flammen auf dem Deck und die Stadt, die dort errichtet worden war, begann zu brennen. Das sich vermehrende andalusische Ölwasser tat genau das, wozu es geschaffen worden war. Es vermehrte sich, brennend. Und mit der sich ausbreitenden Lache wanderten auch die Flammen über die Galeonenstadt.

Jordi, der den Blick kaum abwenden konnte von dem Schauspiel, das sich ihm da bot, bemerkte fast zu spät eine Wolke, die ihnen entgegenkam. »Da vorne!«

»Ich sehe es, Junge.«

»Das sind Finsterfalter! Sie kommen direkt auf uns zu.«

»Keine Panik.« Kamino legte ihm die Hand auf den Arm. »Cortez weiß, was er tut.«

Da war er sich zwar nicht so sicher, aber er hielt den Mund. Der Falke hob den Schnabel, schnellte unter einem der Segel hindurch, drehte sich zweimal um die eigene Achse und stürzte dann in die Tiefe.

»Hoppla«, hörte Jordi den Kapitän sagen. »Sieh mal einer an.«

Jordi wurde übel, vor seinen Augen drehte sich alles. »Was meint Ihr denn nun schon wieder?«, stöhnte er.

»Das da.«

Jordi riss die Augen auf. »Das Loch?«

Cortez nickte. »Das ist kein Loch, das ist eine Luke.«

»Eine große Luke«, fügte Kopernikus hinzu.

»Wohin führt sie?«

»In den Bauch der Galeone.«

»Und ihr wollt . . .«

Cortez strahlte ihn an. »Wir sind mutig, stark und schlau, so schlau«, begann er zu grölen, entsetzlich laut und schief. »Die Lüfte sind unser und die Herzen der Mädchen. Joho, hinab, hinauf und darüber hinweg.« Die Zöpfe an seinem Kopf baumelten unternehmungslustig hin und her.

Jordi klammerte sich an dem Sitz fest und fluchte durch die Zähne. Er hatte es satt, so satt! In der letzten Stunde war er fast verbrannt, von Kakerlaken aufgefressen und von Finsterfäden durch die Luft geschleudert worden, ganz zu schweigen von dem, was vorher passiert war.

Und jetzt war er an Bord dieses grölenden Lebensmüden gelandet!

Der Falke tauchte in die Finsternis hinein.

»Feuerwerk«, befahl Cortez und die Dämmerung, die sie umgab, wurde von bunten Farben erhellt. Überall explodierten kleine Raketen aus Farbe und gossen ihre Funkenflut über der Nacht aus.

Und das, was sie da im aufkeimenden Licht erkennen konnten, ließ sie alle vor Staunen die Luft anhalten.

Auch im Inneren der Galeone breitete sich die Schiffsstadt aus. So groß war der Raum, dass der Falke mühelos darin manövrieren konnte. Es gab Werften, die weitere Galeonen erbauten. An den Seitenwänden, die so weit voneinander entfernt waren, dass ein Mann wohl mehr als eine Stunde benötigt hätte, um die Strecke zurückzulegen, befanden sich Kanonen, die wie riesengroße, sich unentwegt windende wilde Würmer aussahen und fortwährend Dunkelheit auf Lisboa spuckten.

»Und was jetzt?«

»Abwarten.«

Cortez steuerte den Falken zielsicher an den Stalaktiten und Eiszapfen vorbei, die bis hinab an die Dächer der Gebäude reichten. Das Feuerwerk aus Farben verebbte noch immer nicht.

»Wir haben die Feuerwerkskörper in einem Fliegenschiff aus Fernost gefunden, das in den Bergen auf Grund gelaufen ist.« Kamino betätigte einige krumme Hebel und weitere Lichtstrahlen zischten in den Bauch der Galeone hinein.

»Was ist das dort drüben?«

»Gebläsemaschinen«, gab Cortez zur Antwort. Er wendete den Falken und flog einen Kreis. Er deutete auf eine Stelle hoch oben, wo das Deck sein musste. »Kannst du es erkennen?«, fragte er den Jungen.

»Ist das Ölwasser?«

Kamino nickte nur und machte kein Hehl aus ihrer Bewunderung für den Plan des Kapitäns. »Es tropft in die Gebläsemaschinen hinein«, sagte sie. »Brennendes, sich vermehrendes andalusisches Ölwasser.« Sie musste grinsen. »Es wird . . .«

Eine Explosion erschütterte den Falken. Ein gewaltiger Feuerball raste durch das Innere der Galeonenstadt und riss Häuser, Türme und kreischende Schattenwesen gleichsam mit sich. Das siedend heiße Ölwasser hatte sich in eine Gebläsemaschine gefressen und nun flogen Eisenteile, Feuerklumpen und Steinbrocken durch die von Feuerwerkskörpern und Flammen erhellte Finsternis.

Der Falke erbebte.

Und Jordi erkannte den Plan des Kapitäns, der, wie alle guten Pläne, im Grunde genommen so einfach war, dass man ihn fast schon übersehen konnte.

»Die Galeone wird sinken und abstürzen und die Flammen werden uns den Weg durch die hohe Schattenwand frei brennen.« Der Falke würde die Blockade Lisboas durchbrechen, indem er sich tief im Bauch der Galeonenstadt versteckt hielt.

»Das Schiff sinkt bereits.« Cortez hatte sichtlich Mühe, den bebenden Falken auf Kurs zu halten.

Jordi konnte sehen, wie die Galeonenstadt in sich zusammenfiel. Das sich vermehrende andalusische Ölwasser suchte sich seinen Weg durch alle Ecken und Winkel, die wurmähnlichen Kanonenkreaturen schrumpften in der Hitze und Helligkeit der Flammen, die tosenden Gebläsemaschinen explodierten, eine nach der anderen. Eisenteile trafen den Falken und fügten ihm Schaden zu, doch Cortez schaffte es, den Vogel in der Luft zu halten. Dann, nach einer Ewigkeit, brach der Bug der Galeonenstadt auseinander und das gleißende Licht des anbrechenden Tages ließ alle kurz die Augen zusammenkneifen.

Im selben Moment stieß Cortez mit aller Macht den Steuerhebel nach vorn.

Der Falke verharrte für einen schier endlosen Augenblick in der Luft, bevor ihn die Seufzerstürme endlich lospreschen ließen, durch die Flammen und Trümmerfetzen hindurch und hinein in die helle Welt, die sich vor ihnen ausbreitete.

Jordi atmete auf. Die Blockade lag hinter ihnen.

Kamino Regalado drehte sich zu ihm hin und für einen kurzen, kurzen Augenblick versank er in ihrem triumphierenden Blick. Das Licht des neuen Tages funkelte tief in ihm und Jordi, der ganz durcheinander war, hatte nicht die geringste Ahnung, was dieses Leuchten zu bedeuten hatte.

Stadt aus Nacht und Nirgendwo

Catalina sah den Flüsterer nur mehr aus der Ferne, doch die Schreie des alten Kartenmachers hätten sie nicht stärker treffen können, wenn sie direkt neben ihm gestanden hätte. Mit einem verzweifelten Stöhnen verharrte sie auf der Stelle, bis der Kater ihr auf die Schulter sprang und warnend fauchte.

Ja, sie wusste es.

Ein Zurück gab es nicht mehr.

Sie war jetzt in der Stadt der Schatten und der Flüsterer, der ihnen durch den Chafariz gefolgt war, hatte keine Zeit verloren und das getan, wovor Márquez sich so gefürchtet hatte. Er hatte sie eingeholt. Und sie hatte den Kartenmacher im Stich gelassen.

»Es ist alles anders, als du es dir denkst.« Arcadio Márquez hatte es ihr zu erklären versucht.

Catalina hatte nicht verstanden, was genau er ihr damit sagen wollte. Und die Zeit, ihn danach zu fragen, war ihr nicht mehr geblieben. Denn der Flüsterer war dem Chafariz entstiegen, brausend wie etwas, das wider die Natur ist, hatte er die Form angenommen, die seine eigene war, und

Catalina hatte sein Antlitz erblickt, das ein vor Jahren zerfallenes Gesicht voller Zorn und Boshaftigkeit war. Die Haut, schäbig wie altes Papier, war notdürftig geflickt worden. In den Narben waren kleine Klammern befestigt, mit deren Hilfe die fehlenden Hautstücke mit braunem, schmutzigem Papier verbunden wurden.

Der Flüsterer sah aus wie ein Mann, der bereits gestorben war, vor langer, langer Zeit, und den die Magie des Papiers und der Worte mühsam am Leben hielt. Catalina musste an Kassandra Karfax denken, die seltsame Frau aus Pergament und Papier, die sie in Lisboa getroffen und die ihr Stift und Papier in die Hand gedrückt hatte, um Malfuria zu zerstören. Auch sie hatte so ausgesehen. Sie hatte beschriftetes Papier im Gesicht getragen, dort und auf den Händen und Armen, und sie war es gewesen, die Catalina zur Mephistia gemacht hatte.

Der Flüsterer hatte sich aus dem breiten Chafariz erhoben und war auf den alten Kartenmacher zugetreten.

»Catalina! Bitte! Du musst in die Windmühle gehen. Dort findest du alles, was du brauchst!« Der alte Márquez hatte sich zwischen Catalina und das Wesen mit dem zerfallenen Gesicht aus Papier und alter Haut gestellt und ihm etwas zugezischt, das Catalina nicht verstehen konnte.

Dann, ohne jegliche Vorwarnung, streckte der Flüsterer seine Hand aus und griff in den Schatten des Kartenmachers hinein. Es ging so schnell, dass Catalina erst gar nicht verstand, was gerade geschehen war. Der Arm des Flüsterers steckte bis zum Ellenbogen im Körper des Kartenmachers, der still, ganz still wurde, und dann immer durchsichtiger.

»Lauf!« Es war nur das eine Wort, das wie Luft klang, die dem Körper entwich.

Catalina war erschrocken zwei Schritte zurückgetreten.

Natürlich wusste sie, dass dies nicht der echte Kartenmacher war, aber das machte den Schmerz nicht erträglicher. Er war Arcadio Márquez, für sie war er der Kartenmacher, der ihr wie ein Vater gewesen war, zwei Jahre lang, die ihr jetzt, da alles endete, wie die Ewigkeit vorkamen.

Die durchsichtigen Augen des alten Mannes hatten sie flehend angeblickt.

Er tut dies für mich, dachte sie. Er tut das, damit ich fliehen kann. Und wenn ich ehren will, wofür er stirbt, dann muss ich gehen.

Und sie hatte es getan.

Sie hatte sich umgedreht.

Langsam.

Dann war sie gerannt.

Jetzt lief sie die Straße entlang, die Rua da Tapada hieß, und verschloss ihre Ohren vor der Stille hinter ihr, die entsetzlicher war als alle Schreie.

Sie schlug genau den Weg ein, den der alte Mann ihr gewiesen hatte. Irgendwo dort hinten würde die Windmühle sein. Hoffte sie. Denn wenn sie das nicht tat, dann ...

Was?

Sie spürte, wie ihr die Beine zitterten.

Sie rannte so schnell, dass ihr der Atem in der Kehle

brannte, immer an Miércoles' Seite, der schnellen Schrittes und mit eng an den Katzenkörper gefalteten Schwingen neben ihr herlief.

Ohne Unterlass sprang sie über Hindernisse, wich wandelnden Häusern und Pflanzen aus und sah nicht zurück.

In der Schattenstadt gab es Pflastersteine, die wie kleine Inseln über die Straßen trieben. Wenn man geschickt die Balance hielt, dann konnte man sich auf ihnen ein Stück tragen lassen. Doch man musste achtgeben, rechtzeitig auf den nächsten aufzuspringen, bevor der Stein mit anderen Gegenständen zusammenstieß.

Catalina gab sich Mühe, sprang von einem Stein zum nächsten. Die Wut, die sie in sich trug, wurde aus der Trauer geboren.

Sie glaubte nicht mehr daran, dass Márquez sie in der Windmühle aufsuchen würde. Es war vorbei, endgültig. Sie hatte gesehen, wie der Flüsterer den Schatten ihres Meisters nahezu ganz leer getrunken hatte, und nichts und niemand auf dieser Welt würde ihn wieder zu ihr zurückbringen können.

War das der Tod, wie die Schatten ihn starben?

Catalina rannte weiter, fort vor den Fragen.

Lebendige Häuser liefen an dem Mädchen vorbei, überquerten die Straße. Die Fundamente schoben sich Stück um Stück in alle Himmelsrichtungen. Die Stadt aus Nacht und Nirgendwo war tatsächlich eine Wanderstadt, ganz so, wie der Kartenmacher es ihr gesagt hatte. Sie war bunt, nicht etwa grau, und auch nicht schwarz. Der Ort, an dem die Schatten lebten, war ein Abbild fremder Orte, deren Formen jemand ausgemalt hatte.

Catalina hatte kaum Zeit, sich umzuschauen. Und doch kam ihr vieles so bekannt vor, dass sie sich fühlte, als sei sie in einem seltsamen Traum gefangen. Da waren Kanäle, die sich durch die Stadt zogen. Lange Gefährte, ganz ähnlich den Gezeitengondeln Barcelonas, fuhren dort entlang. Es gab Überreste von Marktständen und hier und da erkannte Catalina sogar Mosaikeidechsen, die wie die gezeichneten Ebenbilder ihrer Verwandten in der singenden Stadt aussahen. Es gab viele Häuser, an denen sie in Barcelona schon oft vorübergegangen war, und Plätze, auf denen sie sich ausgeruht hatte. Einmal sah sie eine kleine Kapelle, die sie nur zu gut kannte. Sie hatte sich hoch oben auf dem Berg von Montjuic befunden. Dort hatte Catalina oft gesessen und mit El Cuento gesprochen, dort hatte er ihr seine Geschichten erzählt.

Doch hier war alles verkehrt.

Einfach nur falsch.

Die Kapelle befand sich nicht auf einem Berg, sondern auf einer Insel, die von Kanälen umgrenzt wurde. Sie sah in der Ferne den Torre de Bélem, der nicht, wie in Lisboa, mitten im Tejo erbaut worden war, sondern sich inmitten eines großen Parks voller krummer Bäume und wilder Blumen befand. Gleich dahinter ragten die spitzschrägen hohen Türme der Sagrada Família in einen Himmel, an dem weder Stern noch Sonne funkelte und der rein und weiß war wie ein unbeschriebenes Blatt Papier.

All das durfte es hier gar nicht geben, nicht an diesem Ort und vor allem nicht am selben Platz.

Die Sagrada Família war zerstört worden, daran gab es keinen Zweifel. Und der Torre de Bélem lag in jenem Teil Lisboas, der bereits von den Schatten überrannt worden war, als Catalina noch hoch oben in der Alfama am Largo dos Portos do Sol gestanden hatte.

Warum, fragte sie sich erneut, bin ich überhaupt hier? Was ist meine Aufgabe? Was werde ich tun, wenn ich die Windmühle erreicht habe?

Was muss die Mephistia tun, damit alles wieder gut wird?

Miércoles stieß ein lautes Fauchen aus. Catalina erschrak und sprang gerade noch rechtzeitig zur Seite.

Ein großes Gewächshaus, in dem sich Schlingpflanzen mit grellgelben Blüten an die Fensterscheiben drückten, lief ihr über den Weg und hätte sie beinahe zertrampelt.

Catalina keuchte. Meine Güte!

Das war keine Wanderstadt – das war der reine Irrsinn.

Es gab schiefe Türme, die sich über breite Avingudas schoben, und grüne Gärten, die auf den Wurzeln ihrer Pflanzen über Steine krochen. Die Stadt wanderte, indem sich ihre Bauwerke und Plätze, Straßen und Tempel, Kanäle und Häfen alle einzeln fortbewegten. Sie überholten einander, schoben sich durch enge Gassen und hielten an, wenn ein größeres Gebäude ihren Weg kreuzte. Die Häuser, die weiter hinten lagen, drängelten sich an den Bauwerken vorbei, die langsamer waren als sie selbst.

Das Mädchen dachte unwillkürlich an die Sonne und daran, wie sie Tag für Tag über den Himmel wandert. Die Schatten taten es ihr gleich und wie die Sonne auf die Erde schien, passten die Schatten ihre Wanderungen dem steten Verlauf der Sonnenscheibe an.

War dies hier etwa genauso?

Fragte sich nur, wohin die Stadt wanderte. War es möglich, dass sie Lisboa verließ?

Wenigstens schien Catalina in diesem Chaos ihren Verfolger abgeschüttelt zu haben. Von dem Flüsterer hinter ihr war keine Spur mehr zu sehen.

»Du hast es ein zweites Mal geschafft«, flüsterte sie und wünschte sich so sehr, dass Márquez und sein Schatten sie hören könnten. »Das, was du vorhattest, hat seine Wirkung gezeigt.«

Miércoles sah sie aus seinen klugen, bernsteinfarbenen Augen an und lächelte.

Komm schon, Kleine, schien sein Blick zu sagen. Gib nicht auf.

Und das tat sie nicht, auch wenn sie sich müde und erschöpft fühlte und so durchsichtig wie die Schattengesichter, die sie immer wieder in den vorbeihuschenden Fenstern entdeckte. Neugierig sahen sie ihr hinterher oder starrten sie einfach blicklos an.

Auf der Straße dagegen traf sie nur wenige Schatten, was daran liegen mochte, dass das Leben dort voller Gefahren war, wie Catalina unschwer erkannte, als ein weiteres Haus ihren Weg kreuzte und sie beinahe mit sich gerissen hätte.

Immer schneller wurden die Bewegungen der Bauwerke um sie herum. Sie knirschten laut, wenn sie sich vorwärtsschoben, und kleine Steinchen bröckelten hier und da ab.

Catalina sprang auf einen der Steine und ließ sich für einen Moment mittragen. »Sind wir vom Weg abgekommen?«, fragte sie den Kater, der seine Flügel ausgebreitet hatte und neben ihr herflog.

Miércoles schnurrte nur.

»Heißt das, wir sind richtig?«

Er nickte.

Sie las den Straßennamen, der sich änderte, als das Schild sich in einen anderen Stadtteil fortbewegte. »Glaubst du, der Flüsterer weiß, dass wir zur Windmühle wollen?«

Der Kater schüttelte den Kopf.

»Bist du dir sicher?«

Erneut schüttelte er den Kopf.

Kater, dachte Catalina ein wenig entnervt.

Sie wechselte von Stein zu Stein. Bald erreichte sie einen Platz namens Plaza de Armas, an dem sich ein Königspalast befand. Doch bevor sie überlegen konnte, wie sie den Platz umgehen konnte, überquerte dieser mitsamt der Palastanlage einen Kanal, der sofort austrocknete und zu einer Avinguda mit Palmen wurde, sobald der Palast sich entfernt hatte und hinter einer Häuserzeile aus Mosaiksteinchen verschwunden war.

Catalina kümmerte sich nicht länger darum. Sie lief einfach weiter, dem Verlauf der Straßen folgend, die der alte Kartenmacher ihr beschrieben hatte. Zur Windmühle musste sie kommen, das war das Ziel, das sie vorantrieb, Márquez hatte es gesagt. Und mehr war nicht wichtig.

Die Rua de Sao Miguel kreuzte ihren Weg. Sie mündete in einen Ort, der wie ein Friedhof für Fluggeräte aussah, wo die Skelette seltsamer Flieger ineinander verkeilt herumlagen. Drüben, am Horizont, wanderte die Sagrada Família in eine Richtung, die Norden, Süden, Osten oder Westen sein mochte, Catalina wusste es nicht.

Und dann stand sie plötzlich vor ihr.

Hunderte Male war Catalina durch diese Tür geschritten, die Stufen zu dem Dachgarten emporgestiegen und oben, ganz oben auf dem Dach, da hatte sie dann die Windmühle betreten.

Wie angewurzelt stand sie da, vor dem Ort, der bis vor wenigen Tagen noch ihr Zuhause gewesen war. Sie blickte in die Höhe und staunte.

Es war wirklich, wie Márquez gesagt hatte.

Dies hier war natürlich nicht die Carrer de Roman Pinol und von der Porta Francolina war auch nicht das Geringste zu sehen, aber dennoch stand da das Haus mit der alten Windmühle, die nie mehr als zwei Flügel besessen hatte.

Die Flickenfetzen, die das Mädchen einst in mühevoller Kleinarbeit zusammengefügt hatte, waren verschwunden. Davongeflogen, hinaus in die Nacht, sie wusste, warum.

Miércoles stupste sie an. Er überschritt als Erster die Schwelle. Catalina tat es ihm gleich, bevor das Haus samt Windmühle in der nächsten Straße verschwinden würde.

Wie gebannt betrat sie den Ort, an dem sie sich so wohlgefühlt hatte. Auf einmal war alles wieder da. Die Einsamkeit, die sie einst hier verspürt und schließlich dank Márquez überwunden hatte. Die Freude, sich mit Tusche und Stiften an der Kartenmalerei versuchen zu dürfen. Die Augenblicke, in denen sie aus dem runden Fenster hoch oben auf die Dächer der singenden Stadt geschaut hatte.

»Eines Tages«, hatte ihre Mutter gesagt, bevor sie Catalina hier zurückließ, »wird die Stadt auch für dich singen.«

Und das hatte Barcelona getan. Zuerst ganz leise, dann beschwingter und am Ende jeden Moment, den sie wach war, und jeden, den sie schlief.

Wie lange war das nun her?

»Das ist mein Zuhause«, flüsterte sie dem Kater zu, der geduldig lauschte.

Dann führte sie Miércoles die steile Treppe hinauf zum Garten auf dem Dach, in dessen Mitte sich die Windmühle befand. Gemüse und Kräuter wuchsen dort nicht mehr, dafür aber dornige Dattelzweige, die wie Disteln aussahen.

Catalina ließ ihren Blick über die Zinnen der Schattenstadt wandern. Tief unten veränderten sich die Straßen und die Gasse, von der aus Catalina und Miércoles das Haus betreten hatten, war in der kurzen Zeit, die sie mit dem Aufstieg verbracht hatten, einem tiefen Kanal gewichen, auf dessen Wassern sich die Flügel der Mühle spiegelten.

»Komm mit!« Zielsicher ging Catalina zur Windmühle.

Die Tür stand offen.

Sie trat ein und schloss die Augen, ganz kurz nur. Es

roch sogar noch so wie früher. Sie durchquerte den unteren Raum, in dessen Mitte sich die Königsspindel befand, und eilte zum Zeichentisch, der umgestoßen auf dem Boden lag. Noch immer war der Raum völlig verwüstet vom Kampf gegen den Harlekin.

Catalina kniete sich neben die Pergamentrollen, die quer über den ganzen Raum verstreut lagen. Es tat ihr weh, sie so zu sehen. Es war nur Papier, das wusste sie, aber sie hatte so viele Stunden damit verbracht, es zu etwas Besonderem zu machen. Sie betrachtete die Zeichnungen und ihr wurde einmal mehr bewusst, dass sie mehr tun konnte, als bloße Landkarten anzufertigen.

Seufzend erhob sie sich, ging gedankenverloren durch den Raum, fasste alle möglichen Gegenstände an, stellte sie dorthin zurück, wo sie hingehörten, und blieb vor dem Bett stehen, auf dem Márquez geschlafen hatte. Langsam setzte sie sich.

Miércoles sprang zu ihr herauf.

»Meine Mutter«, sagte Catalina, »ist böse.« Sie musste wieder an die Cala Silencio denken, an der sie ihre Kindheit verbracht hatte, an den Tod ihres Vaters in den Tiefen der See. Ihre Mutter war es, die ihren Vater auf dem Gewissen hatte. »Vielleicht bin ich auch böse?«

Sarita Soleado und Nuria Niebla hatten sich schon entzweit, als Catalina noch ein kleines Mädchen gewesen war, und das aus einem Grund, den sie noch immer nicht kannte.

Aber es musste der Grund sein, warum Sarita Soleado

die Dinge ins Rollen gebracht hatte, die jetzt eine ganze Welt unter sich zu begraben drohten. Ihre eigene Mutter hatte sich mit den Schatten und dem Haus Karfax verbündet, um Malfuria zu vernichten.

Aber diejenige, die Malfuria wirklich ausgelöscht hatte, war Catalina gewesen.

»Warum tun die Schatten all das?« Sie wusste nicht einmal, ob die Frage dem Kater galt. Der konnte ihr ja ohnehin nicht antworten. »Was wollen sie erreichen?«

Miércoles ringelte seinen Schwanz kunstvoll in der Luft umher. Er beobachtete das Mädchen, stand dann leise auf und ging zum Fenster. Er schaute lange nach draußen und dann kehrte er zurück und schnurrte so, als wolle er Catalina beruhigen.

»Kein Flüsterer in der Nähe?«

Miércoles schüttelte den Kopf.

»Du bist ein netter Kater«, sagte sie.

Miércoles schwieg. Legte seinen Kopf auf ihr Bein.

»Ich bin froh, dass du bei mir bist.«

Catalina erhob sich und ging zu der Karte, an der Márquez gerade gearbeitet hatte, als der Harlekin die Windmühle betreten hatte. Nie wieder würde er ihr erklären, wie man den Stift führte. Was man tun musste, um die Farben so aufzutragen, dass sie nicht zerflossen.

Sie berührte das Pergament und zum hundersten Mal fragte sie sich, wer den Preis dafür zahlen musste, dass sie Malfuria zerstört hatte. War es das, was mit Márquez geschehen war? Oder würde es wieder Jordi treffen?

Nuria?

Sie schloss die Augen.

Nein, Nuria Niebla war eine mächtige Hexe, die sich selbst La Gataza verweigert hatte.

Miércoles kam zu ihr, sprang auf den umgestürzten Tisch und leckte sich mit seiner kleinen rosa Zunge über die schwarze Nase. Catalina musste lächeln, obwohl sie nicht recht wusste, warum.

Ihre Hand streichelte zärtlich die Karte.

»Ich wollte immer nur zeichnen«, gestand sie dem Kater. »Jetzt darf ich nicht mal das.« Sie ließ den Tuschestift zu Boden fallen.

Und dann erzählte sie Miércoles all das, was in ihr schlummerte. Sie spürte, wie die Knoten, die ihr Herz gefesselt hielten, sich langsam lösten, weil sie Worte fand, in denen sie die schlimmen Dinge einfangen konnte, sodass sie nicht länger wie böse stumme Geister in ihr lebten.

Sie erzählte von Sarita Soleado, dem plötzlichen Tod ihres Vaters, tief unten in der See, den Sonnenaufgängen in der Cala Silencio und dem Komplott, das ihre Mutter gesponnen hatte. Sie erzählte von der Liebe zu Jordi, die sie empfand, und der Trauer, die sie fast um den Verstand brachte; von der Einsamkeit, weil all jene, die ihr am Herzen lagen, nicht mehr bei ihr waren, und der Furcht, die sie so lähmte, weil sie nur ein Niemand war, der schwach war und allein und an einem Ort, der kaum mehr war als ein Wunderland im Nirgendwo.

Sie redete und redete und sie spürte, wie ihre Hände zitterten, als sie verlegen und unsicher mit einem Blatt Papier herumspielten, das auf dem Boden lag. Sie streichelte dem Kater das samtige Fell, kraulte ihn zwischen den Ohren und ließ ihn bei sich sein.

»Was wird jetzt mit uns geschehen?«, fragte sie leise, als sei die Frage bereits die Antwort. »Was sollen wir tun?«

Miércoles, dessen Stimme wie Schnurren war, sagte nur: »Wir werden die Rätsel lösen.« Er hob den Kopf und die Bernsteinaugen funkelten so hell wie die Träne, die ihm die Schnauze hinabrann.

»Ich kann dich verstehen«, sagte Catalina, ganz fassungslos. Sie musste lachen, laut und irgendwie verlegen. »Herrje, du kannst ja wirklich reden.«

Miércoles, der flink die glitzernde Bernsteinträne von seiner Schnauze leckte, erwiderte nur: »Was hast du denn geglaubt?« Er zwinkerte ihr mit seiner güldenen Stimme zu und Catalina erkannte, dass nicht nur die Angst einen hinterrücks überfallen kann, sondern ebenso schnell auch das Glück.

Augen, anzusehen wie Amethyst

Der Falke schwebte im Gleitflug über die Ausläufer der Wüste, die sich sanft um die Atlasgebirgskette legten. Der Lichterjunge stand still an der Reling und blinzelte in die aufgehende Sonne hinein und es störte ihn nicht im Geringsten, dass sie kleine aufblitzende Punkte auf seine Augen zauberte und ihn für Sekundenbruchteile nichts außer hellen Flecken sehen ließ.

Er war seit Stunden mit der Reparatur des Falken beschäftigt, überprüfte die Schäden an der Hülle, den vielen Schläuchen und Kabeln. Stück für Stück untersuchte er den Falken, aber in Wirklichkeit dachte er an das, was geschehen war.

Befürchtungen und Hoffnungen tauchten in seinen Fragen auf, wechselten einander ab und wisperten in der Dunkelheit seiner Tagträume, um dann irgendwann wieder zu verstummen. Die einzige Frage jedoch, die ihm ohne Unterlass im Kopf herumspukte, hatte mit Catalina zu tun.

Dass sie noch am Leben war, das fühlte er. Ja, er wusste es einfach. Irgendwo da draußen musste sie sein, so viel war sicher. Aber mit jeder Minute entfernte er sich weiter von ihr.

»Catalina«, flüsterte er ganz leise ihren Namen in die Stille des anbrechenden Tages, einfach nur, um ihn einmal gesagt zu haben und um für einen kurzen Moment der Magie zu lauschen, die sein Klang für ihn hatte.

Er hatte gehofft, dass Makris de los Santos, die Zigeunerhexe, ihm Antworten geben konnte, wenigstens ein paar. Doch die junge Frau mit den pechschwarzen Haaren und dem vielen Schmuck schlief noch immer – unten im Bauch des Falken – vollkommen bewegungslos und starr.

Kamino war mit Jordi bei ihr gewesen.

»Als Catalina und du nach dem kurzen Zusammentreffen auf den flüsternden Märkten verschwunden seid«, hatte sie erklärt, »da sind wir gemeinsam geflohen, Makris de los Santos und ich. Ich habe eine Leuchtkugel in den Nachthimmel geschossen und kurz darauf ist der Falke erschienen, um uns an Bord zu nehmen.«

Kamino hatte behutsam die Decke zurechtgezogen, die sie über die reglose Gestalt gebreitet hatten. Ein Arm der jungen Frau war ganz mit bunten Mosaiksteinchen bedeckt, Jordi hatte es ganz deutlich gesehen. »Makris hat behauptet, dass sie nur einen Moment ausruhen müsste. Doch bis jetzt ist sie nicht aufgewacht.«

Sie hatten der jungen Frau, die mit ihren geschlossenen Augen dalag wie eine Tote, noch einen letzten Blick geschenkt und sich dann an die Arbeit gemacht.

Jordi seufzte und beugte sich über die Reling. Finsterfalter oder Schlimmeres hatten die Schläuche und Leitungen des Fluggefährts teilweise angenagt und der Kapitän befürchtete, dass sie, würde der Falke erneut in einem Gefecht belastet, reißen könnten. Es war Jordis Aufgabe, die rissigen Schläuche zu verstärken. Er rieb sie mit portugiesischem Limonenleim ein und befestigte kleine Metallplättchen an dem Stoff, der an manchen Stellen wirklich arg mitgenommen aussah. Eisenhaut, so nannten die Windwanderer die seltsamen Flicken aus dehnbarem atmendem Metall.

Der Falke glitt ruhig über die Dünen einer Wüste dahin. Innen, auf einem der unteren Decks, half Karim Kopernikus dem Kapitän dabei, die Schäden an den hydraulischen Maschinen zu beheben, die dem Falken während seiner Flucht aus Lisboa zugefügt worden waren. Sie hatten schon vor Stunden den Höhenmesser eingebaut, sodass der Falke jetzt fast wieder voll einsatzfähig war.

Die Schatten hatten sie nicht weiter verfolgt, nachdem sie die Blockade durchbrochen hatten. Irgendwie war auf einmal alles sehr einfach gewesen. Nachdem sie wie ein Pfeil aus dem Wrack der Galeonenstadt in den neuen Tag geschossen waren, hatte Cortez den Falken hoch in den Himmel hinaufgebracht.

»Wir nehmen Kurs auf Marrakech«, hatte er vorgeschlagen, als Lisboa nur eine Erinnerung am Horizont war. »Das ist die nächste große Stadt. Und weit genug entfernt von den Orten, die jetzt finster sind.«

So hatten sie den Kurs gesetzt und der Falke hatte sich auf die Reise begeben.

»Ihr solltet Gibraltar umfliegen«, hatte Kopernikus vorgeschlagen. »Die fliegenden Galeonen sind dort zu Hause. Wir sollten nicht riskieren, entdeckt zu werden.«

Die Seufzerstürme hatten sie bei Jerez de la Frontera auf die atlantische See hinausgetragen und dort waren sie inmitten dichter Wolken gereist, bis sie die braungelbe Küste des nördlichen Mauretaniens erreicht hatten.

Das Land unter ihnen hatte sich im raschen Wechsel verändert. Die grünen Küstenstreifen mit ihren kleinen Häfen und Städten verschwanden, die Erde wurde schroffer, hügeliger und ein zackiges Gebirge schälte sich aus dem Felsgestein. Dann wehte feiner Sand in der Luft, der in die Ritzen und Winkel drang, heiß und hartnäckig.

»Das sind die Sendboten der Zahara«, hatte Cortez erklärt, »das ist der Name, den die Windwanderer dem Dünenmeer geben. Sie wandern, sagt man, immer weiter nach Norden.«

Er hatte Erdnüsse geknackt und den Kurs gehalten. »Marrakech ist einst grün gewesen, aber heute liegt die Stadt in der Wüste.«

Jordi hatte genickt. »Sind wir dort sicher?«

Santiago Cortez hatte ihm sein Goldzähnegrinsen gezeigt. »So sicher, wie man in Zeiten wie diesen irgendwo sicher sein kann.«

Jordi griff nach einem dicken Schlauch, der zu den riesigen Ballons auf der Unterseite der rechten Tragfläche führte. Auf seinem Weg durch den Falken hatte der Junge nach Fenster und Öffnungen suchen müssen, die ihm Zugang zu den schadhaften Stellen gewährten, was nicht immer ganz einfach gewesen war.

»Als der Falke erbaut worden ist, da hat niemand daran gedacht, dass solche Schäden während des Fluges repariert werden müssten«, hatte Cortez gewarnt. »Es ist etwas unbequem.«

»Ich schaffe das schon«, hatte Jordi dem Kapitän versichert. Arbeiten wie diese hatte er auch im Leuchtturm erledigen müssen. Und mit Höhen hatte er auch dort kein Problem gehabt.

Cortez hatte ihm lachend auf die Schulter geboxt und gegrinst. »Schon klar, Junge, ich weiß, dass du das schaffst.« Dann war er gegangen und hatte Jordi seine Arbeit tun lassen.

Am Anfang hatte Jordi noch Mühe gehabt, die fehlerhaften Schläuche zu entdecken. Doch dann war es ihm leichter und leichter von der Hand gegangen. Er musste von einem Stockwerk zum nächsten klettern und danach auch noch in die Verstrebungen unterhalb der Flügel, wo es zugig war und die Seufzerstürme sich ausruhten. Ganz wehmütig wurde Jordi zumute, als er sich dort aufhielt, aber das passierte immer, wenn die Seufzerstürme in der Nähe waren. Kamino hatte ihm geraten, nicht auf sie zu hören, das sei besser so.

Jetzt war Jordi auf der Rundreling unterwegs, einem schmalen, engen Weg aus Stahlplatten, der unterhalb des Cockpits um den gesamten Körper des Falken lief.

Es war ein ungewohntes Gefühl, so zu arbeiten, Teil einer Gruppe mit dem gleichen Ziel zu sein, Anerkennung zu bekommen. Früher, im Leuchtturm, war Malachai Marí, Jordis trunksüchtiger Vater, immer zur Stelle gewesen, um den Jungen zu kritisieren. Andauernd hatte er etwas an der Arbeit seines Sohnes auszusetzen gehabt, nichts, aber auch wirklich gar nichts, war ihm gut genug gewesen.

Wie er ihn gehasst hatte.

Und jetzt?

Malachai Marí hatte Kopernikus und ihm die Flucht aus Barcelona ermöglicht, hatte ihnen den Pájaro überlassen, das Fluggerät, das sie weit, weit fortgebracht hatte.

Doch die Schatten hatten Malachai Marí besiegt. Sie waren in Scharen in den Leuchtturm hineingeflossen und Jordis Vater war allein auf seinem Posten zurückgeblieben. Und sosehr der Junge auch das Gefühl hatte, dass Catalina noch am Leben war, sosehr war er sich der Tatsache gewiss, dass sein Vater ein ganz anderes Schicksal für sich erwählt hatte, als ein Schattenaugenmensch zu werden.

Jordi griff zum nächsten Schlauch, in den ein Finsterfalter Löcher genagt hatte. Er hatte gerade damit begonnen, den Leim aus der Tube zu drücken, als ein Wind ihm plötzlich durchs Haar fuhr. Und er brachte ihm einen Geruch ganz nah, den er kannte.

Catalina!

Er hielt inne und schaute in den Himmel hinein und nahm einen tiefen Atemzug.

Und wieder streifte ihn der Wind. Er berührte ganz sacht sein Gesicht und abermals war es der Geruch Catalinas, der dicht bei ihm war. Nach der warmen Sonne von Montjuic auf der gebräunten Haut und dem hellen Staub der singenden Stadt, so roch der Wind. Nach dem klaren Lachen und den Augen, in denen sich Träume spiegelten.

Mit leiser Stimme fragte Jordi: »El Cuento?«

Der Wind wehte ihm um die Sandalen, und wenngleich Jordi natürlich nicht verstehen konnte, was genau der Wind da sagte, so spürte er dennoch die wispernden Worte im windigen Wehen. Es war eine Sprache, die er nie zu sprechen erlernt hatte, aber nichtsdestotrotz eine Sprache.

El Cuento malte ihm das Gesicht des Mädchens in den Himmel und teilte ihm mit, dass sie noch lebte. Hätte er sie sonst riechen können? Sie musste noch am Leben sein und El Cuento war hierhergekommen, um ihm genau das mitzuteilen.

Nun ja, jedenfalls war es das, was Jordi verstand. Das, was er verstehen wollte.

»Bist du es wirklich?« Er kam sich komisch vor, mit einem Wind zu reden, aber Catalina hatte es auch getan. Plötzlich dachte er an die Sturmböen, die vor Fados Laden in der Alfama die Feuer angefacht hatten. »Du bist mir gefolgt!«

Der Wind blies ihm ungestüm ins Gesicht, dass Jordi plötzlich lachen musste. Er fasste mit der Hand in die Luft und der Wind sprang ihm unsichtbar durch die Finger. Es kitzelte ein wenig und es fühlte sich an, als hielte man die Hand in sanft fließendes Wasser.

»Du bist es tatsächlich!« Jordi wusste gar nicht, wie ihm geschah.

El Cuento wehte eine wortlose Antwort in den Himmel über der Wüste. »Geht es Catalina gut?« Die Fragen kamen auf einmal nur so aus ihm herausgeschossen, so aufgeregt war Jordi. »Wo ist sie? Warum bist du nicht mehr bei ihr? Ist sie noch immer in Lisboa? Konnte sie entkommen? Ihr ist doch nichts Schlimmes zugestoßen?«

El Cuento wehte neben dem Falken her, verfing sich im Gestänge der Flügel und zwischen den Ballons. Aber Jordi verstand ihn nicht.

Mist! Das konnte doch nicht wahr sein! Jetzt, wo er endlich das erste Lebenszeichen von Catalina hatte!

»Kannst du schreiben?«

Der Wind legte sich. Bedeutete das ein Nein?

Jordi kniete sich auf den Boden. Feiner gelbbrauner Sand bedeckte den Laufsteg. Schnell strich der Junge den Sandbelag mit den Fingern glatt. »Du kannst den Sand so verwehen, dass ich die Worte lesen kann«, schlug er vor und hoffte inständig, dass der Wind ihn verstand. Wenn es funktionieren würde, dann hätte er einen Weg gefunden, wie er sich mit El Cuento verständigen konnte. Dann würde er endlich erfahren, was er wusste und was Catalina widerfahren war.

Gebannt starrte er auf den Sand. Die feinen Körnchen rieselten ruhig auf den Eisenplatten umher. El Cuento wehte einmal durch den Sand.

Jordi legte den Kopf schief und starrte auf die Spuren.

Und das war?

Nichts!

Herrje, was hatte er denn erwartet? Einen Wind, der Buchstaben in den Sand wehen konnte? »Woher sollst du es auch können?«, murmelte er.

Zustimmendes Wehen von der Seite.

Dann hatte Jordi eine neue Idee.

»Aber du kannst mir ins Gesicht wehen, wenn die Antwort auf meine Frage ein Ja ist.« Genau! So müsste es funktionieren. »Ich stelle dir einfach eine Frage, und wenn du mit Ja antwortest, gibst du mir ein Zeichen. Dann bläst du mir ins Gesicht!«

El Cuento wehte ihm ins Gesicht. Und Jordi hoffte, dass dies ein Ja bedeutete.

»Geht es Catalina gut?«

Kein Wehen.

»Heißt das, du weißt es nicht?«

Wehen.

»Ist sie allein?«

Wieder kein Wehen.

Bedeutete das nun, dass Catalina nicht allein war? Oder nur, dass der Wind es nicht wusste?

»Ist jemand bei ihr?«

Wehen.

»Ist Nuria Niebla bei ihr?« Er wusste, dass es vermutlich eine unnötige Frage war, aber vielleicht hatte die alte Frau ja doch überlebt. Sie besaß immerhin magische Fähigkeiten.

Nichts, kein Lüftchen.

Also war Nuria nicht bei Catalina.

»Ist da jemand anderes?«

Wisperndes Wehen.

»Jemand, den sie kennt?«

Wehen.

Jordi überlegte. »Jemand, den auch ich kenne?«

Diesmal kein Wehen.

Jordi seufzte. »Jemand, der sich um sie kümmert?«

Der Wind zögerte, ein wenig nur. Dann blies er ihm die Haare aus dem Gesicht.

»Haben die Schatten Catalina angegriffen?«

Ein Windhauch, zögernd, der sich sofort wieder zurückzog.

Jordi verdrehte die Augen. Es war doch nicht so einfach, wie er es sich gedacht hatte.

»Ist sie wenigstens in Sicherheit?«

Nichts.

»Warum bist du nicht bei ihr geblieben?« Er schüttelte den Kopf. Nein, nein, falsche Frage. Er verbesserte sich schnell. »Hat sie dich fortgeschickt?«

El Cuento wehte dem Jungen zweimal kräftig ins Gesicht.

»Du hast sie alleingelassen, weil sie es so wollte?«

El Cuento zögerte. Dann wehte er erneut durch Jordis Haare.

»Wollte sie, dass du zu mir kommst?«

Schnelles Wehen.

Jordis Herz schlug schneller. Catalina hatte den Wind gebeten, ihn zu finden. Konnte das bedeuten …?

»Weiß sie, was passiert ist?« Er schrie fast. »Ich meine«, fuhr er etwas ruhiger fort, »hat ihr jemand gesagt, was mit meinen Erinnerungen geschehen ist? Hat ihr jemand gesagt, warum ich sie nicht wiedererkannt habe, auf den flüsternden Märkten?«

Wehen.

Jordi stieß die Luft aus.

»Woher wusste sie es?«

Nichts.

Falsche Frage. Jordi überlegte kurz. Er musste erneut an die Flucht im Pájaro denken. An den Wind, der ihm durch sein Haar gefahren war. War der Wind schon damals bei ihm gewesen?

»Du hast es ihr gesagt!«

Wehen.

»Du bist mir seit Barcelona gefolgt und ich habe dich nicht erkannt? Du warst im Pájaro bei mir und in Lisboa?«

El Cuento wehte ihm einmal schnell um den Kopf herum und ließ ein leises Pfeifen erklingen, als er durch das Flügelgestänge zischte und wieder zu dem Jungen zurückkehrte.

»Dann weiß sie auch, warum ich so abwesend gewesen bin?«

El Cuento pfiff an der Rundreling entlang.

Und Jordi fiel ein Stein vom Herzen. Die plötzliche Gewissheit, dass es kein Missverständnis mehr zwischen Catalina und ihm gab, wie weit sie auch immer voneinander entfernt waren, machte aus diesem Tag einen ganz und gar wunderbaren Tag.

»Du weißt aber nicht, was mit ihr passiert ist? Ich meine, wo sie jetzt ist oder wo sie hingegangen ist?«

Ein abgehacktes wehmütiges Wehen.

Jordi ging hektisch auf und ab, schaute nach unten in die Wüste hinab. »Catalina befindet sich noch immer in Lisboa, stimmt's?«

Nichts.

»Als du sie verlassen hast, da ist sie dort gewesen.«

Ein Wehen.

»Aber jetzt ist sie woanders?« Nein, nein, ganz falsche Frage. »Glaubst du, dass sie es geschafft hat, von dort zu entkommen?«

Nichts.

Kein Lüftchen, nicht das geringste.

Etwas raschelte hinter ihm. »Was, in aller Welt, tust du da?«

Jordi drehte sich schnell um.

Kamino Regalado stand in der Tür, die zur Reling hinausführte, und starrte ihn neugierig an. Die Narbe, die sich ihr über die linke Gesichtshälfte zog, vom Haaransatz bis zum Mundwinkel, leuchtete in der Sonne. Die lila Haare waren zu zwei Zöpfen geflochten und über dem Kopf mit einem Stöckchen zusammengebunden. Das grüne Hemd und die rote Hose waren voller Schmutz.

»Ich rede mit dem Wind«, sagte Jordi.

Der Wind wehte Kamino ins Gesicht und zupfte an dem Stöckchen, das ihre Haare zusammenhielt.

Verwirrt schaute sie sich um. »Welcher Wind?«

»Du verstehst das nicht«, sagte Jordi schnell.

»Nein.« Sie stemmte die Hände in die Hüften. »Das tue ich nicht.«

»Er heißt El Cuento. Ich kenne ihn nicht besonders gut, aber er ist bei mir, seitdem ich Barcelona verlassen habe.«

Sie musterte den Jungen skeptisch. »Sonst geht's dir gut?«

»Komm schon! Ihr redet mit den Seufzerstürmen!«

»Na ja, reden kann man das nicht nennen.«

»Was auch immer.«

El Cuento wehte Kamino erneut mitten in das gebräunte Gesicht, als wolle er sie von seiner Gegenwart überzeugen.

»Seit wann redest du denn schon mit dem Wind?«, fragte Kamino.

»Eigentlich verstehe ich ihn gar nicht«, sagte Jordi und zog ein Gesicht. »Es ist kompliziert.«

»Tja, so hört es sich auch an.« Sie trat an die Reling, beugte sich hinüber und begutachtete die Schläuche. »Abgesehen von diesem Windgequatsche leistest du wirklich gute Arbeit«, stellte sie fest. »Du wirst noch ein waschechter Windwanderer.« Sie zwinkerte ihm zu.

»Vielleicht sollte ich an Bord bleiben«, scherzte er.

Sie sah ihn nur an, etwas zu lange. »Ja«, sagte sie dann, »vielleicht solltest du das.«

Jordi wusste, dass Kamino ihr Herz an den Kapitän verloren hatte, aber er wusste auch, dass Santiago Cortez keine Ahnung von den Gefühlen hatte, die das Bootsmannsmädchen für ihn hegte. Kamino hatte ihm ihr Geheimnis in Lisboa anvertraut, auf den flüsternden Märkten. Sie hatte ihn geküsst, wie eine gute Freundin es tut, und ausgerechnet in diesem Moment war Catalina aufgetaucht und alles war ins Rollen gekommen.

»Catalina kann mit dem Wind sprechen«, erklärte er ihr. »Sie weiß alles, was passiert ist. Er hat ihr erzählt, dass ich mein Gedächtnis verloren habe. Dass ich sie nur deswegen nicht erkannt habe.« Er spürte selbst, wie er strahlte. Er fühlte sich glücklich und ganz leicht.

»Du liebst sie.«

Er nickte nur.

Sie berührte die Narbe in ihrem Gesicht.

Jordi wusste, woran sie dachte.

»Du solltest es Cortez sagen.«

Sie schüttelte den Kopf, doch noch ehe sie etwas erwidern konnte, hörten sie ein Krächzen und ein Spucken aus einem der Sprachrohre an der Längsseite des Gangs.

»Die Zigeunerhexe ist erwacht«, krächzte es aus dem Sprachrohr. Es war Kopernikus. »Wollt ihr nach unten kommen und mit ihr reden?«

Jordi war augenblicklich auf den Beinen. Endlich! Insgeheim hatte er sich schon Sorgen gemacht, dass die Zigeunerhexe nie mehr aufwachen würde.

Eilig folgte er Kamino zwei Decks tiefer in die Messe, einen großen Raum mit einem breiten Fenster. Ein runder

Tisch war in der Mitte an den Boden geschraubt und die Wände zierten Regale, die gefüllt waren mit hölzernen Tellern und Krügen, allesamt mit Bändern und Schnüren befestigt, sodass sie bei wilden Flugmanövern nicht zu Boden fielen.

An einer Längsseite stand die Liege, auf der Makris festgebunden gewesen war, doch das Bett war leer. Die Decke, die Kamino über sie gebreitet hatte, lag auf dem Boden, der Wasserkrug neben der Liege war umgeworfen.

Die Zigeunerhexe saß auf einem Stuhl gleich neben dem Fenster und sah hinaus.

Das pechschwarze Haar, das ihr weit über die Schultern fiel, war von dünnen bunten Bändern durchzogen, und der lange Rock, der wie ein feines Muster aus gesungenen Liedern, geheimnisvollen Geschichten und geflüsterten Zaubertricks aussah, reichte ihr bis fast zu den nackten Füßen.

»Makris«, sagte Kamino unsicher. »Du hast lange geschlafen.« Sie zögerte. »Hast du es schon gehört? Wir haben Jordi gefunden!«

Makris de los Santos drehte sich nicht um.

»Catalina war nicht dort.« Trauer klang in ihrer ganz und gar rauchigen Stimme. »Kopernikus hat es mir gesagt.«

Kamino kaute an der Unterlippe. »Nein«, erwiderte sie leise. »Sie war nicht dort.«

»Jordi Marí«, sagte Makris de los Santos und endlich kam etwas Leben in sie. »Catalina hat so viel von dir erzählt.«

Jordi tauschte einen Seitenblick mit Kamino. Irgendetwas war merkwürdig. Irgendetwas stimmte nicht mit der jungen Frau. Scheu trat er auf sie zu.

Erst jetzt drehte sich die Zigeunerhexe zu ihnen um und als sie das tat, keuchte Jordi erschrocken auf. Auch Kamino neben ihm konnte einen Aufschrei nicht unterdrücken.

Es waren ihre Augen. Makris sah sie an mit diesen Augen, die hell und grün wie Amethyst leuchteten.

Doch es waren keine gewöhnlichen Augen. Es waren Augen aus Stein, so wunderbar schimmernd im Licht, das durchs Fenster schien, und doch kalt wie die Finsternis, vor der sie flohen.

»Makris, deine Augen . . .«, flüsterte Kamino erschrocken.

Die junge Zigeunerhexe nickte und streckte tastend die Hand in ihre Richtung aus. Ihr Arm war über und über mit bunten Mosaiksteinchen bedeckt – oder nein – Jordi sah es nun genauer – ein Teil des Armes war zu Mosaiksteinchen geworden.

Die Zigeunerhexe lächelte mit dem Mund und die Ringe und Kettchen an ihren Händen und Füßen klimperten bei jeder noch so kleinen Bewegung. »Ich kann mich daran erinnern, wie du aussiehst, Jordi Marí.« Die kalten Steinaugen blickten in seine Richtung, ohne ihn zu sehen. »Wir sind uns auf den flüsternden Märkten begegnet.«

»Was ist Euch zugestoßen?«, flüsterte Jordi. Noch immer konnte er den Blick nicht von ihrem Gesicht abwenden.

Sie streckte den Arm aus. »Du meinst das hier?« Sie strich über die bunten Steinchen und seufzte. »Wir sind auf Eivissa gewesen, um Catalinas Großmutter zu finden, als mich eine Culebra gebissen hat. Und das hier ist genau das, was ihr Gift tut. Es verwandelt mich langsam zu Stein. Jeden Augenblick ein wenig mehr.«

Kamino starrte sie an. »Aber deine Augen! Das ist nicht das Gift der Culebra! Bevor du eingeschlafen bist, waren sie noch ganz normal.«

Makris tastete nach ihrem Gesicht. »Zuerst war es nur wie ein kühler Hauch, der mir ganz sanft die Augen streifte«, sagte sie. »Wie eine süße Verheißung, so fühlte es sich an. Doch dann verschwand alle Helligkeit und mit ihr auch alle Konturen, alle Dinge, alle Schönheit.« Sie berührte ihre Augen nur zögernd, als könne sie selbst noch nicht recht fassen, was ihr da widerfahren war. »Ich wurde müde, entsetzlich müde. Und als ich wieder erwachte, tat es weh. Anstelle meiner Augen aber, da fühlte ich nur Steine.«

»Es sind Augen wie aus einer anderen Welt.« Kaminos Stimme klang fast ehrfurchtsvoll. »Augen, so anmutig wie Amethyst.«

Makris nickte langsam, als koste es sie alle Kraft der Welt, dies zu tun.

Jordi räusperte sich. »Wie ist das passiert?«

»Du kennst Catalinas Fähigkeiten, nicht wahr?«

»Ja.« Er sah sie an. Was hatte Catalina damit zu tun?

»Weißt du aber auch, was es bedeutet, Magie zu wirken?«

Jordi nickte verwirrt, ehe ihm einfiel, dass Makris ihn nicht sehen konnte. »Sie kann die Welt zeichnen«, sagte er. »Ganz so, wie ihr es gefällt.«

»Richtig. Aber wenn Catalina die Welt verändert und eine Karte zeichnet, dann muss sie einen hohen Preis dafür zahlen. Die alte Magie, die manchmal unsere Finger benetzt, ist niemals umsonst. Erinnerst du dich an das, was beim Haus der Nadeln geschehen ist? Als Catalina in der Bibliothek gezeichnet hat, da musste jemand den Preis für diese Magie zahlen. Jemand, der ihr am Herzen liegt, nicht sie selbst.«

»Wie meint Ihr das?« Eine düstere Ahnung beschlich Jordi.

Makris seufzte. »Wenn Catalina Veränderung zeichnet, dann bringt sie Unglück über den Menschen, den sie am meisten liebt.«

Jordi lief zum Fenster und starrte hinaus. Doch er sah nicht die weiten Sandmeere, schroffen Felsen und grünen Oasen, die am Boden dahinzogen. Er hatte keinen Blick für die Karawanen mit ihren beladenen Kamelen und anderen seltsamen Tieren, deren Laute bis hinauf zum Falken drangen.

Jordi blickte in die Vergangenheit, ins Haus der Nadeln.

Catalina, die eine Karte auf den Küchentisch gezeichnet hatte. Ihre Flucht und die Trennung. Und dann ...

»Deswegen hat mich der Finsterfalter gestochen?«, flüsterte er.

Makris nickte. »Davon bin ich überzeugt.«

»Vielleicht ist es nur ein Zufall gewesen?« Jordi schüttelte den Kopf. »Die Finsterfalter haben Barcelona überzogen. Sie haben nicht nur mich angegriffen!«

»Es gibt keine Zufälle, junger Jordi. Du warst der Mensch, der ihr am nächsten stand. Um dich hatte sie sich am meisten gesorgt, als ihr in Barcelona getrennt wurdet. Deswegen musstest du den Preis zahlen. Die Magie hat euch entzweit, das ist der Preis gewesen, den sie eingefordert hat.«

»Ich habe sie vergessen«, murmelte er. »Einfach so.«

»Aber jetzt erinnerst du dich wieder.« Makris hob ihren Kopf.

Jordi griff in seine Tasche. »Ja«, sagte er. »Ich habe den Stein gefunden, den Aquamarin. Ihre Großmutter hat ihn Catalina zum Geschenk gemacht.«

»Woher weißt du davon?« Makris' Gesicht mit den toten Steinaugen sah noch immer merkwürdig ausdruckslos aus, doch ihre Stimme klang aufgeregt.

»Nuria hat es mir gesagt.«

Die Ringe und Ketten klimperten, als die Zigeunerhexe hochfuhr. »Dann hast du sie getroffen? Nuria Niebla, die Nebelhexe?«

»Sie ist tot«, sagte Jordi.

Makris de los Santos sank in sich zusammen. Ihre Augen blickten leer in den Raum.

»Erzähl mir davon«, flüsterte sie.

Und dann berichtete Jordi der Zigeunerhexe, was geschehen war.

»Das darf nicht sein«, wisperte Makris de los Santos, als er geendet hatte. »Malfuria ist Vergangenheit.« Sie schloss die Augen, und als sie die Lider wieder öffnete, brach sich das Licht in den schimmernden Steinen. »Und Nuria Niebla ist tot. Sie und Catalina waren die letzte Hoffnung, den Schatten noch Einhalt zu gebieten.«

Jordi zögerte. »Nuria hat von der Mephistia gesprochen«, sagte er. »Sie hat vermutet, dass sie es war, die den Rabensturm zerstört hat.«

Makris nickte. »Einst gab es eine alte Legende«, sagte sie. »Sie erzählte von der Ankunft einer Hexe, die man die Mephistia nannte. Sie soll diejenige sein, die Malfuria zerstören wird. So steht es geschrieben. Sie würde das Herz der Hexenheit zum Schweigen bringen und die Welt verändern.«

»Glaubt Ihr, dass Catalina diese Mephistia ist?«

»Entweder sie. Oder ihre Mutter.«

»Warum hätte ausgerechnet Catalina das tun sollen? Wieso hätte sie den Schatten in die Hände spielen sollen?«

Makris de los Santos zuckte die Achseln. »Auch darauf weiß ich keine Antwort. Aber wenn Catalina es getan hat, dann könnte das meine Augen aus Amethyst erklären. Dann muss ich vielleicht den Preis zahlen für das, was sie vollbracht hat.«

Sie ist so wütend gewesen, als sie mich gesehen hat, dachte Jordi.

So verwirrt.

Und dann ist sie einfach fortgelaufen.

Bestimmt habe ich ihr nicht am Herzen gelegen, als sie gezeichnet hat.

Wenn sie gezeichnet hat. Aber *wenn* sie es getan hatte, müsste dann nicht Makris de los Santos tatsächlich diejenige gewesen sein, die ihr in dem Augenblick am nächsten gestanden hatte?

Für Jordi gab all das einen erschreckenden Sinn. Er stand auf. »Ich muss zu ihr«, sagte er mit fester Stimme.

Der Wind wehte um den Falken und Jordi fragte sich, ob er mit den Seufzerstürmen sprach.

»Aber du hast keine Ahnung, wo sie ist.« Makris schaute ihn kalt an. Ihre Augen schimmerten so lila wie Kaminos Haar.

Jordi dachte an die Worte, die El Cuento nur angedeutet hatte. »Catalina ist in Lisboa zurückgeblieben, aber sie ist nicht allein. Es ist jemand bei ihr.«

Er überlegte. El Cuento war unsicher gewesen, als Jordi ihn gefragt hatte, ob Catalina von den Schatten angegriffen worden sei. Was bedeutete das?

Jordi holte tief Luft. »Ich glaube, dass es kein Mensch ist, der Catalina begleitet.«

Makris de los Santos beugte sich vor. »Woher willst du das wissen?«

»Wenn Catalina wirklich Malfuria zerstört hat«, sagte Jordi, »dann ist sie den Schatten in die Hände gefallen. Warum sonst hätte sie den Rabensturm zerstören sollen? Warum hätte sie das Einzige, was uns noch retten konnte, in Gefahr bringen sollen?«

Kamino nickte. »Da ist was dran«, gab sie zu.

Makris de los Santos schloss die Augen. Das Funkeln der Amethyste verschwand abermals.

»Ich muss Kopernikus fragen«, sagte Jordi unvermittelt und war plötzlich ganz aufgeregt. Kopernikus hatte die Schatten in sich getragen, als Jordi ihm über den Weg gelaufen war. Er hatte am Fuße der Sagrada Família gekniet und die Schatten waren ihm wie Tränen aus den Augen geronnen; er hatte sogar mit den Schatten gesprochen, als sie Kamino im Bauch des Falken angefallen hatten.

Kopernikus' Vergangenheit bestand aus Schatten. Er würde ihm weiterhelfen können.

Der Lichterjunge sprang auf und pustete in eines der Sprachrohre, die hier wie in jedem Raum des Falken aus den Wänden ragten.

Karim Kopernikus war unten bei Santiago Cortez und reparierte die Navigationsgeräte. Kurz darauf erschien er in der Messe. »Du hast nach mir gerufen?«

»Ich habe eine Frage«, sagte Jordi. Dann stellte er sie. Und Kopernikus wurde so bleich wie die Scheibe des Mondes.

Erinnerungen, finster und fern

»Was geschieht, wenn einen die Schatten kriegen?«

Karim Kopernikus stand ohne Regung da, mitten in der Messe, und sah aus, als habe er etwas verloren. Die Kleidung, Hose, Hemd und Mantel, die er seit Barcelona trug, war zerschlissen und grau. Er selbst wirkte müde, die schwarzen Haare waren zu wilden Büscheln gestutzt und das hagere Gesicht unrasiert. Er schien lange Zeit darüber nachzudenken, was er mit Jordis Frage anfangen sollte. Schließlich antwortete er, scheinbar jedes Wort einzeln und sorgsam abwägend: »Von dir bleibt nur dein Schatten.«

»Aber was geschieht mit den Menschen?« Jordi hatte mit eigenen Augen gesehen, wie die Harlekine die anderen Menschen zu Schatten gemacht hatten. Sie flossen durch die Augenschlitze ihrer weißen Masken mit dem schwarz-roten, breiten Grinsen und benetzten die Gesichter ihrer Opfer, krochen ihnen in die Augen und nisteten sich dort ein.

Kopernikus musterte Jordi, neugierig und wachsam. »Warum willst du all das wissen? Die Schatten sind fort. Wir haben Lisboa und Katalonien hinter uns gelassen.«

»Nur für den Augenblick«, sagte Kamino. »Wir wissen nicht, was sie noch alles im Schilde führen.«

Kopernikus ließ sich nicht beirren. »Warum, Jordi?«

»Was geschieht mit den Menschen, wenn sie von den Schatten befallen werden?«, wiederholte der Junge seine Frage. »Bitte, ich muss es wissen. Es ist wegen Catalina.«

Kopernikus nickte, als verstehe er. »Die Schatten, die zu den Menschen gehören, verlassen sie. Das ist alles.« Er schaute von einem der Anwesenden zum anderen. »Ist das bisher etwa noch niemandem aufgefallen? Wenn die Harlekine ihr Opfer infiziert haben, dann trennt sich der Schatten.« Er hielt kurz inne. »Oh ja, es kann natürlich sein, dass die Harlekine zuerst Besitz von dem Schatten des Menschen ergreifen, aber wenn sie in dessen Körper gelangt sind, dann brauchen sie den alten Schatten nicht mehr. Er wird, könnte man sagen, vom Körper abgeschnitten und sickert in den Boden.«

Jordi fragte sich, warum ihm das nie zuvor aufgefallen war. So viele Menschen hatte er vor den Schatten fliehen sehen. Die Fäden der Meduza waren unbarmherzige Jäger. Doch in dem Tumult der Angriffe hatte Jordi nie zuvor auf die eigentlichen Schatten der Menschen geachtet. Immerzu hatte er sich auf die Augen der Menschen konzentriert. Darauf, wie sie langsam mit dichter Nacht vollliefen.

»Was passiert mit diesen Schatten?«

»Sie gehen fort.«

»Wohin?«

»In die Schattenstadt.« Kopernikus senkte seinen Blick. »Die Schatten finden dort Zuflucht.«

»Was ist das – eine Schattenstadt?«, fragte Kamino verdutzt.

Kopernikus seufzte. »In den wehmütigen Gesängen von Lisboa kommt sie manchmal vor, in den alten Schriften und den Märchen. Kaum jemand glaubt wirklich an ihre Existenz, aber es gibt sie, die Stadt der Schatten, so viel ist sicher. Es ist ein seltsamer Ort, der schon seit vielen hundert Jahren über die Erde wandelt.«

Jordi nickte langsam. All seine unruhigen Gedanken, die ihm seit der Begegnung mit El Cuento im Kopf herumspukten, fügten sich mit einem Mal zu etwas zusammen, das Sinn machte. »Wenn ich recht habe, dann ist Catalina in den Händen der Schatten«, sagte er langsam. »Und wenn das tatsächlich passiert sein sollte, dann könnte sie ... dann *müsste* sie doch in dieser Stadt sein, oder?« Er holte tief Luft. »Ich muss zu ihr.«

Kopernikus zischte durch die Zähne. »Das ist keine gute Idee.«

»Warum?«

Kopernikus funkelte ihn an. »Ganz einfach: Wer einmal dort ist, kehrt nicht wieder zurück.«

»Aber Ihr habt doch auch die Schatten in Euch getragen. Und sie haben Euch wieder verlassen.« Jordi war dabei gewesen.

»Das«, murmelte Kopernikus, »war etwas ganz anderes.« Er hielt inne, überlegte kurz seine Wortwahl. »Die

Schatten haben mich nicht verlassen, weil ich es so wollte«, sagte er. »Nein, bestimmt nicht, weil ich es so wollte.« Er hielt seine Hand in die Höhe. Uralt sah sie mit einem Mal aus. Voller Falten. Die Äderchen traten blau hervor. »Das passiert, Jordi, wenn die Schatten von dir gehen.«

»Seit wann sieht Eure Hand denn so aus?«, fragte Kamino besorgt. »Seid Ihr krank?«

»Nein. Aber es wird schlimmer. Seit zwei Tagen schon. Meine Hand wird jede Minute älter.«

»Tut es weh?«

Kopernikus schüttelte den Kopf. »Es geschieht mit ihr, das ist alles.« Es fiel ihm sichtlich schwer, darüber zu sprechen.

Jordi hatte Mühe, seine Ungeduld im Zaum zu halten. »Ihr müsst mir sagen, was Ihr wisst, Kopernikus«, beharrte er. »Ich bitte Euch nur um diesen einen Gefallen. Dann werde ich gehen.«

Kopernikus zog die Augenbrauen zusammen. »Gehen? Wohin?«

»In die Stadt der Schatten. Wenn Catalina dort ist, dann . . .«

Er fuhr ihm ins Wort. »Bist du verrückt?« Er klang ernsthaft besorgt. »Du hast keine Ahnung, wo sie wirklich ist.«

»Aber nur so kann es sein. Es passt alles zusammen. Sie hat Lisboa nicht verlassen – zumindest nicht auf normalem Weg. Der Wind hat es gesagt. Und ich spüre es.«

Kopernikus lachte laut auf. »Dummes Zeug.«

»Nein, kein dummes Zeug!«, widersprach Jordi ihm und sah dem Mann in Schwarz fest in die Augen. »Sie ist dort. Und ich werde den Weg schon finden. Mit Eurer Hilfe. Oder ohne sie.«

Kopernikus zog ein mürrisches Gesicht. »Narr! Du willst in die Schattenstadt gehen, nur wegen eines Mädchens?«

»Kennt Ihr einen besseren Grund?«

Die Andeutung eines Lächelns zeigte sich im Gesicht des Mannes. Kopernikus sagte leise und herausfordernd: »Und wenn du sie gefunden hast, was wirst du dann tun?«

Jordi zuckte die Achseln. »Das weiß ich noch nicht.«

Kopernikus schüttelte den Kopf und wiederholte die Worte. »Er weiß es noch nicht! Meine Güte, Junge, hör dich doch an. Das hier ist kein Spiel. Wenn dein Schatten erst dort ist, dann gibt es kein Zurück mehr. Dann gehört dein Körper jemand anderem und ...« Er stockte, rieb sich die Augen. »Du kannst nicht wieder zurückkehren. Und sie kann es auch nicht. Ihr wärt beide dort gefangen, für die Ewigkeit, wenn du so willst.«

»Ihr wisst also, wie man dorthin kommt?«, beharrte Jordi.

»In die Schattenstadt zu kommen«, brauste Kopernikus auf, »ist nicht das Problem. Wenn dich ein Harlekin bedroht, dann renn nicht davon. So einfach ist es. Bleib stehen, lass ihn dich berühren und du wirst dich schneller in der Stadt der Schatten wiederfinden, als dir lieb ist.«

Jordi starrte ihn an. Der Ausbruch war so unvermittelt

gekommen, dass sogar Kamino erschrocken zusammengezuckt war. »Woher wisst Ihr das alles so genau?«, fragte sie leise.

Kopernikus betrachtete seine Hand, die alt und knochig aussah. »Das habe ich euch schon einmal erklärt. Ich war Karim Karfax, das Oberhaupt des großen Hauses von Gibraltar. Arxiduc, so nannte man mich. Das war der Titel, den meine Ahnen seit alter Zeit trugen.«

»Ihr seid ein Karfax?« Die rauchige Stimme der Zigeunerhexe war voll der Furcht, voll abgrundtiefem Abscheu.

»Und Ihr, wunderschöne Makris de los Santos, seid eine Hexe«, stellte Kopernikus fest.

Unbeeindruckt von seinem dahingeworfenen Kompliment entgegnete die Zigeunerhexe: »Die fliegenden Schiffe aus Gibraltar haben all die Jahre über Hexen gejagt und getötet. Man hat unschuldige Frauen verbrannt, auf dem Scheiterhaufen, in siedendem Öl, in brennendem Teer. Ich habe es mit angesehen, als ich ein kleines Mädchen war.« Sie schnaubte. »Außerdem«, funkelte sie ihn blind an, »bin ich keine richtige Hexe. Wenn ich eine wäre, dann würdet Ihr euch jetzt wünschen, an einem anderen Ort zu sein.«

Er musterte sie ruhig und ausdruckslos. »Alles, was Ihr sagt, entspricht der Wahrheit. Ja, ich war ein Karfax. Ich habe das große Haus befehligt und das getan, was man mir aufgetragen hat.« Er schaute den Jungen an. »Früher habe ich Hexen gejagt. Und nicht wenige sind durch meine Hand gestorben.« Seine Stimme war hart und kalt, doch dann zerbrach sie in Scherben, die überall im Raum auf den Boden fielen. »Ich kann es nicht ungeschehen machen.«

Jordi fragte: »Seid Ihr schon einmal in der Schattenstadt gewesen?«

Er nickte. »Ja.«

»Wann war das?«

»Ich bin oft dort gewesen«, sagte er mit leiser, leiser Stimme. »Die Stadt aus Nacht und Nirgendwo. So nennen sie diejenigen, die dort leben. Sie ist von einem Ort zum anderen gewandert, diese Stadt, das tut sie immer noch, und sie ist schön. Aber sie ist nicht wie die Welt, die uns umgibt. Sie ist . . .«

»Wie?«, fauchte Makris de los Santos.

»Sie ist anders«, gab er zur Antwort.

»Das ist alles?«, hakte sie nach. »Nur anders?«

»Schon als kleines Kind habe ich mit La Sombría sprechen können.« Kopernikus hing seinen Erinnerungen nach. »Es gab da ein Bildnis im Haus meiner Familie. *La Sombría, die Königin der Schattenstadt*. Jemand aus der Familie hat es einst gemalt. Kassandra Karfax ist ihr Name gewesen.« Er spie den Namen aus, als habe er einen giftigen Geschmack. »Wenn ich allein war und reden wollte, dann habe ich mich in den Raum mit dem Bild gestohlen. Stundenlang habe ich es angesehen. Ganz versunken bin ich in den Augen der dunklen Königin. La Sombría hat zu mir gesprochen, wenn niemand sonst das getan hat.«

»Was war mit Euren Eltern? Eurer Mutter?«

»Sie war eine verbitterte Frau, deren Herz für niemanden

sonst schlug als für sie selbst.« Das war alles, was Kopernikus preisgab. »Aber La Sombría war gut zu mir. Sie nahm mich mit in ihre Stadt und zeigte mir Wunder, die ein Kind in Windeseile zu verzaubern vermögen. Und als sie später um meine Unterstützung bat, da willigte ich ein. Ein Teil von ihr ist immer bei mir gewesen.«

»Waren das die Schatten, die Euch verlassen haben?«, fragte Jordi.

Kopernikus beobachtete Makris de los Santos und sagte dann, Jordi zugewandt: »La Sombrías Kälte zu spüren war besser, als gar nichts zu spüren.« Er ging zum Fenster und sah zur Wüste hinaus. Die Sonne stand jetzt ganz hoch am Himmel.

»Warum erzählt Ihr uns das alles?«, fragte Makris de los Santos. »Warum seid Ihr überhaupt hier? Mit Eurer Hilfe konnte die Finsternis auf Beutezug gehen. Ihr seid nur der Bösewicht, der in jeder guten Geschichte am Ende stirbt.«

»So also seht Ihr mich?«

»Ich weiß, was Ihr getan habt.«

»Es tut mir leid«, sagte er, ohne den Blick von der Sonne abzuwenden.

Makris de los Santos drehte den Kopf in Richtung der Stimme, die sie das Gesicht verziehen ließ. »Als ich ein Kind war, da habe ich miterlebt, was Ihr angerichtet habt.«

»Dann wird Euch sicher freuen zu hören, dass ich zum Schluss versagt habe.« Seine Stimme klang bitter.

»Ihr habt versagt?«

»Ich bin auf der Suche nach den Kartenmacherinnen gewesen. Sie waren es, hinter denen La Sombría her gewesen ist. Mein Auftrag lautete, sie zu finden: Catalina Soleado, deren Mutter und Nuria Niebla.«

Jordi starrte ihn an.

Irgendwie hatte er sich so etwas gedacht.

Kopernikus drehte ihm immer noch den Rücken zu. »Ich machte Nuria Niebla auf der Insel Eivissa ausfindig, an einem Ort namens Xarraca, doch als ich dort war, zündete sie sich an, von eigener Hand. Sie verbrannte, mit all ihren Karten.« Er schüttelte den Kopf. »Ich Narr! Sie hatte die Fähigkeit, in den Flammen zu reisen. Du hast es gesehen, Jordi.«

Er nickte.

Stumm.

»Nachdem sie geflohen ist, habe ich mich nach Barcelona begeben, um Sarita Soleado zu finden. Gefunden habe ich aber nur ihre Tochter. Und erfahren, dass ihre Mutter mit La Sombría unter einer Decke steckt.« Er drehte sich um. »Alle haben sie mich nur benutzt. Alle haben ein falsches Spiel gespielt.«

»Sollten wir deswegen Mitleid haben?« Makris klang höhnisch.

»Nein.« Kopernikus schüttelte den Kopf. »Das ist nur der Grund, warum ich jetzt über das rede, was geschehen ist. Deswegen helfe ich euch, so gut ich kann.« Er strich leise mit der gesunden Hand über seine runzelige Rechte, die aussah, als wäre sie binnen Stunden um Jahre gealtert. »La Sombría schenkt mir nicht länger ihre Kraft.«

»Wie bedauerlich!«, grollte Makris de los Santos.

Kopernikus fuhr herum, ganz plötzlich, und ging mit viel zu schnellen Schritten auf sie zu. »Warum versprüht Ihr Euer Gift, Zigeunerhexe?«, schrie er sie an. »Ich war ein Kind, als ich La Sombría kennenlernte. Ich war dumm, ja, ich gebe es zu. Doch jetzt ist es vorbei. Ich würde vieles anders machen, aber das kann ich nicht. Die Zeit gibt einem keine zweite Chance.« Er packte Makris de los Santos an den Schultern, und als er sie schüttelte, da klimperten die Ringe und Ketten an der Zigeunerhexe wie wilde Zirkusmusik. »Ich habe Hexen verbrennen lassen. Ich habe sie gejagt. Alle in meiner Familie haben das getan.« Er spuckte ihr die Worte entgegen. »Und Ihr? Was habt Ihr in Eurem Leben getan, das Ihr bereut? Gibt es da nichts?« Er ließ sie los und durchquerte den Raum, wollte hinausrennen, blieb dann aber doch stehen, schwer atmend.

Makris de los Santos saß erschrocken in ihrem Stuhl. Ihre Augen funkelten wie schöne Steine nach einem heftigen Regen. »Ihr habt mir wehgetan«, sagte sie leise und rieb sich die Schultern, wobei ihre Hand, die zu Mosaiksteinchen geworden war, leise Geräusche machte.

Kopernikus drehte sich zu ihr um. »Verzeiht mir. Ich sollte jetzt gehen.«

»Nein.« Makris de los Santos hob die Hand. »Bleibt«, bat sie ihn. Etwas in ihrer Stimme war anders geworden. Weniger rauchig, weniger brennend vor Zorn.

Kamino und Makris schwiegen beide.

Jordi, der den Streit wortlos verfolgt hatte, trat auf Kopernikus zu. »Was passiert mit meinem Körper, wenn ich als Schatten in diese Stadt gehe?«, fragte er eindringlich. »Bitte, ich muss es wissen.«

Karfax seufzte. »Junge – ich dachte, das Thema hätten wir ein für alle Mal beendet. Dein Körper gehört von diesem Augenblick an dem Harlekin, der dich verwandelt hat.«

»Aber wie kann das sein? Die Harlekine leben doch weiter.« Jordi hatte gesehen, was sie taten. Sie traten ganz nah vor die Menschen und Finsternis sprang auf sie über. Die Menschen wurden zu Schattenaugenmenschen und die Harlekine gingen weiter ihres Weges und infizierten andere Menschen, wieder und wieder. Wie eine Krankheit, so breitete sich die Finsternis unter ihrer Herrschaft aus.

»Das, was du einen Harlekin nennst, bezeichnet man auch als Eistreter«, sagte Kopernikus. »Die Schatten nennen sie Flüsterer. Sie sind von Grund auf böse. Auch wenn sie nur einen kleinen Teil von sich geben, ist es um ihre Opfer geschehen.«

»Was meint Ihr mit kleinem Teil?« Makris wandte ihr Gesicht dorthin, wo sie Karfax vermutete. Ihre Miene war wieder ganz ausdruckslos – keiner von ihnen konnte erkennen, was ihr im Kopf herumgehen mochte.

»Nur ein winziger Tropfen aus dem Schatten eines Harlekins, geträufelt ins Auge des Opfers, und es ist um ihn geschehen. Sie können ihre Finsternis an Mensch und Tier gleichermaßen weitergeben.«

Jordi fragte sich, wie kompliziert dies alles wohl war.

Wie viele Arten von Schatten gab es? Worin unterschieden sie sich?

»Aber was passiert mit dem Körper, den sie in Besitz nehmen? Was ist mit all den Leuten geschehen, die in Barcelona, Lisboa und den anderen Städten ein Opfer dieser Schatten wurden? Leben sie jetzt in der Schattenstadt?«

Kopernikus nickte nachdenklich. »Mehr oder weniger.«

»Was heißt denn das nun schon wieder?«

Eine Antwort darauf erhielt Jordi nicht. Dafür sagte Kopernikus: »Während du in der Schattenstadt weiterlebst, altert dein Körper in der richtigen Welt. Und wenn dann seine Zeit gekommen ist und er stirbt, dann lebt dein Schatten noch immer weiter. Er wird sich leer fühlen, wie tot. Er wird keine Gefühle mehr haben. Aber er wird weiterleben. Und das ist etwas, das nicht sein darf.«

»Glaubt mir, das möchte ich auch nicht«, sagte Jordi schnell. »Aber sagt: Wenn ein Harlekin Catalina gefasst hat . . .«

». . . dann ist ihr Schatten jetzt in La Sombrías Reich. Wenn sie infiziert wurde, dann lebt sie fortan nur als Schatten in der wandernden Stadt.«

Jordi stand auf. Seine Stimme war kaum mehr die Stimme eines Jungen. »Ich gehe zu ihr.« Er trat vor Kopernikus, sah ihm fest in die Augen.

»Jordi! Du kannst ihr nicht helfen!«

»Wenn ich bei ihr bin, werden wir einen Weg finden.«

»Es wäre dumm von dir, es zu versuchen.« Makris' Stimme klang mit einem Mal ganz sanft.

»Aber es ist das Richtige. Und wenn es dumm ist, dann ist es eben so.«

Kopernikus betrachtete den Lichterjungen. Dann nickte er langsam.

»Du liebst sie wirklich«, stellte Makris de los Santos fest. »Du liebst sie so sehr, dass du all das Licht hier für sie aufgeben willst.«

»Ich will, dass sie wieder bei mir ist.« Jordi hatte nicht die leiseste Ahnung, ob dieser Wunsch so selbstlos war, wie er sich anhörte. Gewiss, es klang heldenhaft. Allen Gefahren zum Trotz wollte er sich in die unsicheren Gefilde der Schattenstadt begeben, um sein Mädchen zu finden. Doch war es Mut, der ihn antrieb? War es nicht eher das Gegenteil?

Am Ende war es doch die schiere Verzweiflung. Er hatte erkannt, wie sehr er Catalina vermisste. Er wollte wieder bei ihr sein, weil er wusste, dass er nur glücklich sein würde, wenn sie da wäre. In Wahrheit war es purer Eigennutz.

Kamino schaltete sich ein. »Hast du dir mal überlegt, was du tust, wenn du dort bist und feststellst, dass du dich geirrt hast? Vielleicht war sie dort, meinetwegen. Was aber, wenn sie den gleichen Gedanken hatte wie du und dich in dieser Welt sucht?«

Jordi starrte zu Boden.

Er musste an die Nacht denken, die er gemeinsam mit Catalina im Haus der Nadeln verbracht hatte. Nur ein einziges Bett hatte es dort gegeben, hoch oben in dem Turmzimmer. Catalina hatte sich am Fußende des Bettes zusammengerollt wie eine Katze. Sie hatte müde und doch glücklich gelächelt und dann hatte sie Jordi, der verlegen im Raum herumgestanden hatte, ganz gönnerhaft das Kopfende des Bettes überlassen. »Keine Angst, ich beiße nicht«, hatte sie gesagt. Jordi war zum Fenster gegangen, und als er sich umgedreht hatte, da war Catalina schon eingeschlafen. Ganz ruhig war ihr Atem gegangen. Jordi hatte sich nur ans Kopfende gesetzt und ihr beim Schlafen zugesehen, das war alles. Und er war glücklich gewesen. So glücklich, dass er trotz der Erschöpfung nicht hatte einschlafen können. Er war hinunter in die Bibliothek gegangen und hatte in den dicken Wälzern und alten Folianten nach Lösungen gesucht. Irgendwann am frühen Morgen war er dann ins Turmzimmer zurückgekehrt und völlig erschöpft und mit vom vielen Lesen brennenden Augen auf dem Fußboden direkt vor dem Bett eingeschlafen. Er wusste noch immer, was er in jener Nacht geträumt hatte, denn auch im Traum war er glücklich gewesen. Und als Catalina ihn am Morgen mit einer Tasse heißem Kaffee geweckt hatte, da hatte er festgestellt, dass Traum und Leben sich manchmal recht ähnlich sein können.

»Wenn Catalina nicht dort ist, dann werde ich eben allein einen Weg zurückfinden.«

»Du willst das wirklich tun.« Kamino Regalado sah traurig aus.

Und Kopernikus sagte: »Vielleicht hat er recht.«

Kamino funkelte ihn wütend an. »Ist das Euer Ernst?«

»La Sombría benötigt die Kartenmacherinnen, damit sie

eine andere Welt zeichnen. Sie sollen diese Welt verändern, damit sie ganz zum Reich der Schatten werden kann. Das ist ihr Plan. Zumindest ist das der Plan, in den sie mich damals eingeweiht hat.« Er bedachte Jordi mit einem vielsagenden Blick. »Sarita Soleado ist mit La Sombría im Bunde. Das war sie von Anfang an. Warum? Ich kann nur Vermutungen anstellen. So wie ich La Sombría kenne, hat sie der Hexe die Macht über Malfuria versprochen.«

»Bleiben Nuria Niebla und Catalina.«

»Die eine ist verbrannt«, sagte Kopernikus, »und die andere ist in Lisboa verschollen. Oder sonst wo, wer weiß? Vielleicht ist Catalina wirklich diejenige, die Malfuria zerstört hat. Vielleicht hat sie es auf Geheiß La Sombrías getan. Vielleicht aber auch nicht. Vielleicht ist es sogar gut, wenn Jordi nach ihr sucht.«

»Zu viele Vielleichts!«, brauste Kamino auf. »Ihr habt doch selbst gesagt, dass er nicht zurückkehren kann, aus dieser Schattenstadt. Und was, wenn Catalina dort wirklich gemeinsame Sache mit dieser merkwürdigen Königin macht?« Kamino war wirklich aufgebracht. »Ich bin dagegen.« Sie sprang vom Tisch, auf dem sie gesessen hatte, und blieb vor Jordi stehen. »Lass den Blödsinn! Hör auf, den Helden zu spielen!«

»Ich werde sie suchen«, sagte Jordi zu Kamino. »Ob du das gutheißt oder nicht.«

Kopernikus, der wieder so ruhig war wie zuvor, überlegte: »Malfuria ist jedenfalls zerstört und der Sturm aus Rabenfedern war das Einzige, vor dem sich La Sombría wirklich gefürchtet hat. Jetzt gibt es nur noch Catalina, die ihr im Weg steht.«

»Oder auch nicht«, merkte Makris de los Santos an.

Kopernikus nickte. »Und Nuria.«

»Die tot ist.«

Alle schwiegen betreten.

Kamino sah Jordi an. »Tu's nicht«, bat sie ihn noch einmal. »Bleib.«

Dann trat Kopernikus ans Fenster, starrte durch die Scheibe. »Was, in aller Welt, ist denn das?«

Zeitgleich begann die Schiffsglocke zu läuten. Santiago Cortez plärrte durch die Sprachrohre: »Ihr solltet auf eure Posten gehen. Und einen Blick nach Südosten werfen.« Es folgte eine kurze Pause, dann sagte er: »Da kommt was auf uns zu.«

Jordi und Kamino liefen gleichzeitig zum Fenster. Beide sahen, wovon Cortez gesprochen hatte. Und als Jordi feststellte, dass Kamino ganz erschrocken seine Hand ergriffen hatte, da war das, was auf sie zukam, auch schon da.

Der dunkle Sturm

Die singende Stadt schwieg, das tat sie schon seit Tagen.

Sarita Soleado stand still neben Kassandra Karfax auf dem Vorderdeck der riesigen Galeonenstadt, die sich wie ein pechschwarzer Himmel über La Marina und Eixample erstreckte. Fliegende Galeonen lagen in der Luft vor Anker und Scharen von Schattenwesen suchten in den Straßen und Gassen nach verborgenen Lichtern im Untergrund.

Barcelona war ein Ort der Schatten geworden.

Die Reisende hielt die fiebrig glühenden Augen geschlossen. Sie sprach zu den anderen und die anderen sprachen zu ihr. Auf jeder Galeone, die über dem Land und der See schwebte, gab es eine wie sie. Ein Wesen aus Papier und Schrift, das ihr Augen und Ohren war.

»Entwischt«, murmelte Kassandra Karfax und die schmalen Lippen aus Papier kräuselten sich in Wut. »Sie sind entkommen«, knisterte sie und ging unruhig an Deck auf und ab. »Alle beide.« Dort, wo ihr im Gesicht die Haut fehlte und sich vergilbte Fetzen von altem Pergament an ihrer statt spannten, kräuselten sich die Buchstaben auf dem Papier, wütend und rastlos. »Nuria ist tot und Catalina unauffindbar.«

Die Harlekine und Silberaugenmatrosen machten einen Bogen, wenn sie Kassandra erblickten.

»Wenigstens ist Lisboa in meiner Hand«, teilte die Reisende Sarita mit.

»Was ist mit Malfuria?«, fragte Sarita Soleado. Sie trug eine Brille mit dunklen Gläsern und konnte damit selbst die allertiefste Nachtschwärze ohne Mühe durchdringen.

Kassandra Karfax lächelte und ihr Lächeln, das kaum mehr war als ein dunkelblauer Tintenstrich, ließ Sarita frösteln. »Die Mephistia hat ihr Gesicht gezeigt«, sagte sie. »Überall in Lisboa wehen Rabenfedern durch die Straßen.«

»Und La Gataza?«

Kassandra Karfax zischte wütend, als sie den Namen hörte. »Sie gehört jetzt uns.«

Sarita stand still da und fragte sich, was als Nächstes passieren würde. Seitdem sie das Antlitz La Sombrías erblickt hatte, fühlte sie sich so kalt und so leer, als habe sie einen schlechten Traum gehabt. Sie hätte nie gedacht, dass die Königin der Schattenstadt so aussehen würde. Sie kannte ihr Bildnis, das sich gerahmt in der Casa de l'Ardiaca befunden hatte. Kassandra Karfax hatte es gemalt, vor langer, langer Zeit, als die Schattenstadt noch ein kleines Dorf gewesen war, so hatte sie es ihr erzählt. Jetzt war La Sombría hier. Und Saritas Fragen waren beantwortet worden. Die Königin der Schattenstadt hatte die Straßen und Gassen

Barcelonas erobert und es war, als wäre eine spiegelverkehrte Schnittstelle geboren worden, die nichts als Chaos brachte.

Die Welt, das spürte Sarita, verweigerte sich dem, was hier geschah. Es lag in der Luft, die so kalt war, dass selbst der Atem in der Luft gefror und Sarita einen Mantel tragen musste.

»Wir werden nach Gibraltar gehen«, sagte Kassandra Karfax. Sie blieb stehen und gab einem der Harlekine Anweisungen, die dieser augenblicklich an die Silberaugenmatrosen weitergab. »La Sombría kann nicht auf ewig in Barcelona bleiben.«

»Was müssen wir tun?«

»Du musst die Karte zeichnen, aber das kannst du nicht allein. Eine so große Aufgabe wie diese erfordert mehr als nur eine Kartenmacherin. Deine Tochter darf uns nicht noch einmal entkommen. Ihr Talent ist zu groß.« Die Reisende sah zur See hinaus. »Wir werden ihr eine Falle stellen.«

Sarita blickte auf. »Woran habt Ihr gedacht?«

Finsterfalter flogen zwischen den Segeln der Galeonenstadt hindurch nach Montjuic.

»An einen Köder«, sagte Kassandra Karfax, »an einen Köder.«

Ein Tosen erfüllte die Nacht, ganz plötzlich.

»Ein dunkler, dunkler Sturm kommt auf«, sagte Kassandra Karfax mit einem zufriedenen Rascheln in der rauen Stimme.

Sarita lauschte den Geräuschen. Eine Flutwelle aus Fledermausflügeln und Finsterfaltern näherte sich in der Dunkelheit. Selbst mit der Brille fiel es ihr schwer, etwas Genaues zu erkennen.

»Was ist das?«, fragte sie.

Kassandra Karfax trat an die Reling.

Das Rauschen wurde lauter, erfüllte die Nacht wie etwas, das von den Toten auferstanden ist. Es schälte sich aus der Dunkelheit wie ein Sturm aus tiefster Nacht und schwarzen Federn. Eisige Böen wehten über das Deck, sodass Sarita Soleado beim Anblick dessen, was ihr die Dunkelgläser zeigten, schier der Atem stockte.

»Malfuria«, sagte Kassandra Karfax, »ist zu uns gekommen.« Sie lachte ihr knisterndes Lachen, und als die Königin der Schattenstadt zu ihnen trat, da wusste Sarita Soleado, dass es Überraschungen gab, die sie nie hatte kennenlernen wollen.

Rätsel

»Du kannst sprechen?« Catalina war noch immer fassungslos. Sie hatte sich auf das alte Fensterbrett mit den Holzvertäfelungen gesetzt und starrte den Kater an, der gleich hinter ihr auf dem Teppich hockte, mitten in dem runden Windmühlengeschoss, und seine Flügel putzte.

»Natürlich kann ich sprechen.« Er lachte schnurrend. »Ich bin schließlich ein Sphinx.«

Catalina holte tief Luft und warf einen Blick aus dem Fenster, an dem gerade ein mehrstöckiges Haus mit verschnörkelten Balkonen vorbeilief.

Herrje!

Miércoles war also ein Sphinx.

Wie verrückt konnte es noch werden?

Oder nein, nicht verrückt, korrigierte sie sich selbst. Unglaublich.

Sie saß in einer Windmühle, die durch eine aufgeregte Schattenstadt wanderte und bei jeder ihrer fließenden Bewegungen schaukelte wie ein Schiff in der See an einem stürmischen Nachmittag.

Und hinter ihr, auf dem zerschlissenen Teppich, den sie

schon Hunderte Male achtlos überquert hatte, saß ein Sphinx und putzte seine Flügel.

»Warum kann ich dich plötzlich verstehen?« Sie schaute Miércoles an.

»Du hast mich zu Tränen gerührt, so einfach ist das.«

»Aber ich habe deine Tränen nicht getrunken.« Hatte Márquez ihr nicht gesagt, dass sie genau dies tun müsse, um ihn zu verstehen?

Miércoles kicherte leise. »Das ist nur eine von vielen Menschengeschichten, nichts weiter.« Er schien den Gedanken, dass sie an dieses Märchen geglaubt hatte, äußerst erheiternd zu finden.

»Ich dachte immer, dass Sphinxe größer seien.« Catalina erinnerte sich an die Bilder, die sie in manchen Büchern gesehen hatte. Sogar auf vielen der knittrigen uralten Karten waren sie gezeichnet gewesen: riesige löwenartige Wesen mit mächtigen Mähnen und Pranken und Menschengesichtern mit stechenden Augen; Wesen, deren goldene Flügel sich weit spannten.

»Ich bin ein Sphinx«, sagte Miércoles ein wenig beleidigt, »auch wenn ich nicht groß bin. Ist das schlimm?«

»Nein, natürlich nicht.«

Er sprang zu ihr auf den Fenstersims, auf dem Catalina früher oft die Tuschegläser abgestellt hatte. »Vor langer Zeit«, erklärte er ihr geduldig, »gab es mächtige Sphinxe. Sie waren Götter und sie lebten in den grünen Königreichen an den Quellen des Nils. Die Sphinxe von Saba, so hat man sie damals genannt. Eine Königin, die gerecht und schön war, herrschte dort im tiefen Dschungel. Die Sphinxe sind die Wächter ihres Palastes gewesen.« Er schnurrte stolz. »Doch dann, durch ein dummes Missgeschick, gerieten die Sphinxe in Ungnade. Die Königin verbannte sie aus ihrem Reich und so folgten sie dem Lauf des Flusses. Doch der Ruf, die Menschen in Rätsel zu verstricken, eilte den Sphinxen voraus. Niemand wollte etwas mit ihnen zu tun haben. Niemand gewährte ihnen Obdach.«

»Sie haben die Menschen in Rätsel verstrickt?«

Er nickte, schnell. »Wir lieben Rätsel. Wir sind überall dort, wo Rätsel sind.«

»Aber warum wurdet ihr verjagt?«

»Die Menschen«, sagte Miércoles, »mögen keine Rätsel.«

Catalina seufzte auf. Auch wenn es vielleicht dumm war, sie konnte das nur zu gut verstehen. Inzwischen hatte sie die Nase gestrichen voll von Rätseln und dem, was sie nach sich zogen.

»Gibt es noch andere wie dich?«, fragte sie.

Miércoles schüttelte den Kopf. »Selbst La Gataza wusste nichts über meine Art.« Er zwinkerte ihr zu.

»Ich dachte, Malfuria sei allwissend?«

Miércoles entfaltete einen seiner Flügel und zupfte an den Federn. »Das ist nur das, was La Gataza glaubte. Ihr Fehler.«

»Dann war sie es also nicht?«

»Wäre Malfuria sonst zerstört worden?« Er legte den Flügel wieder an den Körper an.

Catalina senkte schuldbewusst den Blick. »Ich bin diejenige gewesen, die es getan hat.«

Miércoles' güldene Augen musterten sie gelassen. »Du bist also wirklich die Mephistia.« Es war vielmehr eine Feststellung als eine Frage.

Sie nickte, stumm.

»Ich habe es gewusst.«

Verwundert fragte Catalina: »Woher willst du das denn gewusst haben?«

»Na, weil du rätselhaft bist.«

Catalina starrte ihn verblüfft an. »Ich? Rätselhaft?«

»Es gibt nur noch wenige Kartenmacherinnen.« Er kam auf sie zu und strich an ihrem Arm entlang. »Hast du dich jemals gefragt, wo diese Gabe herkommt?«

Sie legte den Kopf schief. Er hatte recht! Darüber hatte sie sich noch nie Gedanken gemacht. »Ich dachte immer, dass jede Hexe eine ganz besondere Eigenschaft besitzt«, antwortete sie. »Und ich bin eben eine von denen, die Karten zeichnen können.«

»Sicher, es gibt viele Hexen, dort draußen in der Welt.« Seine Stimme klang plötzlich ganz anders, ernster und gewichtiger. »Aber warum hat La Gataza nicht sie um ihre Hilfe gebeten?«

»Die meisten von ihnen sind getötet worden, nachdem die Galeonen Jagd auf sie gemacht haben.«

Miércoles schnaubte. »Aber einige von ihnen leben noch im Verborgenen. Sie verstecken sich vor der Armada.«

»Vielleicht sind sie nicht mächtig genug?«

Er schüttelte den Katerkopf. »Nein, Catalina, La Gataza hat immer nur nach den Kartenmacherinnen Ausschau gehalten. Außerdem gibt es da noch ein anderes Rätsel, das mit den Kartenmacherinnen zu tun hat.«

»Sag es mir!«

Er leckte sich über die Nase. »Hexen nutzen normalerweise die Natur. Sie sprechen zu ihr. Sie reden mit dem Wind, dem Wasser, dem Feuer. Sie bitten die Natur, ihnen zu helfen. Was sie tun, das vermögen sie mithilfe der Elemente zu tun. Sie heilen die Menschen mit Pflanzen. Das, was die Menschen Zauber nennen, ist das Leben selbst. Das Leben fließt ihnen durch die Finger, weil sie mit ihm sprechen. Es ist nichts Widernatürliches in dem, was sie tun.«

Catalina schluckte, weil sie verstand, was er ihr sagen wollte. Sie schaute auf eine der Seekarten, die an den runden Wänden hingen. »Aber das, was *ich* tun kann, ist widernatürlich.«

Miércoles nickte nur. »Es ist nicht gut für die Welt, dass ihr – deine Großmutter, deine Mutter und du – diese Gabe besitzt. Es ist falsch. Es bringt alles durcheinander.«

Catalina überlegte. Was Miércoles da sagte, ließ alles, was La Gataza in Malfuria behauptet hatte, in einem anderen Licht erscheinen.

Der Sphinx ringelte den langen Schwanz zu einem Fragezeichen. »Keiner weiß, seit wann es Hexen gibt, die das zu tun vermögen, was du beherrschst. In der Bibliothek von Malfuria hat sich kein einziger Hinweis darauf gefunden, dass es diese Hexen schon immer gegeben hat.«

»Du meinst«, hakte sie nach, »niemand kann erklären, woher die Kartenmacherinnen kommen?«

Er nickte. »Ist das nicht seltsam?«

Sie sah nach draußen. Ihr Herz zitterte.

Die Kartenmacherinnen hatten sich einst in Malfuria versammelt und von dort aus das von Schatten befallene Madrid vom Angesicht der Erde gezeichnet. Auch das war widernatürlich gewesen. Sie hatten die Welt verändert, einfach weil sie der Meinung gewesen waren, das Richtige zu tun. Und weil La Gataza es befohlen hatte.

Nuria Niebla war die Einzige gewesen, die sich dem verweigert hatte, und so war sie auch als einzige Kartenmacherin übrig geblieben, um ihre Fähigkeit an ihre Tochter und Enkeltochter weiterzugeben.

»Malfuria, La Gataza, die Schatten und die Kartenmacherinnen, irgendwie gehört alles zusammen.« Miércoles sprang wieder auf den Boden. »Wie gesagt, es ist ein Rätsel.«

»Das wir vielleicht lösen?«

Er sah sie aus güldenen Augen an. »Vielleicht tun wir das.«

Catalina nickte nur.

»Willkommen in Malfuria«, so hatte die Katzenhexe sie begrüßt, als sie Malfuria betreten hatte. Und dann hatte sie hinzugefügt: »Willkommen daheim.«

Daheim?

Catalina fragte sich, was sie wohl damit gemeint hatte. Der Sturm aus Rabenfedern war nicht ihr Zuhause gewesen und wäre das auch niemals geworden.

Miércoles stupste sie mit der Schnauze an. Freundlich.

»Kennst du noch andere Sphinxe?«, fragte sie ihn.

Erneut schüttelte er den Kopf. »Ich bin nie einem anderen Sphinx begegnet. Sie entstammen den uralten Legenden und den Geschichten, die Katzen sich schläfrig am Feuer erzählen.« Er schmunzelte auf seine raubtierhafte Art und Weise. »Es muss noch mehr von uns geben, überall auf der Welt. Aber begegnet bin ich noch keinem.«

»Du musst doch eine Mutter haben.«

»Ich weiß nichts von ihr.«

»Das ist schlimm.«

Er streckte sich. »Nun ja, du kennst deine Mutter und das ist auch schlimm.«

Catalina schwieg.

Miércoles legte eine Pfote auf ihre Hand. »Ich bin in Malfuria geboren, musst du wissen. Man erzählt sich, dass die Sphinxe ihre Kinder in die Wiegen fremder Wesen betten. So wachsen sie in fremden Heimen auf. Und niemand merkt, dass sie Sphinxe sind.«

»Hat La Gataza nicht wenigstens etwas geahnt?«

Er schüttelte den Kopf. »Für sie war ich ein Kater mit Flügeln, anders als die Rabenkater, mit denen sie sich sonst umgibt, aber ähnlich.« Er ging auf und ab und reckte den Schwanz in die Luft. »Manchmal sehe ich in meinen Träumen andere Welten. Große Städte und ferne Länder. Und auch dort leben Sphinxe. Doch in keiner dieser Welten gibt es viele von uns.« Er schnurrte.

»Die Menschen glauben, dass ihr Katzen seid?«

Er schüttelte den Kopf. »Sphinxe können auch wie andere Tiere aussehen. Füchse, Ozelots, Dachse oder Mungos. Wie gesagt, wir passen uns der Umgebung an. Meine Mutter hat mich nach Malfuria gebracht. Warum? Ich habe keine Ahnung.«

»Dann sind wir uns ja gar nicht so unähnlich«, bemerkte Catalina nur. Immerhin hatte Sarita sie zur Windmühle nach Barcelona gebracht und einfach dort zurückgelassen.

Sie warf einen Blick in die Stadt hinaus, die noch immer in Bewegung war. Ein neuer Kanal bildete sich gerade vor ihrem Fenster, eine Schaluppe, die Teeballen geladen hatte, dümpelte im seichten Wasser.

Rätsel über Rätsel, dachte sie. Wenn eins kommt, gesellt sich das nächste gleich dazu.

Sie sprang vom Fenstersims und ging hinüber zu dem Regal mit den Farben und den vielen Tuschestiften.

»Márquez hat uns nicht ohne Grund in die Mühle geschickt«, sagte sie. »Er hat davon gesprochen, dass ich hier finden würde, was ich brauche.«

Sie schritt an den Wänden entlang und betrachtete die Karten, die überall die Wände bedeckten, oder vielmehr die Schatten der alten Karten, die glanzvolle Namen wie *Tabula Peutingerana* trugen.

Was hatte der alte Kartenmacher gemeint? Was sollte sie hier finden?

Sie blieb vor der *Mappea Mundi* stehen, einer kunstvollen Karte aus dem Mittelalter, die auch Regionen und Länder jenseits der bekannten Welt zeigte.

»Nicht viele Menschen«, hatte Márquez ihr die weißen Flecken auf dieser Karte erklärt, »machen sich die Mühe, das Unbekannte zu verstehen. Viel zu oft gibt man dem Fremden die Schuld.«

Und jetzt?

Sie selbst war eine Hexe. Ein Rätsel, wie Miércoles es formuliert hatte. Jemand, den die anderen fürchteten. Sie war seltsam, widernatürlich.

Catalina hob einen Becher auf, der zu Boden gefallen war, betrachtete ihn. War dies nur der Schatten eines Bechers? Sie stellte ihn auf den Herd. Dann fragte sie den kleinen Sphinx: »Warum kannst du eigentlich hier sein?«

»Hier, an diesem Ort?«

»Ja.«

»Katzen und Sphinxe sehen die Schatten mit anderen Augen, das haben wir schon immer getan.«

»Was sind denn die Schatten?«

»Die Schatten sind nicht weniger als das Leben«, sagte Miércoles. »Sie gehören, wenn sie echt sind, zu den Menschen, wie die Menschen zu den Schatten gehören. Das eine kann es nun einmal ohne das andere nicht geben. Die Schatten waren uns niemals böse gesonnen.«

»Ich habe gesehen, was sie tun können.«

Miércoles seufzte. »Die Schatten umgeben jeden Menschen und so vieles spiegelt sich in ihnen, von dem die Träger nichts ahnen. Glück, Traurigkeit, Hoffnung, Vergessen – all das zeigt sich in der Farbe, die ein Schatten trägt. Schatten, musst du wissen, sind wie eine Aura. Die Seele kann sich in sie flüchten, wenn sie möchte. Und wenn du lange genug in den Schatten blickst, dann blickt der Schatten irgendwann einmal auch in dich.« Er lächelte. »Deswegen, weil er ein Teil von jedem ist, leben die Menschen in dieser Stadt als Schatten fort.«

Catalina nickte.

Dann fiel ihr auf, dass sie keinen Schatten mehr hatte, genauso wenig wie Miércoles. Jedenfalls nicht hier.

»Warum gibt es diese Stadt?«

Miércoles sah ratlos aus. »Ich weiß es nicht. Aber die Katzenhexe hat viel mehr über diesen Ort gewusst, als sie preisgab. La Gataza hatte ihre Geheimnisse, die sie mit niemandem teilen wollte.«

»Ja, das hatte sie.« Catalina erinnerte sich, wie die alte Katzenhexe sie mit ihrer Vieldeutigkeit in den Wahnsinn getrieben hatte. Nie hatte sie etwas erklärt, immer nur bestimmt.

Miércoles leckte sich nachdenklich die Pfote. »Etwas hat La Gataza mit den Kartenmacherinnen verbunden. Und etwas hat sie mit dieser Stadt hier verbunden. Malfuria und La Sombría, sie haben eine gemeinsame Vergangenheit. Wesen, die sich so abgrundtief hassen, wie Agata la Gataza und La Sombría es tun, müssen einfach eine gemeinsame Vergangenheit haben.«

Catalina schritt durch den Raum, suchte nach Anhaltspunkten. »Du weißt nicht zufällig, weswegen wir hier sind, oder?«

Miércoles schnurrte sanft. »Wir Sphinxe sind gut darin,

Rätsel aufzugeben. Aber sie zu lösen ist noch nie unsere Stärke gewesen.« Er zwinkerte ihr zu. »Deswegen sind wir aus Saba vertrieben worden.«

Catalina starrte ihn an. »Du bist ein ziemlich seltsamer Sphinx.«

Rastlos ging sie auf und ab. In die Küche und die kleine Ecke mit den Holzscheiten für den Herd, vorbei an dem Vorsprung in der Mauer, der als eine Art Tisch genutzt worden war. Zur Königsspindel in der Mitte des Raums, mit deren Hilfe der sanft knatternde Generator betrieben worden war, und wieder zurück in die Küche.

Gedankenverloren richtete sie einen der umgeworfenen Stühle wieder auf. Und als sie nach dem zweiten griff, fiel ihr Blick auf etwas, das sie schon fast vergessen hatte.

Es war unter die Anrichte gerutscht, nur eine Ecke sah hervor. Catalina kniete sich hin, zog es hervor und berührte es, ganz zaghaft nur, als habe sie Angst davor, dass es zerfallen könnte.

»Was hast du gefunden?«, fragte Miércoles und kam zu ihr gelaufen.

Sie schaute in die güldenen Augen. »Ein neues Rätsel«, sagte sie, »und vielleicht – vielleicht auch eine Antwort.«

Wie Farbe, die durch Bilder weht

Es war die Karte, die Márquez ihr gezeigt hatte, jene Karte, die einst von Sarita Soleado angefertigt worden war. Catalina kniete lange vor ihr, bevor sie sie aufhob. Dann entrollte sie die Karte auf dem Fensterbrett.

Es war ein Stadtplan auf brüchigem, zerfranstem Pergament. Er zeigte Barcelona, wie es einmal gewesen war. Im Jahre 1889. Wie vor ein paar Tagen streckte Catalina auch jetzt die Hand aus, um die feinen Linien auf der Karte zu berühren.

Sie waren noch immer lebendig, und wenn sie die Striche und die schraffierten und ausgemalten Flächen anfasste, dann wurden sie ganz warm und fast war es so, als würden sie ... atmen.

Es war eine lebendige Karte der singenden Stadt, und sobald man die Jahreszahl am Kartenrand berührte, veränderten sich all die Linien auf ihr. Häuser wuchsen, wo vorher nur Felder gewesen waren, Fabriken entstanden am Stadtrand und die Hafenmauer wurde länger und breiter.

»Sarita hat sie gezeichnet«, sagte Catalina. Sie starrte die

Karte an. »Vielleicht hat sie noch andere Karten gezeichnet.« Ihr fiel auf, dass sie *Sarita* sagte und nicht *Mutter*.

Sie schaute sich um.

Wo hatte Márquez diese Karte hergeholt?

Die ganze Zeit über hatte sie nicht daran gedacht und doch war es so offensichtlich! Sie waren dort drüben gewesen, fast in der Küche, und der alte Mann hatte ihr etwas sagen wollen. Er war durch den Raum gegangen und . . .

Sie sah hoch. Ja, dort war es.

Die Landkarte aus dem 16. Jahrhundert!

Sie hing an der Wand über dem knatternden Kühlschrank. Der alte Kartenmacher hatte den Rahmen, in dem sich die Landkarte befunden hatte, sorgsam abgehangen.

Catalina ging zu der Stelle hin und griff mit zitternden Fingern nach dem Bild.

Hinter dem Rahmen war ein Loch in der Mauer.

»Keine schlechte Idee«, sagte Miércoles anerkennend.

Sie fasste hinein.

»Und?«

»Da ist Papier«, murmelte sie aufgeregt. »Viel Papier.«

Stück um Stück zog sie kleine zerknüllte Zettel und gefaltete Fetzen bunten Pergaments hervor. Sie faltete es schnell auseinander, eins nach dem anderen, und sah, dass es jemand über und über mit Bildern überzogen hatte.

»Was ist das?«

»Ich weiß es nicht.« Sie hielt die Zettel in ihren Händen. »Zeichnungen, Skizzen vielleicht.«

»Von Márquez?«

Sie schüttelte den Kopf. »Von meiner Mutter«, sagte sie.

»Woher weißt du das?«

»Sie sehen aus wie die Karte der Stadt.«

»Das kannst du erkennen?«

»Die Striche und Linien sind wie eine einzigartige Handschrift, die zu ihrem Besitzer gehört. Jeder Kartenmacher kann das erkennen.«

Miércoles trat neben sie und blickte neugierig auf die Bilder.

Catalina beachtete ihn nicht. Stattdessen ging sie zum Tisch und ordnete die Zettel und Kartenfetzen nebeneinander, was mühsam war, weil die Windmühle immer wieder ruckartige Bewegungen zur Seite machte.

Es gab Bruchstücke von Karten und nicht beendete Skizzen, Figuren und Formen, koloriert, aber ohne Sinn. Sie musste an die Zeichnung mit der schwarzen Galeone denken, die Márquez ihr gezeigt hatte. Diese Papierfetzen hier sahen ähnlich aus. Und hatte Sarita Soleado den Zettel mit dem fliegenden Schiff nicht in der Windmühle gelassen, um sie zu warnen? Andererseits, wenn sie es recht überlegte, war der Zettel doch eher so etwas wie eine Falle gewesen.

Eine der Zeichnungen zog Catalinas Blicke besonders auf sich. Sie war nicht wirklich kunstvoll und auch nicht auffällig. Es war nur ein einfaches Blatt Papier, rissig an den Rändern und ein wenig vergilbt. Die Zeichnung, die ihre Mutter vor Jahren angefertigt haben mochte, zeigte eine Hand, nichts weiter. Schön und grazil, die Hand einer

Frau. Ein Tintenglas und ein Tuschestift waren auch noch ins Bild gemalt. Das war alles.

»Was wirst du jetzt tun?«

»Die andere Karte«, antwortete Catalina, »hat mich erkannt, als ich sie berührt habe.«

Miércoles ging in der runden Kammer auf und ab. »Vielleicht hat Márquez das gemeint? Was ist, wenn er dir genau diese Karten zeigen wollte?«

Catalina nickte. »Die Karte der singenden Stadt ist vielleicht nur der Anfang gewesen.«

Am Ende gab es nur einen einzigen Weg, es herauszufinden.

Catalina berührte das Pergament, das vor ihr lag.

Sie tat es instinktiv, weil sie das schon immer gern getan hatte. Wenn Márquez ihr ein neues Werk gezeigt hatte, dann war der Drang, die Karte zu berühren, da gewesen. Selbst die kleinsten Unebenheiten auf dem Pergament und in der Zeichnung konnte man ertasten. Sogar Skizzen hatten ihren ganz eigenen Reiz.

Die Stellen, wo die getrocknete Tinte kleine Hügel bildete, wo Farben zu rauen oder weichen Flächen wurden. Manchmal gab einem eine Berührung wie diese das Gefühl, die tatsächliche Landschaft zu fühlen. Es war, als glitte tatsächlich ein Meer oder eine Insel oder eine Stadt unter den Fingern dahin.

Catalina berührte die Zeichnung, und sobald ihre Hand in die Nähe der Linien kam, regten sie sich – erst langsam, dann zunehmend schneller.

Die Zeichnung erkannte, dass sie Saritas Tochter war. Und sie begann zu ihr zu sprechen.

Nicht in Worten, sondern in schwarzer Tinte, in leise geflüsterten Buchstaben, die ihr durch die Haut in den Körper flossen und von dort in ihren Verstand und direkt in ihr Herz.

Es war die Stimme ihrer Mutter, die Catalina hörte.

Oder nein, nicht ganz. Es war nicht die Stimme der Sarita, die sie kannte, und auch nicht die Stimme der Sarita, die ihr in der Sagrada Família begegnet war.

So musste Sarita Soleado geklungen haben, als sie noch jung war. Es war wie eine Melodie, die Catalina an Barcelona erinnerte. Die Stimme der singenden Stadt, die Melodien, die in ihren Straßen gelebt hatten und auf ihren Plätzen, die Lieder, die voll des Lichts und fern der Schatten gewesen waren, hier waren sie wieder, eingefangen in der Stimme ihrer Mutter.

Weiter fuhren Catalinas Finger über das Papier und die Linien und Striche bewegten sich schneller und schneller, wie winzige Wesen, die jemand aufgeweckt hatte. Die gezeichnete Hand erwachte zum Leben, sie wölbte das Papier und griff nach dem gezeichneten Tuschestift und der Tinte.

Erschrocken und gleichzeitig fasziniert beobachtete Catalina, wie die Hand den Tuschestift dort ansetzte, wo das Mädchen es spüren konnte. Auf seiner eigenen Haut.

Die gezeichnete Hand begann ihr Werk.

Winzig kleine Bilder waren es zuerst, die sie malte, dann eine Bilderflut, die lautstark zum Leben erwachte. Catalina hörte die leisen Stimmen und sie sah die Ereignisse, erst auf ihrer Haut, dann in ihrem Kopf. Es war, als würde sie selbst zu einem Teil der Zeichnung.

Catalina wandelte durch die Welt ihrer Mutter.

Und sie sah, erst verschwommen, dann ganz deutlich ...

Ein Mädchen.

Allein.

Ein Mädchen in abgewetzten Hosen und mit nackten Füßen. Sie spielte an einem Strand, der hell und wunderschön war. In der Ferne fuhren die Boote der Fischer in den Tag hinein. Fast sah es aus wie in der Cala Silencio, doch die Felsen kündeten davon, dass dies ein anderer Strand war, an einem anderen Ort. Das Mädchen jedenfalls lachte fröhlich und ein kleines Äffchen sprang um sie herum. Sie neckte das Tier, köderte es mit Früchten. Die beiden tollten ausgelassen über den Sand und blieben schließlich ganz erschöpft in der Sonne liegen.

»Ich male dir ein Haus«, sagte das Mädchen zu dem Äffchen, »genau dort drüben soll es stehen.« Dann streckte sie den Finger aus und tauchte ihn in den Sand. Ganz konzentriert zeichnete sie ein kleines Haus in den Sand und drüben, bei den Pinien, begann die Luft zu flimmern, als sich ein Haus aus dem Nichts zu formen begann.

Kurz darauf fiel ein Schatten auf das Mädchen. Es hob den Blick und dort stand eine Frau, in deren Augen sich Zorn und Angst spiegelten. Sie schlug dem Mädchen ins Gesicht und schrie es an. »Was hast du getan? Habe ich dir nicht verboten zu zeichnen?«

Die Frau, die Nuria Niebla war, nur jünger, hörte nicht auf zu schimpfen. Nichts würde gut enden, wenn Sarita sich nicht zu benehmen wüsste, sagte sie. Jemand, der mit alledem nichts zu tun habe, würde den Preis zahlen müssen. Deswegen war es Sarita untersagt, auch nur den geringsten Strich zu ziehen. Sie durfte es nicht tun. Nicht mit Tinte, nicht mal mit dem Finger im Sand.

So laut schimpfte Nuria, dass weder Sarita noch sie selbst den Skorpion bemerkten, der durch den heißen Sand krabbelte. Auch das Äffchen sah ihn nicht kommen. Sein Kreischen, erfüllt von Schrecken und Schmerz, war es, das Nuria verstummen ließ. Es war vorbei, bevor Sarita bemerkt hatte, was gerade geschehen war. Das Äffchen lag tot im Sand und der Skorpion entfernte sich schnell vom Ort des Geschehens.

Tränen stürzten der Kleinen aus den Augen, als sie das tote Äffchen in die Arme nahm. »Ja, weine nur um ihn«, sagte Nuria, »aber bedenke, dass du an seinem Tod die Schuld trägst. Und bedenke, dass du selbst es bist, wegen der du Tränen vergießt.«

Sarita hob den Blick und sagte nur: »Ich hasse dich.« Sonst nichts. Nur diese drei Worte. Dann ging sie mit dem Äffchen zum Pinienbaum.

Catalina starrte auf ihre Hand.

Die gezeichneten Finger malten weiter und Catalina konnte den Blick nicht abwenden.

Sie sah . . .

Sarita Soleado.

Sarita, wie man sie in ihr Zimmer eingesperrt hatte, aus dem alles Papier und jeder Stift entfernt worden war. Mit den Fäusten hämmerte sie gegen die Tür, doch niemand öffnete ihr. Sie durfte nicht mehr hinaus, seit Tagen schon nicht. »Es ist einfach zu gefährlich«, hatte Nuria gesagt. Sie hatte geseufzt. Aber gehört hatte sie nicht auf die flehenden Bitten ihrer Tochter.

Sarita weinte viel und sie war unglücklich. Sie kannte ihren Vater nicht, immer war da nur Nuria gewesen. Doch ihre Mutter liebte sie nicht, dessen war sich das Mädchen sicher. Niemand, der einen Menschen aufrichtig liebt, ging so mit ihm um.

Catalina hatte das Gefühl, von einem Bild ins nächste gezogen zu werden.

Es war, als habe Sarita all dies so schnell gezeichnet, dass die Bilder selbst ganz rastlos waren. Manche von ihnen sahen verzerrt aus, als habe die Hand der Zeichnerin gezittert, als sie den Stift geführt hatte. Bei anderen zerliefen die Farben, als hätten Tränen die Zeichnung benetzt.

Catalina hörte Stimmen.

Laute Stimmen.

Ständig stritten sie. Nichts konnte sie Nuria recht machen. Alles, was Sarita tat, war falsch. Sie hatte das kleine Äffchen unter einem Pinienbaum vergraben und die Stelle, an der es in der Erde ruhte, mit einem dichten Teppich aus Nadeln bedeckt. Dann hatte sie Steine aufeinandergetürmt.

Das Äffchen hatte nie einen Namen gehabt. Nur Äffchen hatte sie es gerufen. Und das Äffchen hatte darauf gehört.

Es war frei gewesen, ungebunden. Sarita hatte nicht vorgehabt, es zu zähmen. Man durfte Tiere nicht zähmen. Denn das war genau das, was ihre Mutter mit ihrer Tochter machte. Nuria sprach sogar öfter mit ihren Raben, die auf den Feldern saßen, als mit ihr und …

Tusche zerfloss zu Regengüssen.

Sand wehte wie Farbe durch die Bilder.

Die Jahre vergingen, wie Tinte von Papier aufgesogen wird.

Bild für Bild.

Catalina war ganz schwindlig. Doch sie musste den Bildern folgen, durfte sie nicht unterbrechen.

Sie sah, was Sarita erlebt hatte, damals vor langer, langer Zeit.

Sie war kein Mädchen mehr und noch weit davon entfernt eine Frau zu sein, als sie von zu Hause fortlief. Sie verschwand mitten in der Nacht. Sie vermied es, dorthin zu gehen, wo Nuria sie suchen würde. Sie ging nicht zum Hafen, nicht in die nächste Stadt und sie wanderte auch nicht auf den Pfaden, die von den Eselstreibern und Dampfdroschken genommen wurden. Nein, sie war geschickt. Sie schlief am Tage und wanderte in der Nacht. Die Dunkelheit wurde zu ihrem Verbündeten, langsam, stetig. Denn die Raben, das wusste Sarita, würden nach ihr Ausschau halten. Und wenn sie Nuria erst verraten würden, wo man sie fände, dann wäre es um sie geschehen. Dann würde sie zurückkommen müssen.

Cala de Soleado, so hieß der kleine Ort, in dem sie aufge-

wachsen war. Sie liebte ihn, wie sie Nuria Niebla hasste. Und wenn man sie später nach ihrem Namen fragte, dann behauptete sie, dieser sei Sarita Soleado. Es war der Name der Bucht, an dem sie das Äffchen namens Äffchen vergraben hatte. Es war der Ort, an dem alles begonnen hatte. An dem sie erfahren hatte, was sie tun konnte, und an dem man ihr verboten hatte zu tun, wonach sie sich sehnte.

Und Sarita wusste jetzt, dass sie niemals glücklich sein würde. Sie wusste, dass sie eine Kartenmacherin war. Nuria hatte ihr auch gesagt, dass jene, die waren wie sie beide, nicht heiraten dürften. Es würde keinen Mann in ihrem Leben geben, niemals. Nicht, wenn es nach Nuria Niebla ginge.

»Wir töten, was wir lieben.« Das war es, was ihre Mutter ihr offenbart hatte. »Wenn wir zeichnen und die Magie durch unsere Finger fließt und die Tintenstriche zur neuen Wirklichkeit werden, dann muss jemand einen fürchterlichen Preis zahlen. Jemand, den wir lieben. Genau das ist der Grund, weshalb wir nicht lieben dürfen. Und das ist der Grund, weshalb du deinen Vater niemals kennengelernt hast.«

Sarita hörte die Worte noch Jahre später und sie lebten in der Skizze, die Catalina nun vor sich sah, weiter.

Worte waren es, die wie Messerstiche trafen.

Kurz, kühl und schneidend wie die Nacht.

Sarita wanderte über Land und fuhr über die See. Sie litt Hunger, Durst und allzeit versteckte sie sich vor den Raben, denn jedes Federvieh konnte ein Bote ihrer Mutter sein. Sie wollte nie wieder zu ihr zurückkehren. So frei ihr Äffchen auch gewesen war, so sehr war Sarita die Gefangene gewesen, immer schon. Nuria hatte ihr von einem Sturm namens Malfuria erzählt, vor dem sie sich in Acht nehmen müsse. Auch vor anderen Wesen müsse sie sich in Acht nehmen. Kartenmacherinnen waren selten geworden in der Welt.

Ach was!

Sarita kümmerte sich nicht darum. Sie war allein, wie sie es vorher gewesen war. Allein, verängstigt und hungrig. Dann traf sie auf eine schöne Frau, die ihr Hilfe anbot.

Catalina schluckte. Sie kannte das Gesicht, das jetzt in einem der neuen Bilder auftauchte. Es hatte sich tief in ihre Seele eingebrannt, obwohl sie es nur einmal in ihrem Leben gesehen hatte. Kassandra Karfax.

Die Frau, die Catalina dazu gebracht hatte, Malfuria zu zerstören.

»Du bist also Sarita Soleado«, sagte Kassandra Karfax, als sie das Kind, das noch keine Frau war, am Hafen einer Stadt bei Nacht entdeckte. Sarita weinte. Allein ihren Namen zu hören, erschreckte sie schon. »Du bist die Kleine, die nicht zeichnen darf.«

Sarita sah zu ihr auf. Die schöne Frau mit dem Gesicht aus Papier und Haut reichte ihr lächelnd die Hand. »Ich kann dich an einen Ort bringen, an dem du sicher bist. An einen Ort, der voller Wunder ist. An einen Ort, an dem du das tun kannst, was dein Herz dir sagt.« Ein Finger aus knittrigem Papier berührte das Mädchen an der Stirn und

Sarita fühlte, wie ihr das Glück in die Augen schoss. Sie weinte und der Papierfinger fing all die Tränen so mühelos auf, als habe er nur auf diesen Moment gewartet.

Sie gab der Frau die Hand. Und dann ihr Herz.

Und ging mit ihr auf eine lange Reise.

Catalina stöhnte.

»Was hast du?«, fragte Miércoles.

»Sie hat sie gekannt. Schon seit ihrer Kindheit.«

Der Sphinx wusste nicht, wovon sie sprach.

»Meine Mutter«, erklärte Catalina mit brüchiger Stimme. »Sie hat die Frau aus Papier gekannt. Kassandra Karfax.«

Sie schaute wieder in sich.

Sah ...

Die Stadt aus Nacht und Nirgendwo.

Doch sie sah anders aus. Viel kleiner, ruhiger. Sarita Soleado reiste mit der Papierfrau in einer Kutsche aus Eisen und Dampf. Da war ein Palast, in den man sie brachte. Und in dem Palast gab es Räume voller Bücher, Karten und Stifte.

Endlich durfte Sarita Soleado zeichnen. Sie durfte der Stadt ein Gesicht geben. Wunder lebten unter einem Himmel aus Papier. Überall waren Farben und Kassandra Karfax war so anders als Nuria Niebla. Sie hörte Sarita zu. Sie sprach mit ihr. Sie erlaubte ihr Dinge, die ihr die Nebelhexe verboten hatte. Sie gab ihr das Gefühl, geliebt zu sein.

Hier, an diesem seltsamen fernen Ort, hatte Sarita Soleado jemanden gefunden, der eine Mutter für sie war. Hier war sie glücklich. Hier wollte sie bleiben, für alle Zeit.

Catalina rieb sich müde die Augen.

Die Bilderflut wollte nicht verebben. Schnelle und ruckartige Momentaufnahmen wechselten einander eilig ab.

Kassandra Karfax verkündet Sarita, dass sie die Stadt der Schatten würde verlassen müssen. –

Sarita weint und ihr neues Herz droht zu zersplittern. –

Die Papierfrau nimmt sie in die Arme, streichelt ihr übers Haar. Sie gibt ihr ein Versprechen: Sie wird sie nach Barcelona geleiten, der singenden Stadt. Dort, sagt sie, gibt es einen Kartenmacher. Arcadio Márquez ist sein Name. Bei ihm soll Sarita die Kunst des Kartenmachens erlernen. –

Die Papierfrau verspricht ihr, sie niemals zu verlassen. –

Sie erzählt ihr die Geschichte von einem Rabenfedernsturm, der die Schattenstadt zerstören will.

Sarita hört bangen Herzens zu. Sie will nicht, dass dieser Ort hier verschwindet. Alles ist bunt und schön und . . .

Catalina schnappte nach Luft. Die Bilder zerflossen zu einer Pfütze dunkler Erinnerungen. Es war vorbei.

»Wie geht es dir?« Miércoles war die ganze Zeit über dicht bei ihr gewesen.

»Nicht gut«, antwortete sie.

Hatte Sarita die gleiche Leidenschaft gehabt wie ihre Tochter? War das die Verbindung zwischen ihnen beiden? Ganz durcheinander war Catalina, denn die Menschen in ihrem Leben schienen allesamt nicht die zu sein, die sie vorgaben zu sein.

Sie betrachtete die anderen alten Papierfetzen, berührte sie, einen nach dem anderen. Doch keiner der Zettel gab ihr neue Bilder. Manche schenkten ihr ein Lied, andere ein Gefühl. Aber nicht einer von ihnen ließ sie so verwirrt zurück wie die gezeichnete Hand, der Sarita Soleado alles anvertraut hatte, was damals ihr Herz bedrückt hatte.

Sie durfte nicht lieben, nicht zeichnen. So, wie Catalina die Sache sah, hatte ihre Mutter gegen jede Regel verstoßen, die ihr Nuria auferlegt hatte.

Aber das war nicht das, was der alte Kartenmacher ihr hatte zeigen wollen.

Oder doch?

Sie sprach die Frage laut aus: »Sollte ich das hier finden?«

Unruhig saß sie da. Márquez konnte nicht gewusst haben, was in diesen Zeichnungen schlummerte. Es sei denn, Sarita hätte es ihm gesagt und ihn gebeten, sie ihr zu einem späteren Zeitpunkt zu zeigen.

Nein! Sie schüttelte den Kopf und die vielen Zöpfe wippten wild umher. Dann hätte er nicht so lange gezögert.

Sie stand auf und lief durch die schwankende Windmühle hinüber zum Zeichentisch. Er war noch immer umgestürzt und all die Utensilien, all die Stifte und Pinsel und Gläser mit schwarzer und bunter Tusche und Tinte lagen auf dem Boden verstreut.

Sie müsste sich nur hinknien, die Sachen aufheben und schon würde sie wieder zeichnen können.

Sie dachte an das letzte Mal, als sie es getan hatte.

»Bist du dort gewesen, als ich Malfuria zerstört habe?« Sie drehte sich zu dem Sphinx um, der ihr auf Schritt und Tritt folgte.

Miércoles nickte. »Ich stand auf einem Balkon und überlegte, ob ich in die Stadt hinunterfliegen sollte. Als sich der Sturm aus Rabenfedern mit einem Mal auflöste, da musste ich nur die Schwingen ausbreiten und nach unten gleiten.«

»Was ist mit La Gataza geschehen?«

Er sah sie ratlos an. »Ich weiß es nicht.«

Catalina hatte Malfuria so gezeichnet, wie er zugrunde gegangen war. Mit zackigen Strichen hatte sie ihn zerschnitten und in eine Wolke aus Federn verwandelt.

Wann immer sie einen Stift in der Hand hielt, würde sie Veränderungen wie diese herbeiführen können. Dinge, die widernatürlich waren. Das war es, was die Schatten herbeisehnten. Jemanden, der ihre Welt für sie verändern würde.

Sarita hatte es ihr gesagt. Und später dann Agata la Gataza.

Sie bückte sich. »Ich kann es auch von hier aus tun«, murmelte sie. »Das ist es, was Arcadio Márquez mir sagen wollte! Ich kann es tun, selbst hier in der Schattenstadt.«

Die Windmühle schaukelte unsanft.

»Aber was?«, fragte Miércoles. »Was genau sollst du tun?«

»Keine Ahnung.« Dann musste sie lächeln. »Ein neues Rätsel.«

Aber so, dachte sie, könnte es immerhin gewesen sein. Alles, was sie zum Zeichnen benötigte, befand sich in der Schattenstadt. Konnte es das sein, was ihr der alte Márquez hatte mitteilen wollen?

Eine plötzliche Erschütterung riss sie von den Füßen.

Die Becher und Teller, die noch nicht am Boden lagen, fielen aus den Regalen. Die Stifte rollten über den Tisch und die Tintengläser klimperten.

»Was, in aller Welt«, keuchte Catalina, »ist passiert?«

Miércoles sprang zum Fenster und schaute nach unten. »Hoppla«, sagte er und grinste, als er sich zu Catalina umdrehte. »Da ist jemand gekommen, um mit uns Rätsel zu lösen.«

Catalina löste sich von ihren Farben und Stiften und lief zu dem Sphinx, der aufgeregt mit den Flügeln schlug.

Sie starrte nach draußen, wo sich ein Gebäude mit spitzen Türmchen gleich neben der Windmühle breitgemacht hatte.

»Du hast recht«, flüsterte sie. »Das Haus der Nadeln! Die Bibliothek! Firnis ist hier!«

Moskitoflieger

Niemand an Bord des Falken war in der Lage, die Anzahl der Fluggeräte zu schätzen, die auf sie zukamen.

»Was, in aller Welt, ist das nur?« Kamino schien sich jetzt erst bewusst zu werden, dass sie Jordis Hand ergriffen hatte. Dicht neben ihm stand sie und Jordi stellte fest, dass ihr Haar nach einer Mischung aus Motorenöl und Minze duftete.

Kamino löste sich von ihm und trat näher ans Fenster.

»Sie sind auf der Flucht«, sagte Kopernikus.

Jordi kniff die Augen zusammen und betrachtete die Fluggeräte, die auf Kollisionskurs mit dem Falken waren.

Es gab spindeldürre Flieger, die wie langhalsige Vögel aussahen, und solche, die wie Zelte geformt waren, die durch die Lüfte flatterten. Da waren Teppiche, geknüpft aus schweren Tauen mit kunstvollen Mustern, Teppiche, auf denen sich Minarette und Häuser befanden. Kleinere Gebilde, die wie Moskitos aussahen und deren flirrendes Surren die Luft erfüllte. Noch bevor sie den Falken erreicht hatten, zischten sie zwischen den großen Schiffen hindurch.

»Da sind zwei Kormoran-Gleiter«, staunte Kamino und bekam den Mund nicht mehr zu. »Herrje, und echte Haouz-Teppiche.« Sie war ganz aus dem Häuschen. »Ich dachte immer, die gebe es nur in den alten Märchen.« Sie musste lachen und schien den Ernst der Lage und den Händedruck, der sie verlegen gemacht hatte, für einen kurzen Moment vergessen zu haben. »Als kleines Mädchen habe ich immer davon geträumt, auf so einem zu fliegen.«

Jordi erwiderte ihr Lächeln, einfach weil es ansteckend war. »Wohin wollen die nur?«

Kopernikus trat neben ihn und deutete auf einen der Moskitos, der sich schwirrend näherte und mit seiner dreieckigen Blütenstängelfahne Signale setzte. »Wir werden es erfahren«, sagte er. Er griff nach einem Sprachrohr und verkündete dem Kapitän: »Cortez, wir sollten einen Gast aus der Flotte willkommen heißen.«

»Meint Ihr den Moskito?«

»Er will an Bord kommen.«

Es knackte in der Leitung. »Dann öffnet ihm«, antwortete Cortez. »Er soll längsseits kommen.«

Der Falke, das spürte Jordi, wurde sofort langsamer.

»Das da drüben«, mutmaßte Kamino und deutete aus dem Fenster, »muss Khenifra sein.«

Jetzt erst erkannte Jordi die Stadt, die im gleißenden Sonnenlicht kaum auszumachen war. Sie befand sich inmitten von dichten Wäldern. Kiefern, Olivenbäume und Berberthuja bildeten einen Teppich aus Grün, aus dessen Mitte die weißen Häuser wie dicke Zähne ragten.

»Dann ist Marrakech, grob geschätzt, noch zwei Flugstunden entfernt«, stellte Kopernikus fest. Er warf noch einen langen Blick aus dem Fenster, bevor er die Messe verließ, um die Planke für den Moskito auszufahren.

Mittlerweile hatte die Flotte, die bis zum Horizont reichte, den Falken ganz eingeschlossen. Über und unter ihnen flogen fremdartige Maschinen, glitten lautlos oder mit ohrenbetäubendem Getöse an ihnen vorbei. Manche von ihnen besaßen Propeller, welche die Luft aufrührten und den Falken in ihrem Kielsog schaukeln ließen, als stießen sie in schwere See vor.

Makris de los Santos stand auf und tastete sich zu den anderen vor. Ihre Amethyst-Augen glänzten leer. »Was geschieht da draußen?«

Kamino erklärte es ihr.

»Es sind größtenteils Karawanen-Schiffe«, sagte sie, »aber einige von ihnen sehen aus, als kämen sie aus dem tiefsten Süden Mauretaniens.« Sie beschrieb der blinden Zigeunerhexe eine Reihe von elegant über die Ebene schwebenden Elfenbein-Schaluppen und kleinen Flughyänen, die sich munter zwischen die Zeppelingleiter und die riesigen Frachtballons gemischt hatten. »Sie sind alle voll beladen, deshalb liegen sie so schwer in der Luft.«

»Du kannst das von hier aus sehen?«, fragte Jordi.

»Hey, ich bin ein Windwanderer«, antwortete Kamino nur.

Makris de los Santos hielt sich am Fensterrahmen fest.

»Der Falke schaukelt stark«, stellte sie fest.

»Die Seufzerstürme sind unruhig«, erklärte Kamino. »Sie spüren, dass da etwas nicht stimmt. Es ist sehr selten, dass man so viele Flugmaschinen außerhalb der Häfen und Fliegerfriedhöfe antrifft.«

»Sie kommen uns entgegen, sagt ihr?« In Makris Stimme klang eine dunkle Vorahnung. »Wovor flüchten sie?«

Kamino antwortete nicht.

»Mir fällt nur ein einziger Grund ein.« Jordi sprach ihn nicht aus.

»Marrakech«, flüsterte Makris de los Santos.

Weder Kamino noch Jordi sagten ein Wort. Aber alle dachten sie das Gleiche.

Marrakech!

Wie eine düstere Prophezeiung hing der Name in der Luft. Marrakech war ihre Hoffnung gewesen. Dort hätten sie Proviant aufnehmen und den Falken in Ruhe reparieren können. Dort wären sie in Sicherheit gewesen.

Doch nun?

Wieder einmal hatte sich ihre Lage verändert.

Jordi spürte den Zorn in sich wachsen. Die Schatten hatten kein Recht, die Welt mit diesem Chaos zu überziehen.

»Da ist er«, flüsterte Kamino ihm zu.

Jordi blickte zur Tür.

Kopernikus kehrte in die Messe zurück, an seiner Seite ein Mann im Kaftan und mit einer Fliegerbrille im Gesicht, ein Moskitoflieger, der selbst ein wenig wie ein kleiner Moskito aussah.

»Unser Gast nennt sich Tahar Zaoua«, stellte Kopernikus den Flieger vor.

Der Fremde verneigte sich vor den Anwesenden.

Kurz darauf polterte Santiago Cortez in die Messe. Er trug sein Hemd offen, sodass jedermann die Ketten und Anhänger bewundern konnte, die auf seiner haarigen Brust baumelten.

»Seid gegrüßt.« Er vergeudete keine Zeit.

Der Fremde verneigte sich abermals, wie es Sitte war, und sagte augenblicklich: »Ihr müsst den Kurs wechseln. Wenn ihr in dieser Richtung weiterfliegt, seid ihr in großer Gefahr.«

»Wo kommt Ihr her?«, fragte Cortez.

Der Moskitoflieger deutete nach Süden, auf ein Gebirge, das sich hinter der Stadt erhob. »Aus einem Lufthafen namens El-Mahbas. Wir eskortierten eine Karawane durch die dichten Wolken bis nach Marrakech.« Jordi konnte das Spiegelbild des Kapitäns in den Gläsern der Fliegerbrille erkennen, die der Fremde trug. »Dort wurden wir angegriffen. Es war eine Armada fliegender Galeonen. Sie belagerten Marrakech.«

Cortez kratzte sich nachdenklich am Kinnbart. »Das klingt nicht gut.«

»Ihr müsst umkehren, mein Freund.«

Cortez schüttelte den Kopf. »Ist das dort drüben Eure Flotte?«

»Ich habe mich ihr nur angeschlossen.«

»Tja, auf Euch warten genauso schlechte Nachrichten«,

stellte Cortez lapidar fest. »Ihr fliegt dorthin, wo wir herkommen.« Dann erzählte er ihm von Lisboa, von Valencia und von Barcelona. Und von den Dingen, die er von anderen Windwanderern gehört hatte.

»Aber das ist nicht möglich«, stöhnte der Moskitoflieger.

»Doch, ist es.«

Kamino beugte sich zu Jordi und flüsterte: »Was hältst du von ihm?«

Jordi zuckte die Achseln. Er war wachsam. Das war er, seitdem er Barcelona verlassen hatte.

Cortez fragte: »Wie steht es um Marrakech?«

»Die Stadt liegt unter einer dunklen Wolkendecke verborgen. Schiffe, die sich ihr nähern, verschwinden darin. Die Fluggeräte, die Ihr hier seht, haben den Hafen von Marrakech nie erreicht. Wenn es uns nicht gelungen wäre, noch rechtzeitig den Kurs zu ändern . . .«. Der Windwanderer schwieg einen Moment, bevor er fortfuhr. »Keiner ist entkommen.«

Cortez pfiff durch die Zähne. Er warf einen Blick in die Runde, strich sich die Zöpfe aus dem Gesicht und sagte dann: »Mist, verdammter.«

Jordi fand, dass es da kaum mehr zu sagen gab.

Makris de los Santos stand am Fenster und lauschte dem Gespräch. Ihr Mund war verzogen – nur daran sah man, dass sie sich sorgte. Und dass sie unter Schmerzen litt.

Jordi blickte auf ihren Arm. Die Mosaiksteine hatten sich ausgebreitet und reichten jetzt bis über den Ellenbogen.

»Was tun wir jetzt?«, fragte Kamino.

Cortez hatte die Antwort parat: »Wir müssen beidrehen.«

»Wo wollt ihr denn hin?«, fragte der Moskitoflieger.

Cortez zuckte die Achseln. »Jedenfalls nicht mehr nach Marrakech.«

Der Moskitoflieger schien über diese Antwort nachzudenken.

»Ihr solltet Euch uns anschließen«, schlug Cortez vor. »Ihr fliegt in Euer Verderben, wenn Ihr weiter nordwärts wollt. Glaubt mir, wir wissen, wovon wir sprechen.«

»Es gibt aber keine andere Route.«

Cortez wanderte rastlos in der Messe umher. »Doch, die gibt es«, sagte er und deutete hinaus aus dem Fenster, in eine Richtung, die wohl Südsüdosten war.

»Das ist nicht Euer Ernst.«

»Doch, ist es.«

»Ihr wollt mitten in die Zahara fliegen?«

»Da ist es immerhin hell.« Cortez zog eine Grimasse, die alles bedeuten konnte. »Wo die Sonne scheint und nichts wächst, da gibt es auch wenig Schatten, oder?«

Kamino musste grinsen, als er das sagte. Jordi sah, wie ihre Augen aufblitzten.

»Das ist doch Wahnsinn! Kein Flieger traut sich dort hinein«, gab der Moskitoflieger zu bedenken.

»Gerade deswegen ist es eine Alternative.«

Der Moskitoflieger schüttelte heftig den Kopf. »Wir bleiben auf Kurs. Schließt euch uns doch an.«

»Warnt die anderen«, sagte Cortez nur. Er schien auf einmal das Interesse an dem Fremden zu verlieren. »Ihr sprecht ihre Sprache, Flieger. Sagt ihnen, was ich Euch wissen ließ. Und dann tut, was Euch als das Beste erscheint.«

Der Moskitoflieger verneigte sich kurz und wollte gerade die Messe verlassen, als Kopernikus auf ihn zutrat. »Ihr tragt eine Fliegerbrille«, sagte er nur. »Selbst hier in der Messe.«

Der Moskitoflieger erwiderte nichts.

»Die Sonne scheint nicht sehr hell hier drinnen.«

Schweigen.

Jordi und Kamino fragten sich beide, was Kopernikus vorhatte.

»Erlaubt mir, Eure Augen sehen zu dürfen«, sagte der Navigator.

Cortez beobachtete voll plötzlichen Misstrauens, was da vor sich ging. Er wechselte einen Blick mit Kamino, länger als sonst.

Der Moskitoflieger zögerte.

Makris de los Santos stand noch immer regungslos am Fenster, gleich neben der Tür.

»Eure Brille!« Kopernikus trat einen Schritt auf den Fremden zu. Er sah mehr als nur wachsam aus, mit einem Mal. Cortez tastete nach einem seiner Messer.

Dann, in einer Bewegung, die so schnell und fließend war, dass Jordi sie ihm nie zugetraut hätte, riss Kopernikus dem Moskitoflieger die Brille vom Gesicht.

Kamino schrie auf und wich zurück, suchte nach einem Gegenstand, der ihr als Waffe dienen konnte. Jordi stellte sich instinktiv vor sie. Und Cortez stieß einen Fluch aus, zückte sein Messer und ging auf den Moskitoflieger zu.

»Wer seid Ihr?«, herrschte der Kapitän den Fremden an.

Er erhielt keine Antwort.

Die Sonne spiegelte sich gleißend in den beiden Silbermünzenaugen des Moskitofliegers.

Jeder an Bord hatte diese Augen schon einmal erblickt. Die Matrosen, die auf den Galeonen dienten, besaßen Augen wie diese. Kalt und silbrig glänzend wie das Mondlicht.

Doch bevor noch jemand etwas sagen konnte, überschlugen sich die Ereignisse.

Der Moskitoflieger zog ein Krummschwert und fauchte plötzlich etwas in einer Sprache, die nichts Menschliches mehr hatte. Rückwärts ging er auf die Tür zu und hielt das Schwert schützend vor sich.

Kopernikus trat auf ihn zu und erwiderte, zum Erstaunen aller, etwas in dieser seltsam zischenden Sprache, die wie der schrille Schrei einer sterbenden Schlange klang.

Der Moskitoflieger sprang auf Makris de los Santos zu, packte sie und hielt ihr einen Dolch an die Kehle. Er zischte, jetzt für alle verständlich: »Lasst mich gehen. Ich diene dem Hause Karfax.« Und, an Makris de los Santos gewandt, sagte er: »Wenn du dich bewegst, dann hast du dein Leben verwirkt.«

Das war der Moment, in dem Kopernikus vorschnellte, dicht gefolgt von Cortez. Plötzlich ging alles so rasch, dass

Jordi sich später noch fragte, ob es sich wirklich so zugetragen hatte, wie er es in Erinnerung behielt.

Schon war Kopernikus bei dem Moskitoflieger und warf sich zwischen ihn und die Zigeunerhexe. Seine Hand, die alt und tot aussah, hob sich und fing im letzten Moment den tödlichen Stoß mit dem Krummschwert ab, der auf die Zigeunerhexe abgezielt hatte.

Kopernikus fluchte vor Schmerz.

Der Moskitoflieger nutzte den Moment, um die blinde Hexe zur Seite zu stoßen und gleichzeitig mit dem Säbel nach Santiago Cortez zu schlagen, der von der anderen Seite kam. Doch da hatte sich Kopernikus schon wieder gefasst.

Mit seiner Linken, die jung und gesund aussah, packte er die Klinge des Moskitofliegers. Die andere schnellte hervor, umfasste das Handgelenk des Silberaugenmatrosen und mit einer einzigen blitzschnellen Drehung entwaffnete Kopernikus den Fremden.

Einen Moment später kniete er auf dem Silberaugenmatrosen. Der Mann fauchte ein letztes Mal, schlangengleich, dann stieß Kopernikus zu.

»Ich«, fauchte Kopernikus wütend, »war das Haus Karfax.« Er zog die Klinge aus dem Moskitoflieger heraus. Die Silbermünzenaugen ließen keine Regung mehr erkennen.

»Und sie hättest du aus dem Spiel lassen sollen«, flüsterte er so leise, dass es kaum jemand in der Messe hörte. Verstohlen sah er nach Makris de los Santos, die sich unsicher an den Fensterrahmen klammerte und schwer atmete.

Kamino war bereits bei ihr.

Der Moskitoflieger lag regungslos vor der Tür.

Kopernikus schnappte nach Luft. »Es tut mir leid«, sagte er, dem Kapitän zugewandt.

»Ihr seid verdammt schnell«, wunderte sich Santiago Cortez. Er beugte sich über den Moskitoflieger und musterte ihn mit zusammengekniffenen Augenbrauen.

»Er diente den Schatten«, erklärte Kopernikus.

»Dachte ich mir.« Cortez schritt einmal um den Leichnam herum. »Woher habt Ihr gewusst, dass er einer von ihnen ist? Er sieht aus wie ein Mensch, zumindest dann, wenn er die Brille trägt.«

»Ich war ein Karfax«, sagte Kopernikus. »Ich spüre so etwas.«

Cortez nickte wortlos.

»Warum habt Ihr ihm die Fliegerbrille nicht schon früher vom Gesicht gerissen?«, fragte Jordi. In Momenten wie diesem wusste er noch immer nicht, ob man Kopernikus trauen konnte.

»Ich wollte erfahren, weshalb er zu uns gekommen ist«, gab der zur Antwort.

Cortez bückte sich und untersuchte den Moskitoflieger. Dann erhob er sich wieder, schaute Kopernikus an und sagte: »Ihr habt ihn getötet, also seid Ihr es, der ihn über Bord werfen darf.« Er grinste.

Dem Angesprochenen schien das nichts auszumachen. »Er wollte uns ausspionieren«, erklärte er.

»Zu welchem Zweck?«, fragte Kamino, die Makris de los Santos in den Stuhl half.

»Sie folgen denen, die auf der Flucht sind. So einfach ist es. Sie wollen herausfinden, wo die Menschen hinwollen. Wo sie sich verstecken.«

Makris wurde bleich. Nur schwer fand sie ihre Stimme wieder. »Ihr meint, sie folgen der Flotte, damit . . .« Sie beendete den Satz nicht. Was sie hatte sagen wollen, war jedem klar.

Stille legte sich über die Messe. Nur die Seufzerstürme, die draußen am Fenster vorbeiflogen, brachen das Schweigen.

Kamino kniete neben Makris de los Santos. Cortez sah zu Kopernikus. Und Kopernikus folgte den Bewegungen der Zigeunerhexe. Alle dachten sie das Gleiche.

»Sie sind überall«, sagte Kamino. Jede Farbe war aus ihrem Gesicht gewichen.

Draußen, vor dem Fenster, war der Himmel wieder blau. Die Flotte war bis auf ein paar Nachzügler schon weitergezogen.

»Einige von ihnen werden die See erreichen«, sagte Jordi schließlich. »Die Armada wird sie dort empfangen.«

»Ja«, beendete Kamino den Gedanken für ihn. »Und diejenigen, die das Glück haben, zu entkommen, werden die Silberaugenmenschen, die in ihrer Mitte sind, zu den anderen Flüchtenden führen.«

Kopernikus schnaubte wütend und betrachtete seine Linke, die einen tiefen, blutenden Schnitt aufwies. »Was tun wir jetzt?«

Cortez verschränkte die Arme hinter dem Rücken, dachte nach. »Wir nehmen Kurs auf die Wüste«, sagte er. »Niemand sonst wird dorthin flüchten.«

»Wir haben Karten, die uns zeigen, wo es Oasen gibt«, sagte Kamino.

»Wo liegt dann das Problem?«, fragte Jordi.

»Sandgeister«, raunte Cortez.

Kamino nickte. »Und nicht nur das. Die Wüste ist kein Ort für Windwanderer. Zu unstet sind die Winde, zu geheimnisvoll die Oasen. Man findet dort wenig Wasser und wenn man Pech hat, gerät man in einen Sandsturm, der einem die Getriebe verstopft, die Scharniere blockiert und den Vogel abstürzen lässt.« Sie schüttelte den Kopf. »Kein angenehmer Gedanke.«

»Aber das ist trotzdem der Kurs, den Ihr setzen wollt.«

»Wenn die Schatten in Marrakech sind«, erklärte Cortez, »dann ist uns der Weg nach Süden abgeschnitten.«

»Und wenn sie auch in der Wüste sind?«

Der Kapitän zeigte sein Goldzähnegrinsen. »Dann werden wir das tun, was wir immer tun«, verkündete er. »Wir werden einen Weg finden, der uns den Hals rettet, verflucht noch mal und dreimal . . .«

Jordi musste lachen, als der Kapitän ausspuckte und sich grummelnd auf den Weg ins Cockpit machte. Er konnte nicht anders, er musste diesen verrückten Kerl bewundern. Wenn es einer schaffte, die Wüste zu bezwingen, dann würde das Cortez sein, so viel stand fest.

Doch in diesem Moment wurde ihm bewusst, was es für ihn hieß, wenn sie die Wüste erreichten. Dann hätte er keine Möglichkeit mehr, zu Catalina in die Schattenstadt zu gehen.

»Hilf mir mal, Junge.« Er sah zu Kopernikus hinüber, der gerade den Silberaugenmatrosen zur Luke zerrte, und sprang hinzu, um mit anzupacken.

Er kniete nieder und sah auf die Münzen in dem leblosen Gesicht. Vorsichtig hob er die Hand und wollte gerade das Metall berühren, als Kopernikus ihn zurückhielt. »Was tust du denn da?«, fragte er entgeistert. Doch dann verstand er, was der Junge hatte herausfinden wollen.

»Das ist kein Schatten«, erklärte er und schüttelte den Kopf, »und auch kein Mensch.«

»Was ist er?«

»Etwas dazwischen.« Mehr wollte Kopernikus nicht sagen.

Dann warfen sie den Leichnam des Moskitofliegers über Bord.

»Kopernikus?« Makris' Stimme klang hell durch den Raum. Sie blickte sich mit ihren Steinaugen um.

Kopernikus verschloss die Luke, kam zurück und kniete sich neben sie. »Ich bin hier«, sagte er leise.

»Ich danke Euch.« Ihre Stimme klang rau.

Er griff nach ihrer Hand aus glitzernden Mosaiksteinen. Was er antwortete, hörte Jordi nicht mehr, denn er hatte sich bereits leise davongeschlichen.

Im engen Durchgang hinter der Messe verharrte er.

Cortez war im Cockpit und steuerte mitten in die Wüste hinein. Und Kamino? Sie war wahrscheinlich im Falken, machte sich nützlich, wie sie es immer tat, wenn sie nicht reden wollte.

Und während der Falke seinem neuen Kurs folgte, ging Jordi Marí nach draußen, zur Reling über den Tragflächen. Vielleicht würde er El Cuento dort treffen. Vielleicht, irgendwann, Kamino. Vielleicht aber auch niemand. Auch das wäre gut.

Vielleicht, dachte er sich, wäre das sogar das Allerbeste.

Firnis

Die Casa de les Punxes stand direkt neben der Windmühle. Von den sechs Türmen, deren karmesinrote Dächer spitzen Hüten glichen, waren nur noch vier vorhanden. Dürre Kaminschlote ragten krumm in den sandfarbenen Pergamenthimmel und die gusseisernen Balkone erinnerten an Augen, mit deren Hilfe sich die alte Bibliothek ihren Weg durch die Straßen und Gassen der Schattenstadt gesucht hatte.

Das Gebäude war gegen das Haus gestoßen, auf dem sich die Windmühle befand, was ein Versehen gewesen sein musste, aber dennoch das kleine Beben hervorgerufen hatte.

»Wir dürfen keine Zeit verlieren«, drängte Catalina den Sphinx, als ihr bewusst wurde, wer da zu ihnen gekommen war. Sie wusste nicht, wie lange das Haus der Nadeln vor Ort bleiben würde.

Sie schnappte sich die Zeichnung mit der Frauenhand, faltete sie flink zusammen und steckte sie sich in die Hosentasche. Ein wenig ratlos blieb sie vor dem Regal mit den Zeichenutensilien stehen. Sie musste etwas davon mitnehmen. Aber was?

Sie entschied sich für einen abgebrochenen Bleistift und ein Stück Papier. Dann rannte sie aus der Windmühle hinaus.

Miércoles war dicht hinter ihr.

Es schien keine Sonne an dem hellen Pergamenthimmel und doch war es so warm wie in Barcelona zur Siesta.

Catalina durchquerte das Kräutergärtchen und der Geruch, der sie sanft streifte, erinnerte sie an Tage, die schön gewesen waren. Schnell lief sie bis zum Rand des flachen Daches und blieb dort stehen.

Fast konnte man das Haus der Nadeln anfassen, so nah war es herangekommen. »Wir sollten springen«, meinte Catalina.

Vorsichtig lugte sie in die Tiefe. Der Spalt, der zwischen den Häuserwänden klaffte, war mehr als zwei Meter breit. Auf der anderen Seite befand sich das schräge Dach der Casa de les Punxes. Ein Fenster und ein Balkon waren in unmittelbarer Nähe.

Mit ein wenig Anlauf müsste das zu schaffen sein.

Miércoles trat neben sie. »Das ist ziemlich weit«, sagte er skeptisch.

Catalina stand mit den Zehen am Abgrund.

Der Sphinx beobachtete sie.

Ohne zu überlegen oder ihm eine Antwort zu geben, ging sie einige Schritte zurück, nahm Anlauf und sprang.

Die Zeit schien stehen zu bleiben auf diesem Sprung ins Nichts.

Catalina spürte, wie ihr der Wind ins zopfige Haar fuhr,

und sie fühlte die gähnende Leere tief unter sich. Sie sah das Fenster mit dem bunten Glas, das sie zu erreichen hoffte. Sie sah die kleinen Risse in der Mauer des Gebäudes, sie bemerkte die Blättermuster in den Ziegeln.

Und sie wusste, dass sie es nicht bis zum Fenster schaffen würde.

Verflucht!

Catalina reckte die Arme nach vorn, streckte sich im Sprung. Mit einem Aufschrei prallte sie gegen die Dachziegel und suchte fieberhaft nach einem Halt. Die Ziegel waren glatter, als sie es sich vorgestellt hatte, und das Fenster viel zu weit über ihr, als dass sie danach hätte greifen können.

Ihre Füße traten ins Leere, rutschten ab und dann spürte sie, wie sie nach unten gezogen wurde.

Sie stöhnte kurz auf, als sie die Regenrinne verfehlte und weiter hinabstürzte.

Etwas flatterte neben ihr. Ein schwarzer Körper mit feinen Schwingen.

Dann prallte das Mädchen auf etwas Hartem auf.

Der Atem entwich Catalina mit einem Keuchen. Jeder noch so kleine Knochen tat ihr weh.

Nur zögernd öffnete sie ihre Augen, vor denen sich alles drehte, und sah, dass sie auf einem Balkon, der sich weiter unten aus der Fassade herauswölbte, gelandet war. Ein Blick nach oben sagte ihr, dass sie fast drei Meter tief gefallen sein musste.

»Verdammt«, schimpfte sie und stand langsam auf, wobei sie wütend das Gesicht verzog.

»Alles in Ordnung?« Miércoles landete neben ihr, faltete die Flügel zusammen.

Catalina tastete vorsichtig nach Armen, Hals und Kniegelenken. »Ich glaub schon«, sagte sie. Immerhin, sie hatte sich nichts gebrochen. Stürze schienen langsam zu ihrer Spezialität zu werden. Zuerst Barcelona, dann Sant Joan, jetzt das hier.

Miércoles faltete die Flügel zusammen und schnurrte: »Du kannst fast so gut fliegen wie ein Sphinx.«

Sie grinste. »Danke für das Kompliment, aber in Zukunft verzichte ich gerne darauf.« Sie prüfte die Verriegelung des Balkonfensters. »Es ist offen«, sagte sie und schob die Flügel vorsichtig zur Seite. Sie wollte keinen Lärm machen. Immerhin hatte sie nicht die geringste Ahnung, wer sich wirklich im Inneren der Bibliothek befand. Sie hoffte natürlich darauf, dass es Firnis sein würde, aber man konnte nie wissen.

Miércoles folgte ihr auf Samtpfoten.

»Es riecht nach Büchern«, sagte er.

Sie nickte ihm zu. »Und nach Buchstaben.« Sie erinnerte sich an das Gefühl, als sie das erste Mal ins Haus der Nadeln gekommen war. »Aber es riecht irgendwie merkwürdig«, murmelte sie. »Nicht mehr so gut.« Sie wusste nicht, wie sie es hätte anders beschreiben sollen. Dies war nicht der staubige Geruch nach Büchern, der sie an die Karten und Pergamente erinnert hatte. »Wir sollten vorsichtig sein«, riet sie dem Sphinx.

Miércoles schlich wachsam neben ihr her.

Das runde Balkonfenster, durch das sie das Haus der Nadeln betreten hatten, führte nicht in einen Raum hinein, sondern brachte sie auf eine Empore, die von einem schmiedeeisernen Geländer gesäumt wurde. Catalina schaute sich um.

Hoch oben in der Bibliothek befanden sie sich, dicht unter dem Dach. Glaskeramiksteinchen verzierten die kunstvollen Spitzbögen, und die Decke, die von gedrehten Säulen gehalten wurde, wölbte sich direkt über ihnen. Weit, weit unten erstreckte sich ein Ziegelsteinboden, der übersät war mit verfaulten Blättern, feuchtem Papier und zerbrochenen, wispernden Buchstaben. An den Regalreihen voller alter Bücher hingen sandfarbene Kokons in allen Größen. Catalina wusste um die Bücherwürmer, die sich verpuppten und zu neuen Büchern wurden, wenn die Zeit gekommen war. Doch das, was sie jetzt sah, waren keine gesunden Bücherwürmer.

An den Seiten des riesigen, hohen Raumes wuchsen Palmen bis unter das Dach hinauf und auf ihren braunen Blättern hatten sich kleine und große Buchstaben niedergelassen. Raupenartige Wesen mit schwarzen Augen und bunten Härchen hockten nur noch vereinzelt in den Palmen und gebeugten Kakteen. Die Luft war erfüllt von wild gewordenen Buchstaben, die in Schwärmen umherzogen und Manöver flogen, die kein Ziel und erst recht keine Absicht erkennen ließen.

»Es fällt mir immer schwerer, sie einzufangen«, hörten sie eine Stimme sagen, die wie raschelndes Papier klang.

»Seitdem Pérez und Reverte fort sind, tun sie alle, was sie wollen. Es geht ihnen nicht gut. Sie sind krank.«

Erst jetzt fiel Catalina auf, dass auch einige verhungerte Bücherwürmer auf den Blättern lagen. Sie sahen aus wie getrocknete Früchte, schwarz und geschrumpft.

»Es sind so zarte Geschöpfe, die der Fürsorge bedürfen«, sagte der Schatten in dem hellen Anzug aus Leinen. »Ja, das sind sie. Wenn man sie nicht füttert, dann gehen sie schnell ein. Sie sind ein Leben in freier Wildbahn nicht gewohnt.«

Catalina sah sich um und lief auf die Wendeltreppe zu, die nach unten führte.

»Willkommen«, raunte der Mann, der am Fuß der gusseisernen Treppe stand und so staubig wirkte wie manche der Regale. »Willkommen in der Wildnis der verlorenen und wiedergefundenen Geschichten.« Er winkte die beiden zu sich heran, blinzelte und sagte dann, als er sie erkannte, voller Freude: »Catalina Soleado, in der Tat, du bist es wirklich, Mädchen.«

Catalina war froh, ihn zu sehen.

Und Firnis Cervantes ging es, das war ihm anzumerken, offenbar ganz genauso.

Er hat sich verändert, stellte Catalina erschrocken fest.

Der Schatten des alten Satzsetzers, Wortdeuters und Buchstabenfängers sah noch so aus, wie sie Firnis kennengelernt hatte, aber etwas war anders. Es war die Art, wie er sich bewegte, und die Weise, wie er redete. Er wirkte so erschöpft und krank wie alles in diesem Haus.

»Márquez hat dich bereits angekündigt«, sagte er mit einer Stimme, die an brennende Bücher und Folianten erinnerte. »Er hat mich vor zwei Tagen aufgesucht.« Er lächelte versonnen, doch irgendwie so kraftlos, dass es Catalina traurig stimmte. Wie früher fielen ihm winzige Buchstaben und feine Satzzeichen aus dem Mund, wenn er redete. Sie rieselten zu Boden, aber nur wenige von ihnen erhoben sich in die Lüfte und führten dann gemeinsam mit den anderen einen wilden Tanz auf.

»Diese Bibliothek«, knurrte er, »hat sich verändert. Es ist jetzt alles anders. Ich bin auch anders.«

Catalina blickte sich im Raum um und bemerkte erschrocken, dass die kleinen Kokons an vielen Stellen aufgeplatzt waren und Tinte absonderten. Ein übel riechender Odem ging von ihnen aus.

»Sie sterben«, sagte Firnis. »Und auch die Bücher scheinen sich hier nicht wohlzufühlen.« Er schnaufte rasselnd. »Dafür gibt es andere Bücher, die schon lange in dieser Welt gelebt haben. Sie fressen die Buchstaben, die ich mitgebracht habe, langsam auf.« Dunkle Lettern schwammen ihm in den alten Augen. »Sie sind kalt, diese neuen Bücher, aber sie leben. Wie alles, was einmal geschrieben wurde.« Er schüttelte den Kopf. »Vielleicht bin ich einfach zu alt dazu, ein neues Leben als Schatten zu beginnen. Und die Bücher hier«, er hustete, »nun ja, die meisten sind noch viel, viel älter, als ich es je werden kann.« Er bedeutete dem Mädchen, ihm zu folgen. »Aber ich will nicht klagen«, sagte er. »Wir sollten keine Zeit verlieren. Komm, komm!« Er tastete sich langsam vorwärts und Catalina fragte sich, ob er überhaupt noch etwas zu sehen vermochte.

»Hat Márquez Ihnen gesagt, weshalb wir hier sind?« Sie traute sich nicht, ihn nach seinem Augenlicht zu fragen. Sie wollte einfach nicht, dass er ihr auf diese Frage antworten müsste.

Firnis nickte, langsam und krumm gebeugt. »Einiges hat er erzählt. Nicht alles habe ich verstanden.« Er lächelte das Lächeln des hohen Alters. »Aber vieles, Mädchen, schon. Und ich dachte, dass ich ihm zuvorkomme. Zu warten, bis du den Weg zum Haus der Nadeln gefunden hast, erschien mir etwas ...«, er suchte nach einem geeigneten Wort, »... zeitraubend zu sein.« Er trat ganz nah an sie heran und betrachtete sie blinzelnd mit seinen Buchstabenaugen. »Du bist müde, Mädchen, ja, unendlich müde. Hast viel durchmachen müssen, nicht wahr?« Sie wollte gerade etwas erwidern, als er auch schon fortfuhr: »Es ist gefährlich, sich in der Stadt zu bewegen. Das kommt noch hinzu. Und deswegen habe ich die Bibliothek gebeten, zu dir zu gehen. Deswegen und ...«, erneut hustete er, »... und weil mir die Zeit davonläuft.«

»Können wir Ihnen helfen?«, fragte Miércoles.

Firnis schaute in seine Richtung. »Ah, ein Sphinx.«

Miércoles wirkte überrascht. »Woher kennt Ihr Sphinxe?«

Der alte Mann lächelte. »Ich bin viel herumgekommen in der Welt. Ich habe Sphinxe gesehen, ja, das habe ich. Vor langer Zeit ist das gewesen.« Er spuckte einige Buchstaben aus. »Aber ihr seid nicht hergekommen, um etwas über Sphinxe zu erfahren.«

»Wir haben Rätsel mitgebracht«, sagte Miércoles.

Firnis lächelte. »Nichts anderes hätte ich von einem Sphinx erwartet.« Er bedachte Catalina mit einem gütigen, freundlichen Blick. »Und von einem Mädchen, das einen Sphinx begleitet.«

»Wie lange seid Ihr schon hier?«

»Erst seit wenigen Tagen«, murmelte Firnis.« Catalina bemerkte die Risse auf seiner Haut und die Flecken in seinen einst so hellen Augen. »Das Haus der Nadeln hat mich begleitet. Es wurde zerstört, ja, daran erinnere ich mich noch. Aber dann ist alles dunkel geworden. Als ich die Augen geöffnet habe, bin ich hier gewesen.«

Catalina sagte ihm, was geschehen war. Sie war es ihm schuldig. »Es tut mir so leid.« Sie wünschte, sie hätte bessere Worte gefunden, Worte, die nicht so abgegriffen klangen.

Doch Firnis reagierte anders, als sie erwartet hatte. »Hm«, grummelte er, »das wirft in der Tat ein neues Licht auf die Dinge.«

»Auf welche Dinge?«, fragte sie verblüfft.

Firnis klatschte in die Hände und ein runder Tisch auf vier Beinen betrat den Raum. Ein offenes Buch lag auf ihm. Abermals schlug er die Hände zusammen und ein Stuhl schälte sich aus den Schatten. Der alte Wortdeuter ließ sich darauf nieder. »Auf die Dinge, die du erfahren willst.« Er hustete erneut. »Deswegen bist du doch in die Stadt der

Schatten gekommen, nicht wahr? Deswegen kamen schon oft Menschen hierher. Verzweifelte, die finden wollten, was sie verloren hatten. Doch niemand, der je hier war, ist zurückgekehrt.«

Catalina fragte sich, wovon er sprach. Und dachte daran, dass Sarita sehr wohl von hier zurückgekehrt war. Sie selbst hatte es aufgeschrieben.

Firnis sah sie an. »Was willst du erfahren?«

Catalina berichtete ihm kurz und knapp von der Legende der Mephistia, von Malfuria und den Kartenmacherinnen. Und von allem anderen auch.

Firnis war ein besonnener Zuhörer. »Das muss man sein, wenn man mit alten Büchern zu tun hat«, sagte er, als Catalina sich schließlich für seine Geduld bedankte.

»Márquez hat mich in diese Stadt gebracht, weil er mir etwas mitteilen wollte.« Sie spürte den Zeichenstiftstummel in ihrer Tasche. Sie musste in Erfahrung bringen, was es mit all dem auf sich hatte. Was es war, das sie tun konnte.

»Wisst Ihr etwas über diese Stadt?« Alles, das war klar, hatte mit der Stadt aus Nacht und Nirgendwo zu tun. Irgendwo hier lag der Schlüssel verborgen.

»Die Bücher, die mir gefolgt sind«, sagte er, »zerfallen immer mehr.« Firnis betrachtete einen der ausgetrockneten Bücherwürmer. »Sie wissen keine Antwort. Aber die Schatten haben ihre eigenen Chroniken verfasst, oh ja, das haben sie.«

Er blätterte in dem großen Buch. Die Seiten machten leise Geräusche, die wie ein kühler Abendhauch waren.

Catalina blieb neben dem Tisch stehen, Miércoles sprang behände auf die Tischplatte.

»Ich habe so viel gelesen, seitdem ich hier bin, und ich habe unzählige Buchstaben gekostet. Sie schmecken kaum anders als in Barcelona. Sie sind nur ein wenig kälter. Und sie erzählen andere Geschichten. Voller Geheimnisse sind sie. Sie atmen.« Er schloss einen Moment die Augen. »Und ich glaube, dass man krank von ihnen werden kann.« Er hob mahnend die Hand. »Also kostet nichts von dem, was ihr hier findet. Lasst meine Augen für euch lesen.«

»Was passiert mit Ihnen?«

Er zuckte die Achseln und versuchte vor ihr zu verstecken, dass seine Hände zitterten. »Ich weiß es nicht, Mädchen. Ich bin alt. Dies ist nicht meine Welt.« Er schlug mit der Hand auf das Buch und schimpfte: »Muss es denn für alles einen Grund geben, hm?«

Catalina erwiderte nichts.

»Was haben Sie herausgefunden?«, fragte Miércoles. Er hatte sich neben das Buch gesetzt und seine Augen funkelten neugierig.

Firnis ließ seine Hand über die verschnörkelten Buchstaben gleiten, die sich wie wilde Tiere in Rudeln bewegten, wenn er sie berührte. »Die Schattenstadt, müsst ihr wissen, ist einst kaum mehr gewesen als ein Dorf.« Er hustete erneut und spuckte einige Sätze aus, die keinen Sinn ergaben. Dann fuhr er fort: »Ein Mädchen lebte in diesem Dorf, ganz allein. Die Schwester des Mädchens, die, so sagte man, anderswo lebte, kam von Zeit zu Zeit zu Besuch und gemeinsam gingen sie dann auf Reisen. Sie brachten Tiere mit von diesen Reisen und manchmal richtige Menschen.« Firnis seufzte und rieb sich die Augen. »Und so füllte sich das Dorf mit Leben und das Mädchen war glücklich. Viele fanden ihren Weg hierher und eines Tages mussten die beiden Schwestern überlegen, was sie tun sollten.«

»Es gab zu wenig Platz«, stellte Miércoles fest.

»Der Sphinx hat es erfasst«, sagte Firnis.

»Wohin sind sie denn gereist?«

»Langsam, langsam, junge Dame«, forderte Firnis sie zur Ruhe auf. »Es ist so einfach nicht.« Er stützte sich auf die Lehne des Stuhls und atmete schwer. »Die beiden Mädchen«, fuhr er fort, als er wieder bei Atem war, »reisten in eine ferne Stadt, die, so steht es geschrieben, in einem grünen Land lag. Madrid ist ihr Name gewesen.« Er beugte sich über den Tisch und Catalina konnte seinen trockenen Atem riechen. »Sie verwandelten die gesamte Stadt, erst langsam nur, dann schneller. Sie machten aus Madrid eine neue Stadt, in der die Schatten leben konnten.«

Catalina nickte. Jordi hatte die Legende von der toten Stadt aufgestöbert, hier in der Bibliothek. Es war das erste Mal gewesen, dass Catalina von Madrid gehört hatte.

»Das Dorf wuchs zu einer mächtigen Stadt heran. Es gab riesige Häuser und prächtige Paläste und Straßen, die weiter führten als bisher, und Plätze, auf denen man sich versammeln konnte. Das, was in Madrid zu Schatten wurde, erschien hier in der Stadt aus Nacht und Nirgendwo. Dann kamen die Schatten der Menschen, in Scharen und Scharen. Und das Mädchen war nicht länger allein.«

»Aber was geschah in Madrid?«

»Das«, sagte Firnis und blätterte die dicken Seiten in dem Buch vor sich um, »können wir nur vermuten.« Er suchte nach den langen Sätzen. »Madrid und die Stadt der Schatten gehörten von nun an untrennbar zusammen, wie der Schatten immer zu einem Körper gehört und der Körper immer zu einem Schatten. Das, was das Mädchen mit den Tieren und Menschen angestellt hatte, geschah jetzt mit einer ganzen Stadt. Die Schatten waren lebendig, genauso wie die Körper, die ihnen einst Befehle erteilt hatten. Und sie waren dem Mädchen von nun an untertan.«

Catalina, die Teile dieser Geschichte schon vorher gehört hatte, gab zu bedenken: »Aber Malfuria hat Madrid doch zerstört.«

Firnis lehnte sich zurück und schnaufte laut. »Die Kartenmacherinnen versammelten sich in Malfuria und gemeinsam zeichneten sie die alte Welt in neuen Farben. Aber sie zerstörten, statt zu heilen. Es gab kein Madrid mehr in dieser neuen Welt. Nur Meer, eine neue Küstenlinie. Dort, wo einst die große Stadt gewesen war, machten sich die Fluten breit. Alles veränderte sich.« Er sah das Mädchen an. »Und hier veränderte es sich auch.«

»Was ist passiert?«

»Die Stadt ging unter, mit Maus und Mann, weil die Hexen es so gezeichnet hatten. Und die Schatten der Menschen, die der Gebäude, sie lebten nun hier. Einfach alles.«

»Die Schattenstadt ist also das, was von Madrid übrig geblieben ist.«

Er nickte. »Die Menschen von Madrid haben erfahren müssen, zu was die Hexen fähig sind. Ihr Wissen und ihre Erinnerungen haben in den Schatten überlebt. Von da an wussten sie, dass die Hexen ihnen nur Böses wollten. Seit jenem Tag des Unglücks hassten sie Malfuria.«

»Und das Mädchen?«

»Das Mädchen wuchs zur Frau heran. Ihre Schwester, die in der Welt des Lichts lebte, besuchte sie, sooft es ihr möglich war, in der Schattenstadt. Und in ihrer Welt nahm sie Rache an den Hexen. Galeonen ließ sie ausschwärmen, um die Hexen töten zu lassen. Denn das, was in Madrid geschehen war, sollte sich nicht noch einmal wiederholen.« Er blätterte einige Seiten um. Catalina spürte, wie sich das Bild von selbst zu zeichnen begann. Es war, als schaute man der Tinte dabei zu, wie sie Linien und Formen erschuf. »Diejenigen, die hier in dieser Stadt leben«, sagte sie, »sind also so etwas wie das Echo der Menschen.«

Firnis nickte. »Das ist ein guter Vergleich, ja, das ist es. Am Ende gehören wir Schatten aber immer noch zu dem Körper, dem man uns entrissen hat.«

»Und dieser Körper kann alt werden?« Catalina spürte, wie eine Ahnung in ihr aufstieg, eine Ahnung, worum es Firnis gehen mochte.

»Und er kann sterben«, sagte Firnis.

»Und wenn er das tut – lebt dann der Schatten trotzdem weiter?«

Firnis rieb sich erschöpft die Augen. »Das, Catalina, ist genau das Problem. Der Schatten weiß, dass sein Körper gestorben ist. Und wenn der Körper schließlich zerfällt und der Tod seinen allerletzten Tribut verlangt, dann verändert sich auch der Schatten. Am Ende ist er nur ein Spiegelbild seines Körpers. Er sucht nach Erlösung und kann sie nicht finden. Er wird von Unruhe geplagt und fällt dem Irrsinn anheim.«

Catalina musste an die Harlekine denken. Daran, wie sie in dieser Stadt aussahen.

»Die Flüsterer!« Sie rief sich das Gesicht der Kreatur ins Gedächtnis, die den alten Márquez angefallen hatte, diese Fratze, die nur mit äußerster Mühe von Klammern und Nadeln zusammengehalten wurde.

Firnis nickte. »Sie werden bösartig, wahnsinnig«, sagte er. »Ja, so kann man es bezeichnen.«

»Das klingt nicht gut.« Miércoles schüttelte den Kopf.

Catalina sah hoch, ganz aufgeregt. »Und sie glauben, dass alles wieder gut wird, wenn sie einen neuen Körper haben.« Sie begann unruhig auf und ab zu laufen. »Deswegen gehen sie als Harlekine in die Welt hinaus und infizieren die Menschen!«

Firnis nickte. »Das war der Plan. Als La Sombría sah, was in der Schattenstadt geschah, wollte sie eine Welt erschaffen, in der die Schatten vereint mit ihren Körpern leben konnten. Aber nicht länger die Menschen sollten die Oberhand haben. Sondern die Schatten. Deswegen setzte sie die Flüsterer ein.« Er senkte den Blick. »Auch in dem

Körper, der einmal mir gehörte, lebt jetzt einer von ihnen. Sie sind ohne Skrupel.« Er seufzte und es klang fast wie Sterben. »Aber mein Körper war schon sehr alt und ich ... ich mit ihm.« Er hustete. »Ich glaube, das ist es, was mit mir geschieht. Mein Körper wird schwächer. Und wenn er stirbt, dann muss der Flüsterer ihn wieder verlassen und ich ...« Er senkte den Blick. »Ich werde zu einem von ihnen werden.« Er schlug das Buch mit einem lauten Knall zu. »Jeder, der hier lebt, wird so werden wie sie.«

»Das ist also der eigentliche Grund.«

»Deswegen«, brachte es Firnis auf den Punkt, »muss La Sombría etwas tun. Es gibt für die Stadt aus Nacht und Nirgendwo keine Zukunft, weil die Schatten einer nach dem anderen zu Flüsterern werden.«

»Es geht also nicht nur darum, dass ihre Welt größer werden soll, richtig? Sie muss sich eine eigene Welt erschaffen – eine Welt des Lichts.«

Catalina verließ den Tisch und ging in der Bibliothek auf und ab. Eine Unruhe erfüllte sie, deren Grund sie ahnte.

»Wer ist La Sombría?«, fragte sie den Bibliothekar. »Sagen Sie es mir. Sie wissen es doch, nicht wahr?«

Firnis berührte das große Buch. »La Sombría lebte hier, ihre Schwester im Licht.«

Miércoles fragte, etwas genervt: »Und wer ist ihre Schwester?«

Firnis lächelte. »Ich dachte, du hättest es bereits erkannt, ja, das dachte ich.«

»Ich bin ein Sphinx«, sagte der Sphinx eingeschnappt. »Ich bin nicht so gut im Lösen von Rätseln.«

Catalina achtete nicht auf die beiden. »Sie sind nicht wirklich Schwestern gewesen, oder?« Sie starrte Firnis an. »La Sombría ist in Wirklichkeit keine Frau. Sie ist ein Schatten, nicht wahr? Nur deswegen kann sie hier leben!«

»Fragt sich nur, wessen Schatten sie ist!« Miércoles knurrte.

Catalina dachte an die Frau aus Papier, die sie in Lisboa dazu gebracht hatte, Malfuria zu zerstören.

Und endlich, endlich hatte sie das Gefühl, dass sich die losen Enden der Fäden zusammenfügten. Dass sie zu erkennen begann, was hier vor sich ging.

»Kassandra Karfax«, flüsterte sie. »La Sombría ist ihr Schatten! Nur so kann es sein. Sie hat sogar ein Bild von ihr gemalt, erinnert Ihr Euch, Firnis? Ihr habt es selbst in einem Buch gefunden, bevor das Haus der Nadeln zerstört wurde.«

Firnis nickte. »Du bist ein kluges Mädchen, das bist du«, sagte er. »Denn so sagen es auch die alten Geschichten, die die Schatten aufgeschrieben haben.« Vorsichtig strich er über das Buch und die Buchstaben stoben über seine Finger. Er schloss die Augen und verzog sein Gesicht. Es kostete ihn Anstrengung weiterzulesen. »Demnach wurde die Königin der Schattenstadt geboren, weil ihr Körper ihr die Freiheit geschenkt hat. Mit einer silbernen Münze hat Kassandra sich den Schatten vom Leib geschnitten. Und damit wurde La Sombría lebendig.«

»Es ist wider die Natur, was Kassandra getan hat«, sagte Miércoles.

»Du meinst . . .«

»Dies alles hier«, sagte er, »ist das Ergebnis dessen, was sie getan hat.«

Langsam, ganz langsam wurde Catalina die Bedeutung dieser Worte bewusst.

Nicht, weil sie alle Antworten auf ihre Fragen sah.

Nein, weil sie auf einmal wusste, wie ihr Weg aussehen würde.

Aber weil tief in ihr eine Idee aufblitzte.

»Kassandra Karfax hat sich den Schatten vom Leib geschnitten und damit alles verändert«, wiederholte sie. »Das, was uns umgibt, dürfte gar nicht existieren.« Sie schaute auf. »Aber das tut es, nicht wahr. Und genau das ist unser Problem.«

»Sie will eine Welt, in der sie mit den Schatten gemeinsam leben kann.«

»Diese Welt wird es niemals geben.« Es sei denn, Catalina würde sie zeichnen. Das wäre die einzige Lösung für La Sombría.

Aber sie würde es nicht tun. Sie würde sich ihnen verweigern, so viel war sicher. Mit aller Kraft!

»Was hatte Malfuria mit alldem zu tun?« Am Ende war es die letzte Frage, die sie stellen musste. Es war die Frage, die alle Rätsel zu lösen vermochte.

»Kassandra Karfax«, teilte Firnis ihr mit, »hatte eine Lehrerin. Eine weise Frau, die sich um sie kümmerte. Eine Hexe.«

Catalina war wie vom Donner gerührt. »Wie war ihr Name?«, fragte sie langsam, obschon sie die Antwort glaubte zu kennen.

Was hatte Miércoles gesagt, in der Windmühle, kurz bevor die Bibliothek zu ihnen gekommen war? *Wesen, die sich so abgrundtief hassen, wie Agata la Gataza und La Sombría es tun, müssen einfach eine gemeinsame Vergangenheit haben.*

»In den Chroniken der Schattenstadt steht geschrieben, dass Kassandra Karfax von Agata la Gataza aufgezogen wurde. Der Hüterin von Malfuria.«

Catalina nickte und schloss die Augen. Ja, es passte zusammen.

»Was uns wieder vor neue Rätsel stellt«, sagte Miércoles.

Doch Catalina schüttelte nur den Kopf. Nein, dies war kein Rätsel. Auf einmal war ihr alles klar. Wie hatte sie die ganze Zeit über nur so blind sein können?

»Ich weiß jetzt, was ich tun muss«, sagte sie und die Entschlossenheit, die fast erloschen war, flammte erneut in den grünen Augen auf. Mit jeder Sekunde, die sie noch verstreichen ließen, würde die Schattenstadt weiterwachsen.

Ja, sie wusste jetzt, *was* sie zu tun hatte. Das Dumme war nur, dass sie nicht wusste, *wie* sie es tun musste.

Die Königin der Schattenstadt

Sarita Soleado und Kassandra Karfax betraten den Raum, in dem die Herrin von Malfuria und La Sombría gemeinsam die flackernde Kerze beobachteten.

»Jetzt«, sagte Kassandra Karfax, »seht Ihr das Licht mit anderen Augen.«

Agata la Gataza, die das Herz von Malfuria war, hüllte sich in Schweigen. Sie sah bleich aus, ihre grauen Haare hingen müde herab.

Die Wand, die aus einem wirbelnden Strudel bunter Mosaikplättchen bestand, schloss sich mit einem Rascheln hinter den beiden Frauen. Sarita lauschte den wispernden Geräuschen des Sturms aus Rabenfedern. Alles hier war in Bewegung. Die Schatten schlummerten in den Lücken zwischen den kleinen Steinchen und den Holzsplittern, den Planken und Pflanzenstielen, die gemeinsam mit den pechschwarzen Rabenfedern die Wände formten.

Sarita war niemals zuvor in Malfuria gewesen. Ihr ganzes Leben hatte sie nur davon geträumt und jetzt, da sie durch das endlose, sich andauernd verändernde Labyrinth aus Räumen, Sälen und Kammern, Treppenhäusern und Hallen schreiten durfte, da wollte sie nur noch von hier fliehen.

Sie fühlte sich nicht wohl in diesem Sturm. Es war nicht so, wie sie es sich erhofft hatte. Kassandra Karfax hatte ihr gesagt, dass Malfuria ihr allein gehören würde. Sie würde das Herz der Hexenheit sein, das hatte sie geglaubt.

Doch nun . . .

Sarita stand abseits, wo sich Bücher aus den Wänden wölbten, und sie beobachtete, wie Kassandra ihre einstige Lehrerin, die in einem großen Sessel saß, ganz langsam umkreiste, als sei sie ein Raubtier.

»Euer Herz schlägt also wieder«, sagte Kassandra Karfax und ihr Mund verzog sich zu einem knisternden Lächeln. La Sombría, die Kassandras Ebenbild war, stand hinter Agata. Eine Hand mit Fingern aus Finsternis ruhte auf der Schulter der alten Frau.

»Ich habe niemanden darum gebeten«, fauchte die Hexe.

Kassandra Karfax beachtete sie nicht. »Ihr wärt gestorben, hätte meine Schwester Euch nicht geholfen.«

Agata la Gataza schaute auf. »Deine Schwester, pah!«

Kassandra Karfax fuhr die Hexe wütend an: »Es war Eure Magie, alte Frau, die es getan hat. Vergesst das nicht! Es waren Eure Schriften, die mich damals dazu gebracht haben, zu tun, was alles veränderte.«

Die Herrin von Malfuria schnaubte: »Du hast sie gestohlen. Ich hatte es dir strengstens verboten. Du wusstest es.«

»Die Magie gehört demjenigen, der sie zu nutzen weiß. Das sind Eure Worte gewesen.«

»Du hast wirklich gar nichts verstanden.«

Sarita begann sich zu fragen, wie dieses Spiel, dessen Teil sie nun war, wohl enden würde.

Kassandra Karfax blieb abrupt stehen. »Sagt mir, alte Lehrerin, könnt Ihr selbst jetzt noch nicht verstehen, was mich all die Jahre verzaubert hat?« Ihr zorniges Gesicht aus Papierfetzen und faltiger Haut war dem der Katzenhexe jetzt ganz nah.

Die Herrin von Malfuria seufzte. Dann sagte sie: »Ja, jetzt sehe ich es.«

Sie blickte sich nach La Sombría um, die grazil durch den Raum schwebte und die Wand neben dem hölzernen Globus berührte. Ein Fenster öffnete sich. Eine wilde Wüste aus Sand und Sonne erstreckte sich tief unter ihnen, bis hin zum flimmernden Horizont.

Schatten huschten durch den Raum, Sarita sah ihre lebendigen Farben. Sie wusste genau, wie umwerfend dieser fremde Anblick sein konnte. Wie frei er machen konnte.

Die Katzenhexe sah dies alles auch. Man konnte es in ihren schwarzen Augen lesen.

Kassandras Stimme wurde mit einem Mal sanfter, raschelte so verführerisch, wie Sarita sie kennengelernt hatte. »Ihr seht die unermesslich reichen Wunder der Schattenwelt, alte Frau, nicht wahr? Und Ihr wisst jetzt, dass Ihr nicht mehr ohne sie leben könnt.« Sie beugte sich vor. »Aber Ihr wollt doch leben, Agata! Das wolltet Ihr schon immer. Sonst hättet Ihr damals La Sombría getötet.« Sie blickte mitten in die pechschwarzen Augen hinein und noch weit darüber hinaus. »Aber«, lachte sie raschelnd, »Ihr habt es nicht über Euch gebracht. Denn dazu hättet Ihr auch Euer eigenes Leben einbüßen müssen. Und zu dem Opfer seid Ihr nicht bereit gewesen.«

»Die Magie«, sagte die Katzenhexe, »hat uns beide betrogen.«

»Mich«, sagte Kassandra triumphierend, »hat die Magie nicht betrogen. Denn ich werde Catalina Soleado finden.« Sie warf Sarita einen fordernden Blick zu. »Die Mutter und die Tochter werden uns eine neue Welt zeichnen.«

Die Herrin von Malfuria, die Sarita überhaupt nicht beachtete, schüttelte müde den Kopf. »Sie wird es nicht tun«, sagte sie. »Catalina ist ein störrisches Ding. Bockig wie ein Maulesel. Keinen Finger wird sie rühren.«

Kassandra Karfax rieb sich die Hände und trat neben La Sombría. Die beiden sahen wirklich wie Schwestern aus. »Sie wird dem Köder gar nicht erst widerstehen können«, sagte sie.

Agata la Gataza nickte, plötzlich einsichtig. »Jordi Marí«, flüsterte sie und es klang, als wehe ein kalter Hauch durch die Abendluft.

»Sie wird zu uns kommen, um den Jungen zu retten«, zischte La Sombría.

Kassandra wirkte durch und durch zufrieden. »Und wenn sie das tut, wird sie uns zu Diensten sein.«

Ein Finsterfalter flatterte durch das offene Fenster und setzte sich auf ihre Hand. »Er bringt Neuigkeiten«, sagte sie nur, »aus der Wüste.«

La Sombría trat neben ihre Schwester und berührte ganz behutsam ihr Gesicht, so zärtlich, als sei es ihr eigenes. Die Stellen, die nur Papier und Buchstaben waren, bewegten sich wie welkes Laub, als sie sie mit ihren Schattenfingern streichelte.

»Dann werden wir es zu einem Ende bringen«, flüsterte jetzt leise auch Agata la Gataza.

Sarita Soleado spürte mit einem Frösteln, dass das alte Herz, das nun Finsternis war, niemals so hätte schlagen dürfen. Sie dachte an ihre Tochter und die bittere Gewissheit, dass die Herrin von Malfuria die Seiten gewechselt hatte, ließ sie auf einmal nur furchtsam und ratlos in dem wirbelnden Sturm aus Rabenfedern zurück.

Zahara

Jordi stand vor dem Pájaro und dachte ans Fliegen.

Das kleine Fluggerät hing in der Landebucht tief im Bauch des Falken. Sein Vater hatte es Kolibri genannt.

Vorsichtig strich Jordi über das Holz, das noch immer glänzte und sich ganz warm anfühlte. Zwischen den Gerippen aus hölzernen Verstrebungen spannte sich fester Stoff, sie bildeten zusammen mit den Scharnieren und Schrauben und Gestängen die beiden flink vibrierenden Schwingen.

Jordi sah hinaus. Die Luke in der Landebucht war riesig und gab den Blick frei auf das, was dort draußen vorbeizog.

Die Wüste war hier wie ein Glutofen und die Sonne ließ flimmernde Gespenster über die endlosen Dünen tanzen. Es war eine gleißende, heiße Zeitlosigkeit, die man Zahara nannte und in der keine Spur der Finsternis lebte.

Das Licht, von dem es unendlich viel gab, reichte bis zum Horizont, so hell, dass Jordi selbst im Inneren des Falken davon geblendet wurde. Er hätte Cortez nach einer Fliegerbrille fragen sollen, so schimmernd war alles.

Es war nun schon einige Stunden her, dass sie die Wüstengrenze erreicht hatten. Die Zeit verrann hier draußen wie Sand im Stundenglas. Jordi hatte lange im Ausguck gesessen, in die Leere geschaut und versucht, eine Entscheidung zu treffen. Irgendwann waren ihm vor Erschöpfung die Augen zugefallen, doch bevor er endgültig einschlafen konnte, war er hierhergekommen und nun war er hellwach.

Er blinzelte ins Licht, und obwohl er es niemals geglaubt hatte, sehnte er sich mit einem Mal mit aller Macht nach der Dunkelheit.

Denn er wusste, dass das die einzige Möglichkeit blieb, zu Catalina zu gelangen.

Gedankenverloren trat er einen Schritt zur Seite und betrachtete, wie sein Schatten es ihm gleichtat. Wenn ein Harlekin ihn jetzt zu fassen bekäme, dann wäre dieser Schatten hier das Einzige, was von ihm übrig bliebe. Dann könnte er in die Schattenstadt gehen, nur so war es möglich.

Jordi erinnerte sich daran, wie sich der Moskitoflieger angefühlt hatte, als sie ihn über Bord geworfen hatten. Wie ein nasser Sack war er in die Tiefe gefallen, ein toter Körper, nichts als Ballast.

Wenn er sich für die Schattenstadt entschied, entschied er sich dann für das Sterben?

War das der sichere Tod?

Jordi strich abermals über den Pájaro, eine Mischung aus Dampfmaschine und Motorflieger. Ein Steuerknüppel aus hellem Holz ragte aus dem Cockpit hervor. Er zögerte, doch dann kletterte er hinein.

Er hatte keine Erfahrung, wie man dieses Gerät flog. Kopernikus hatte den Kolibri gelenkt, als sie aus Barcelona geflohen waren, aber Jordi hatte beobachtet, wie er es angestellt hatte, das kleine Ding in der Luft zu halten. Er wusste genau, was er gemacht hatte; hatte sich gemerkt, welche Hebel Kopernikus betätigt hatte. So gut, dass er sich zutraute, den Kolibri zu fliegen.

Er prüfte die Hebel und untersuchte die Flügel.

»Du wirst mich doch nicht enttäuschen?«, flüsterte er dem hölzernen Kolibri zu.

Er musste lachen.

Die Sonne warf ihr sengendes Licht auf das Blechdach des Falken und mit einem Mal schienen die Zweifel wie fortgewischt.

Er war sich nun ganz sicher, dass die Flucht in die Wüste nicht sein Weg war. Er hoffte so sehr, sie würde dem Falken und seinen Freunden Zuflucht bieten, einen sicheren Schutz vor den Schatten. Aber er – er hatte eine andere Wahl getroffen. Er würde den Pájaro nehmen und auf eigene Faust die Schatten suchen. Nur so konnte er endlich zu Catalina gelangen.

Jordi stieg wieder aus und sah sich in dem wilden Durcheinander um, das in der Landebucht herrschte. Alles, was Kamino und Cortez nicht fest angebunden hatten, war während der hastigen Flucht aus Lisboa wild durcheinandergewirbelt worden.

Er würde Wasser brauchen und Proviant.

Das war alles.

Einen Plan hingegen brauchte er nicht. Es war einfach, geradezu kinderleicht. Er würde in Richtung Marrakech zurückfliegen, geradewegs nach Nordwesten – und dort würde er der Dunkelheit begegnen.

Rasch griff er nach einem Kanister mit Trinkwasser und nahm einen tiefen Schluck, bevor er ihn gewissenhaft unter dem hinteren Sitz des Pájaro verstaute.

In einer Ecke stapelten sich einige Flaschen mit dem verbliebenen andalusischen Ölwasser. Jordi zögerte einen Moment, dann griff er nach einer von ihnen und legte sie in das Fluggefährt, genau zwischen die Pedale, mit denen man die Maschine in Gang setzte, die kaum mehr war als ein Stück Eisen mit vielen Schläuchen und schmalen Rohren.

Er wollte gerade eine zweite Flasche holen, als Kamino in die Landebucht trat.

Misstrauisch schaute sie von ihm auf den Pájaro.

»Wie sieht's draußen aus?«, fragte er hastig, bevor sie ihn darauf ansprechen konnte, was er hier machte.

»Nur Sand«, antwortete Kamino. »Wohin das Auge auch reicht, nur Sand. Dünen. Weite.« Sie trat einen Schritt vor. »Alles in Ordnung?«, fragte sie. Ein schwacher Geruch von Minze streifte ihn.

Jordi nickte. Dann schüttelte er den Kopf.

Er setzte sich auf einen Stapel zerrissener Decken, die zu einem wüsten Haufen an einer Wand aufgetürmt waren, und vergrub sein Gesicht in den Händen.

»Kannst du dich eine Weile zu mir setzen?«, fragte er schließlich. »Und nicht reden?«

Sie musste lächeln, als sie sich neben ihm niederließ und die Beine kreuzte. »Ich denke, dass ich das schaffe.«

Eine ganze Weile saßen sie so da.

Doch irgendwann hob sie den Kopf. »Du willst den Pájaro nehmen, um sie zu suchen, nicht wahr?«

Er nickte.

»Das ist Wahnsinn«, flüsterte sie.

»Ist das hier nicht alles Wahnsinn?«, fragte er zurück.

»Ich verstehe es aber nicht«, begehrte sie auf und funkelte ihn an. »Wie kann irgendein Mensch auf der Welt so wichtig sein, dass man seinetwegen freiwillig in den Tod geht? Was habt ihr beide denn davon?«

»Ich gehe nicht in den Tod«, sagte er.

»Bist du dir da so sicher?«

Er wollte etwas erwidern, das nicht nett war. Doch er tat es nicht.

»Du bist ein Freund geworden«, flüsterte sie und strich sich über ihre Narbe, die das ganze Gesicht überzog, vom Mundwinkel bis zum Haaransatz. »Irgendetwas hast du verändert. Bei dir habe ich das erste Mal das Gefühl, dass sie ...«, sie fuhr das feuerrote Mal entlang, »... dass sie einfach verschwunden wäre. Wie machst du das?«

Jordi sah sie vorsichtig an. »Für mich ist sie verschwunden. Oder vielmehr – sie ist ein Teil von dir.« Er stockte. »Sie lässt dich lächeln.«

Kamino senkte den Blick.

Das Sprachrohr erwachte zum Leben.

»Hey, Bootsmädchen, steckst du da unten?« Cortez' Stimme klang frech und gutmütig. »Schwing deinen Hintern in den Maschinenraum.«

Kamino hob den Kopf und musste lachen. »Wenigstens einer von uns wird sich nie ändern«, sagte sie und grinste, doch es war ein wehmütiges Grinsen.

Jordi hielt sie auf. »Warte«, sagte er. »Warum tust du es nicht endlich? Warum sagst du ihm nicht, wie gern du ihn hast?«

»Ich bin nicht so wie du.« Sie zögerte. »Ich habe Angst davor. Ich bewundere ihn, ja sicher. Aber liebe ich ihn wirklich? Was, wenn Santiago mich einfach auslacht? Du kennst ihn doch.«

Jordi nickte. Er konnte sie verstehen. So hatte er sich früher auch gefühlt, als er noch mit seinem Vater in dem Leuchtturm gelebt hatte.

Unentschlossen. Unsicher. Unzufrieden.

Aber in der Zwischenzeit war etwas mit ihm geschehen. Er wusste, dass er nicht länger Zeit damit vergeuden wollte, seine Gefühle zu verheimlichen.

»Tu es einfach«, sagte er.

Kamino stand auf und streckte sich. Sie schaute in die Wüste hinaus. »Vielleicht mache ich es«, flüsterte sie. »Vielleicht . . . Ich sollte jetzt gehen.« Sie hielt kurz inne. »Danke«, sagte sie und Jordi kam es wie ein Abschied vor.

Seufzend griff er zu einer der Decken und machte sich daran, sie im Pájaro zu verstauen. Es war nicht viel Platz in dem kleinen, engen Fluggerät, aber schließlich war er zufrieden.

Zögernd blickte er auf die Landeluke und dann auf die Tür, unschlüssig, ob er Kopernikus und Makris in seinen Plan einweihen sollte. War es nicht viel besser, sich heimlich davonzustehlen? Kopernikus würde ihn nicht einfach so gehen lassen, da war er sich sicher.

Andererseits – er scheute sich davor, die beiden so zurückzulassen, ohne einen Abschied, ohne ein weiteres Wort. War er ihnen das nicht wenigstens schuldig, nach allem, was sie für ihn getan hatten?

Die Schiffsglocke nahm ihm die Entscheidung ab. Sie läutete – oder vielmehr – sie schrie ihn fast an.

Die raue Stimme des Kapitäns überschlug sich förmlich. »Wir bekommen schon wieder Besuch, verdammt und draufgespuckt«, fluchte er und die Sprachrohre übertrugen die wüsten Beschimpfungen im ganzen Schiff.

Einen Moment später kippte der Falke zur Seite und Jordi wurde von den Füßen gerissen.

Er fiel erst auf den Boden, rutschte auf die nächstbeste Wand zu und prallte unsanft dagegen. Kleine Kisten und sperriger Krimskrams trafen ihn hart, als er sich mühsam aufzurappeln versuchte, doch endlich hatte er es geschafft und rannte hinüber zur Messe.

Jedes Flugmanöver des Kapitäns ließ den Jungen gegen eine Wand torkeln. Nur mühsam hielt er sich auf den Beinen.

Dann, mit einem Mal, glitt der Falke wieder ruhiger dahin, gerade als Jordi die Messe erreichte.

Er stürmte durch die offene Tür. Kopernikus kniete vor dem Fenster neben Makris de los Santos und redete auf sie ein, als habe sie etwas durch und durch Dummes vor.

»Es ist nicht das Malfuria, das Ihr kennt«, sagte er zu der Zigeunerhexe. »Es ist ganz anders.«

Jordi horchte auf.

Malfuria?

Er rannte zum Fenster.

Eine fliegende Galeone schwebte vor ihnen über dem Wüstensand und nahm Kurs auf den Falken. Die schwarzen Segel flatterten im Wind und schluckten das Licht, das auf sie fiel, als seien sie selbst nur hungrige Nachtgeschöpfe.

Hinter ihr, hoch in der Luft, stand ein mächtiger Sturm aus unglaublich schnell in der Luft wirbelnden Rabenfedern. Finsterfalterschwärme folgten dem Sturm und verdunkelten die Sonne.

Jordi schloss für einen Moment die Augen.

Bereits zweimal hatte dieser Wirbelsturm seinen Weg gekreuzt. Er hatte gesehen, wie er die singende Stadt verlassen hatte, und war sogar Zeuge geworden, wie er sich in Lisboa von Neuem erhoben hatte. Catalinas Großmutter war entsetzt gewesen, als sie die aufsteigenden Federn erblickt hatte. Jetzt verstand Jordi, warum. Malfuria war nicht tot. Es war lebendig. Es war zu einem wirbelnden Ungeheuer geworden.

»Es wird uns vernichten«, murmelte er.

»Niemand zweifelt daran«, sagte Kopernikus trocken.

Makris schüttelte verzweifelt den Kopf. »So hört mir doch zu«, sagte sie mit flehender Stimme. »Malfuria ist nicht gekommen, um zu zerstören! Malfuria ist gekommen, um mich zu retten.«

Kopernikus kniete neben der schönen Zigeunerhexe und es sah aus, als wolle er sie um etwas bitten. Er griff nach ihrer Hand. »Der Rabensturm ist nicht mehr Euer Zuhause«, sagte er beschwörend. »Wenn Ihr ihn sehen könntet . . .« Er verstummte und strich über die Steine, die Makris' Hand bedeckten.

»Ihr versteht nicht, Kopernikus.«

»Doch, das tue ich«, sagte er. »Aber ich kann Euch helfen.«

»Ihr?«

Er blickte in die Augen aus Amethyst. »Ich weiß, Ihr mögt mich nicht«, sagte er, »aber Ihr müsst mir vertrauen.« Er schaute schnell zu Jordi, dann wieder zur Zigeunerhexe. Ihre linke Hand und der Arm bis zum Schultergelenk hinauf hatten sich bereits in Mosaikstein verwandelt.

»Ich kann den Sturm spüren«, flüsterte sie.

»Ich weiß, was Ihr meint«, erwiderte Kopernikus. »Mir geht es ähnlich.« Er seufzte. »Und eben deswegen fürchte ich, dass der Falke keine Chance haben wird.«

Jordi schlug mit der Faust gegen das Fensterglas, so heftig, dass Makris und Kopernikus ganz erschrocken zusammenzuckten. »Doch«, schrie er und wirbelte herum. »Der Falke wird eine Chance haben! Ich lenke sie ab. Ich nehme den Pájaro.«

Kopernikus warf ihm einen gehetzten Blick zu. »Unsinn, Junge! Das wäre dein sicherer Weg in den Tod.«

Jordi sah aus dem Fenster. Die Galeone näherte sich schnell.

Tief unten im Bauch des Falken heulten die Dampfmaschinen auf. Es knirschte, als die mechanischen Innereien zu brodeln begannen.

»Du hast keine Erfahrung mit Fluggefährten«, schrie Kopernikus über den Lärm hinweg.

»Ich komm schon klar.«

Kopernikus blitzte den Jungen an. Doch dann glomm ein Funken des Verstehens in seinen Augen. »Ich weiß, was du vorhast«, knurrte er.

»Na und?«

»Du . . .«

»Nein!«, schrie die Zigeunerhexe sie beide an. Sie packte Kopernikus am Ärmel. »Er darf das nicht tun, bitte!«

Kopernikus zögerte. Er richtete sich auf und trat ein Stück vor, um einen besseren Blick auf den Sturm zu haben, der sich am Horizont aufbäumte. Er näherte sich mit hoher Geschwindigkeit, und während er sich auf sie zudrehte, wuchs er immer noch weiter an und riss alles mit sich, was sich ihm in den Weg stellte.

Die fliegende Galeone neben ihm sah fast klein aus. »Vielleicht hat Makris recht, Jordi«, murmelte Kopernikus plötzlich. »Cortez ist immerhin ein geschickter Flieger. Wahrscheinlich gelingt es ihm doch, uns aus dieser Sache herauszumanövrieren.« Er setzte ein aufmunterndes Lächeln auf, doch es wirkte unecht. »Wir haben eine ganze Galeonenstadt in die Knie gezwungen, dann werden wir das hier auch noch durchstehen.«

Weshalb hatte Jordi nur das Gefühl, das keines dieser Worte aus tiefstem Herzen kam?

Der Falke drehte zur Seite, sodass die Galeone aus dem Blickfeld des Jungen verschwand.

Jordi stolperte zu einem der Sprachrohre. »Wo ist Kamino?«, rief er hinein.

»Ich bin bei Cortez«, hörte er ihre Stimme.

»Wir sind ...«

»Haltet euch fest«, warnte Cortez sie vor. »Die Seufzerstürme gewinnen an Kraft. Wir werden diesem Malfuria-Ding davonfliegen, geschwind wie der Wind.« Er lachte aufmunternd und dann war die Verbindung auch schon unterbrochen.

Der Falke schaukelte erneut, als er eine Schleife flog.

»Davonfliegen ist keine Lösung. Der Falke wird dem Rabenfedernsturm niemals entkommen«, sagte Makris. Ihre Stimme klang plötzlich müde. »Ich habe gesehen, was Malfuria mit den Galeonen der Armada gemacht hat. Und dieser kleine Flieger, von dem Jordi spricht, wird erst recht nichts gegen den Rabenfedernsturm ausrichten können.«

»Trotzdem«, beharrte Jordi, »ich muss es versuchen.«

»Ich komme mit dir.«

»Aber ...«

Kopernikus hob die Hand. »Nein, Jordi, hör mir zu. Ich ...« Er brach ab und wendete sich Makris de los Santos zu. »Ich werde mit dem Jungen gehen.« Er sprach jetzt nur zu ihr. »Doch vorher, Makris, werde ich Euch helfen, ob Ihr es nun wollt oder nicht.«

»Nur Malfuria kann mir helfen«, erwiderte sie trotzig. »Ihr seid lediglich . . .«

Er legte ihr den Finger auf die Lippen und sie verstummte, als sie ihn dort spürte. »Ihr redet ziemlich viel dummes Zeug.«

Die Zigeunerhexe wollte etwas erwidern, als der Falke abermals ins Rollen geriet.

»Hoffe, ihr seid alle angeschnallt«, dröhnte Cortez' Stimme aus dem Sprachrohr.

Niemand beachtete ihn.

»Ihr werdet sterben, Makris.« Kopernikus wartete gar nicht erst ab, ob sie etwas erwiderte. »Ihr tragt das Gift der Culebra in Euch, das Euch langsam in Stein verwandelt. Und ich – ich kann das nicht zulassen. Selbst wenn Ihr das anders seht.« Er stockte. Jordi hatte ihn noch nie so verlegen erlebt.

Makris de los Santos war ganz durcheinander. »Was redet Ihr da?« Die Unsicherheit merkte man auch ihr an. »Ihr könnt nicht einfach . . .«

»Haltet doch einmal nur den Mund«, sagte Kopernikus zu ihr und es klang besorgt und aufrichtig und fast schon zärtlich. Er strich ihr vorsichtig eine Strähne der schwarzen Locken aus dem Gesicht. »Wenn ich gehe, dann will ich dies in der Gewissheit tun, dass Ihr leben werdet. Fällt es Euch so schwer, das zu verstehen?«

»Ihr redet Unsinn!«

»Jordi kann den Pájaro nicht alleine steuern. Ich werde ihn begleiten.«

»Aber . . . ?«

Kopernikus griff nach dem bunten Arm der Zigeunerhexe. »Habt keine Angst«, sagte er leise. Dann führte er die Hand, die über und über mit den winzigen Mosaiksteinchen bedeckt war, zu seinen Augen und etwas, das tief in seinem Blick verborgen war, kam hervor und floss Makris in den Arm hinein. Es sickerte in die Ritzen zwischen den kleinen Steinen, die bei der Berührung leise klimperten. Makris seufzte auf und die schimmernden Amethyste funkelten für einen Moment, als würden sie Kopernikus etwas schenken, das einem Blick gleichkam.

»Mein Herz war so kalt wie die Steine auf Eurer Haut«, sagte Kopernikus mit brüchiger Stimme. »Aber nun gehört es Euch allein.« Er berührte kurz nur ihre Augen. »Das hat es von Anfang an getan.« Und bevor sie ihm etwas antworten konnte, stand er auf und ging auf den Ausgang der Messe zu.

»Kopernikus!«, rief Makris de los Santos und die klingende Musik, die die vielen Mosaiksteine an ihren Armen machten, begleitete seinen Namen. »Wartet.«

Er blieb stehen.

»Ich hätte dich gerne noch einmal gesehen.« Eine Träne schimmerte auf ihrer Wange.

»Denk an mich, wie es dir gefällt.« Sein Gesicht war plötzlich das eines alten Mannes geworden. Tiefe Falten durchzogen die bleiche Haut und das Haar war im Wimpernschlag einer einzigen Berührung ganz schütter und grau geworden. Alles, was einmal Kopernikus gewesen war, hatte er ihr geschenkt.

»Leb wohl«, sagte er und verließ die Messe.

Makris saß auf ihrem Stuhl und ihre Gesichtsfarbe war so bleich wie frisch gefallener Schnee. Die Träne rollte ihre Wange hinab und ihre Steinaugen schimmerten wie eh und je. Doch der Ausdruck auf ihrem Gesicht war nicht länger kalt und leblos. Zum ersten Mal, seit sie aus ihrem Schlaf erwacht war, konnte man glauben, dass Makris de los Santos lächelte.

Jordi drehte sich um und begann zu laufen, schnell wie der Wind. Und erst als er den Pájaro erreichte, stellte er fest, dass er die ganze Zeit über den Aquamarin fest in der Hand gehalten hatte.

Pájaro in der Wüstenwelt

Kopernikus war bereits in den Kolibri geklettert und hatte die Maschine angeworfen. Klickende und klackende Geräusche spuckte die rostige Maschine aus. Die Mechanik in dem hölzernen Fluggerät erwachte zum Leben und die beiden Flügelschwingen entfalteten sich zu voller Größe.

»Was habt Ihr mit Makris gemacht?« Jordi betätigte den Hebel, mit dem sich die Landebucht ganz öffnen ließ. Dann kletterte auch er in den Pájaro.

Der alte Mann, der Kopernikus in den wenigen Augenblicken geworden war, seitdem sie die Messe verlassen hatten, zog den Steuerknüppel mit einem Ruck nach hinten. »Ich habe ihr mein Leben geschenkt.«

Er blickte nach vorne, durch die Luke in die gleißende Wüstenwelt. Dann prüfte er erneut die Anzeigen im Pájaro.

Draußen, vor der Landebucht, näherten sich die Galeone und der kreischende Sturm aus Rabenfedern.

»Ihr wollt das wirklich machen?«, fragte Jordi.

Kopernikus warf einen Blick nach hinten, der mehr ausdrückte, als Worte es je hätten tun können. »Die Schatten sind jetzt ganz nah«, sagte er. Ein heißer Wind wehte von draußen in die Landebucht hinein. »Ich hoffe, auch du weißt, was wir da vorhaben.«

Der Junge wich seinem Blick nicht aus. »Ja.«

Kopernikus drehte sich wieder nach vorn. Jordi konnte erkennen, wie knochig und gebeugt sein Rücken plötzlich war. »Wenn du erst einmal ein Schatten bist, gibt es kein Zurück mehr. Du wirst für immer in der Schattenstadt bleiben müssen.«

»Das, was Ihr eben für Makris getan habt –« Jordi brach ab. Er wusste, dass Kopernikus ihn auch ohne Worte verstand. »Ich muss Catalina finden.« Er betrachtete den Aquamarin und steckte ihn dann in die Hosentasche.

»Dann lass uns keine Zeit verlieren.« Selbst Kopernikus' Stimme klang jetzt alt, wie morsches Holz, das zersplitterte.

Jordi spürte, wie ihm ein Kloß in seine Kehle stieg, der ihm das Schlucken schwer machte. Er glaubte zu wissen, was sein Freund für Makris getan hatte und was nun mit ihm geschah. Und er fragte sich, wie lange er noch durchhalten würde.

Kopernikus löste die Klemmen, die den Kolibri gehalten hatten. Es gab einen kurzen Ruck, dann schwang das kleine Fluggerät aus der Halterung.

Einen Moment lang stand es mitten in der Luft, ganz so wie der kleine Vogel gleichen Namens, wenn er seinen Schnabel im Blütenkelch versinken lässt. Eine sanfte Brise ging von den Flügeln aus, die so schnell schlugen, dass sie für das Auge nahezu unsichtbar wurden.

»Wünsch uns Glück«, sagte Kopernikus.

»Ja, Schicksal, Glück und manchmal Pech.« Jordi konnte sich nicht einmal selbst erklären, wo diese Worte herkamen. Sie waren einfach da und sie fühlten sich an, als hätten sie die gleiche Farbe wie der glatte Stein, den er bei sich trug.

»Halt dich fest.«

Es ging los.

Unsichtbare Flügel sirrten und surrten und dann schoss der Pájaro nach draußen und flog wie eine wild gewordene Libelle über das schier endlose Dünenmeer. Heißer Sand verwehte in der glühenden Sonne und die Fata Morganen erhoben sich vielerorts wie Fieberträume aus dem Treibsand, in dem unzählige seltsame Tiere lebten.

Jordi blickte zurück und fragte sich, was Cortez und Kamino jetzt wohl dachten. Sie würden sehen, wie der Pájaro den Falken verließ und auf die fliegende Galeone zusteuerte.

Das gewaltige Schiff kam mit dröhnenden Gebläsemaschinen näher. Es befanden sich Silberaugenmatrosen an Deck, die aufgeregt umherliefen und die Kanonen bereit machten. Dunkle Schlünde schoben sich aus dem dicken Bauch der Galeone hinaus und erste Schüsse zerrissen den Himmel über der Wüste.

Kopernikus reagierte blitzschnell. Der Kolibri schlug Haken und Kapriolen in der Luft, sodass Jordi sich mit aller Kraft festklammern musste, um nicht hinauszufallen.

Aufgrund seiner geringen Größe war das Fluggefährt wendiger als die Galeone, die ihm an den Fersen klebte.

Kopernikus rieb sich die Augen. Äderchen traten blau darunter hervor.

»Wie zum Teufel haben die uns gefunden?«, knurrte er.

Jordi zuckte mit den Schultern. Es war nur zu offensichtlich, dass die Galeone und der Rabenfedernsturm hier in der Wüste auf sie gewartet hatten. Sie mussten gewusst haben, dass der Falke diesen Kurs nehmen würde. Der Moskitoflieger! Aber hatte Kopernikus ihn nicht getötet, bevor er seine Informationen hatte weitergeben können?

Der Kolibri sackte ab, um einem Geschoss auszuweichen. Gleich darauf stabilisierte Kopernikus den Flug und gewann flink wieder an Höhe. »Wir müssen in Bewegung bleiben«, murmelte er konzentriert. »Jordi, was macht Malfuria?«

Jordi gab es nicht gerne zu. »Der Sturm folgt dem Falken.« Das Gebilde aus Federn und Magie ließ nicht locker.

»Warum zum Teufel tut er das?«, fragte Kopernikus leise.

Jordi wollte gerade mit den Schultern zucken, als ihm plötzlich etwas einfiel.

Was, wenn ihre Gegner es gar nicht auf den Falken abgesehen hatten, sondern vielleicht nur auf eine Person im Falken?

Er warf einen Blick nach vorn.

»Wer seid Ihr wirklich?«, fragte er scharf.

Kopernikus gab keine Antwort. Er flog in ein Dünental hinein, hielt den Kolibri dicht über dem Boden.

»Sagt es mir!«

Der alte Mann blickte zurück. »Was sind schon Namen?« Die Galeone gewann an Geschwindigkeit. »Du kennst sie alle. Arxiduc, Karim Karfax, Kopernikus.« Dumpf klang es, als er die Worte aussprach, gerade so, als rede er über Menschen, die bereits vor langer Zeit gestorben waren. »Behalte mich als Kopernikus in Erinnerung, versprich mir das.« Es war ihm ernst.

Er ließ den Pájaro so weit in die Tiefe sinken, dass seine Schwingen fast den Sand aufwirbelten.

Die Galeone schwebte hinter ihnen her, ohne an Tempo einzubüßen. Die Gebläsemaschinen waren laut wie nie zuvor und das, was sie atmeten, blähte die pechschwarzen Segel auf, als seien sie hungrige Wesen auf der Jagd nach der Beute des Tages.

»Die Kraft der Schatten verlässt mich endgültig. Was du siehst, das ist mein wahres Gesicht.« Kopernikus lenkte den Pájaro aus dem Tal hinaus. Klebrige Sandgeister versuchten, den Kolibri zu packen, aber ihre kleinen Körper steckten zu tief im Sand. Nur die Klauen vermochten sie in die Höhe zu recken. »Ich bin uralt und ich werde bald tot sein.«

Die Galeone schoss neue Finsternis auf den Pájaro.

»Nein«, murmelte Jordi, aber er wusste, dass es die Wahrheit war.

Er erinnerte sich an die Nacht, in der er allein in die Bibliothek gegangen war, um Antworten auf Catalinas Fragen zu finden. Dort hatte er das erste Mal von Kopernikus gehört. Gemeinsam mit Firnis Cervantes und einem seiner

Gehilfen hatte er sich in den Büchern vergraben und die Buchstaben befragt, von Unruhe getrieben hatte er in den alten Schriften nach Hinweisen gesucht. Und gefunden hatten sie schließlich ein Porträt, Hunderte von Jahren alt. Es hatte einen alten Mann gezeigt, der finster und verwegen aussah.

Ein einfacher Holzschnitt war es gewesen, man hatte nicht viel darauf erkennen können. Doch ein Name hatte unter dem Bild gestanden: Karim Karfax.

Der Mann, den er nun seinen Freund nannte.

»Wie habt Ihr die Schatten kennengelernt?«, flüsterte Jordi.

»Ich hatte einen Bruder«, sagte Kopernikus und seine Stimme brach wie ein krummer Ast unter seiner Eislast im tiefsten Winter. Er ließ den Pájaro einen Kreis beschreiben, sodass die Galeone sich auf einmal vor ihnen befand. »Kaifas Karfax. Er ist der erste Arxiduc gewesen, der die Schatten in sich getragen hat.«

Die Galeone kam jetzt direkt auf sie zu. »Er hat damit begonnen, die Hexen zu jagen.« Kopernikus drückte schnell ein paar Knöpfe und zog zwei Hebel. Die runden Anzeiger begannen unruhig zu kreisen. »Ich bin bloß der Zweitgeborene gewesen. Kaifas war derjenige, den unsere Mutter liebte. Und er war der Günstling der Schattenkönigin.« Kopernikus riss den Steuerknüppel zur Seite und der Pájaro flog auf die Segel der Galeone zu. »Während ich älter wurde, blieb mein Bruder all die Jahre über jung.« Seine Augen sahen weit, weit in die Vergangenheit, während das Dröhnen der Gebläsemaschinen noch lauter wurde.

Drüben, am grellhellen Horizont, verfolgte Malfuria den Falken. Auch Cortez versuchte ein Ausweichmanöver nach dem anderen und Jordi fragte sich wieder, warum der Sturm derart verbissen Jagd auf die Windwanderer machte.

Kopernikus ließ den Pájaro über das Deck der Galeone sausen.

Grelle Schreie drangen bis zu ihnen vor. Die Silberaugenmatrosen, die sich nicht schnell genug in Sicherheit brachten, wurden von dem rasenden Kolibri getroffen, mitgeschleift und gingen über Bord.

»Ich war eifersüchtig auf Kaifas, schon immer.« Kopernikus zog die Nase des Vogels nach oben. »Und ich habe ihn getötet. Ich habe meinen Bruder umgebracht mit einer Silbermünze, die so eisig kalt war wie das alte Herz in seinem so jungen Körper.« Der Kolibri ging in einen wüsten Sinkflug über. Unten im Sand lagen vereinzelt die abgestürzten Silberaugenmatrosen. Skorpione krochen über die regungslosen Leiber und Sandgeister schnüffelten an ihrer Kleidung. »Damit«, fuhr Kopernikus fort, »habe ich die Schatten in mein Herz gelassen und sein Erbe angetreten.«

Der Pájaro raste durch die flimmernde Hitze.

»Ihr seid jung geblieben, weil Ihr der Schattenkönigin gedient habt!«

Kopernikus nickte, während er die Galeone im Auge behielt, die wendete und erneut auf sie schoss.

Jordi sah hinüber auf den Rabensturm, der zu ihrer Rechten wütete. Malfuria sandte jetzt Rabenfedern aus, die mit ihren spitzen Kielen und verbündet mit Scharen von Finsterfaltern dem Falken zu Leibe rückten. Sie würden sich in den Windungen verhaken und die Steuerklappen blockieren und unweigerlich wäre es um den Falken geschehen.

Auch Kopernikus bemerkte, was geschah.

»Nichts fürchtete meine Mutter mehr als diesen Rabenfedernsturm«, sagte er bitter. »Sie bezeichnete die Herrin von Malfuria immerzu als ihre *Maestra*. Sie sei einmal ihre Lehrerin gewesen. Damals, bevor sich alles verändert hatte.«

Jordi starrte auf den Rücken des alten Mannes. Er verstand nicht, was Kopernikus ihm sagen wollte.

Eine Wolke wütender Rabenfedern heftete sich an den Falken. Es sah so aus, als zögen ihn die Schattengebilde nach unten, als verlangsamten sie seinen Flug.

»Meine Mutter hat versucht, ihre *Maestra* zu töten. Und ihre *Maestra*«, sagte Kopernikus, »hat versucht, sich an meiner Mutter zu rächen.« Er lachte bitter auf. »Beide sind sie gescheitert. Die eine wurde zu dem, was dort drüben den Himmel verdunkelt.« Er hustete und eines der Äderchen in seinem Gesicht platzte auf. »Und die andere . . .« Blut rann ihm in einem dünnen Rinnsal über die Wange. »Die andere . . .« Er stockte, berührte nachdenklich das Blut und betrachtete es an seiner knorrigen Fingerspitze.

Finsternis streifte den Pájaro und ließ ihn taumeln.

Kopernikus fluchte und brachte den Kolibri wieder auf Kurs.

»Wer? Wer ist die andere?«

»Meine Mutter?«

»Ja.«

»Sie war eine begnadete Malerin und schön obendrein. Sie hat Kaifas porträtiert und mich auch. Sie hat ein Bild gemalt, das sie *Die Königin der Schatten* nannte.«

Jordi wusste nicht recht, wie er das einordnen sollte. »Ihr seid ihr Sohn? Ihr seid der Sohn von Kassandra Karfax?« Er versuchte sich zu erinnern, was er im Haus der Nadeln über Kassandra erfahren hatte.

»Kassandra Karfax ist meine Mutter«, sagte Kopernikus und nickte. »Sie hat dies alles hier erschaffen. Sie hat damals getrennt, was nie hätte getrennt werden dürfen. Ihr Leben lang fürchtete sie sich vor der *Maestra,* die mit den Federn ihrer Raben zu etwas Neuem verschmolzen war. Solange La Gataza sich in dem Rabenfedernsturm aufhielt, konnte ihr niemand etwas anhaben. Aber sie würde schwach sein, verließe sie ihn. Nun ja, eigentlich *konnte* sie ihn nicht verlassen, weil der Sturm auch ihr Körper ist. Ohne die Rabenfedern, die sie allzeit wie ein Sturm umgaben, war sie schwach.«

Das war es also, was in Lisboa geschehen war. »Jemand hat Malfuria verletzt.«

Kopernikus nickte.

Die Galeone schloss wieder zu ihnen auf, die Gebläsemaschinen kreischten. Silberaugenmatrosen standen bei den Harpunen am Bug und warteten darauf, dass die letzte Distanz aufgelöst wurde.

Kopernikus drehte bei und ließ den Pájaro unter der Galeone hindurchfliegen.

»Aber Malfuria ist am Leben.« Jordi suchte den Horizont nach dem Falken ab und entdeckte ihn. Die Rabenfedern kamen immer näher. »Wie kann es sein, dass der Sturm noch lebt?«

Kanonenschüsse hallten durch die Hitze.

»La Sombría«, mutmaßte Kopernikus, »sie hat sich seiner angenommen, wie sie es damals bei mir getan hat. Als die Herrin von Malfuria dem Tode nah war, da hat die Königin der Schattenstadt ihr ein Herz aus Schatten gegeben. Und nun?« Er schaute ebenfalls zum Horizont. »Gehört Malfuria der Dunkelheit. Wie ich einst.«

»Aber Ihr seid kein Schatten! Ihr habt Euch von alldem gelöst!«

Er schüttelte den Kopf. Die Galeone war zurückgefallen und gab ihnen einen Moment Atempause. »La Sombría hat sich von mir gelöst. Das ist ein großer Unterschied.« Er sah sich um und ein feines Lächeln erschien auf seinem mittlerweile greisen Gesicht. »Aber weißt du was?«, fragte er. »Es tut mir nicht länger leid darum. Ich sehne mich nicht mehr zurück.« Ein Husten schüttelte ihn. »Das, was an uralter Magie in meinem Herzen gelebt hat, das gehört jetzt Makris de los Santos.«

»Also wird sie leben?«, fragte Jordi leise.

Kopernikus nickte. »Sie wird immer einen Arm aus bunten Mosaiksteinen haben und Augen aus Amethyst. Aber sie wird keine Schmerzen haben und sie wird auch nicht sterben. Jedenfalls nicht an dem, was die Culebra ihr zugefügt hat.«

Jordis Blick traf den von Kopernikus. Das faltige Gesicht hatte nunmehr kaum noch Ähnlichkeit mit dem jungen Mann, der vor wenigen Minuten in der Messe neben Makris gekniet hatte. Die Jahrhunderte, die Kopernikus mit La Sombrías Hilfe betrogen hatte, kehrten zurück und forderten ein, was ihnen zustand.

Etwas in der Ferne zischte. Es war ein Ton, der einem das Blut in den Adern gefrieren ließ. Malfuria folgte dem Falken, der Manöver flog, eines waghalsiger als das nächste. Und die Geräusche, die der Sturm dabei machte, waren furchterregend.

»Aber warum«, fragte Jordi, »ist Malfuria hinter dem Falken her? Denkt er, Ihr seid dort? Macht er auf Euch Jagd?«

Ein Schuss streifte den Pájaro und ließ ihn unsanft zur Seite kippen. Der Kolibri stürzte auf den Sand zu und nur in allerletzter Sekunde brachte Kopernikus ihn wieder auf Höhe.

»Nein«, presste er zwischen zusammengebissenen Zähnen hervor. »Ich bin bedeutungslos. Sie sind hinter deiner Freundin her.«

»Catalina ist nicht hier.«

»Aber du.«

Jordi spürte sein Herz plötzlich schneller klopfen. »Ihr meint . . .?«

»Agata la Gataza kennt Catalina. Sie weiß, wer du bist.«

Endlich verstand er. »Ich bin der Köder? Sie sind hinter mir her?«

»Sie wollen Catalina.«

»Aber warum? Was soll sie für sie tun?«

Kopernikus sagte es ihm. Blut rann ihm aus den Augen.

»Weiß Catalina davon?«

Er zuckte die Achseln. »Keine Ahnung.«

Jordi sah sich nach der Galeone um. Das ganze Schiff war voller Harlekine. Flüsterer, wie Kopernikus sie nannte. Sie würden ihn in die Schattenstadt bringen.

»Ich muss so schnell wie möglich zu ihr«, sagte er mit fester Stimme. »Sie muss die Zusammenhänge kennen! Kassandra und La Sombría. La Gataza.«

Kopernikus nickte. »Du musst sie finden, bevor es die anderen tun.«

Ein Schatten fiel auf den Kolibri. Plötzlich war die Galeone wieder über ihnen.

»Finsterfalter!«

Ein Schwarm der dunklen Falter stürzte sich auf den Pájaro, doch bevor sie den Kolibri erreichten, wurde die dichte Wolke der schwarzen Leiber durcheinandergewirbelt und löste sich auf. Mit gebrochenen Schwingen stürzten die Falter in die Dünen, wo die Sandgeister über sie herfielen und sie auf der Stelle auffraßen.

»El Cuento«, entfuhr es Jordi.

Er klammerte sich fest, als der Wind ihr kleines Fluggefährt durchrüttelte, doch dann fiel sein Blick auf den Falken und sein Herz blieb fast stehen.

Die Rabenfedern hatten sich zu einer Sturmfront formiert, die fast schon ein Gesicht erkennen ließ, das wutentbrannt seiner Beute nachspürte. Malfurias Federn attackierten den Falken, als müssten sie einen unstillbaren Hunger stillen.

Und gleich darauf, ganz ohne Vorwarnung, stürzte das Fluggerät ab.

Zuerst dachte Jordi, es sei ein geschicktes Manöver, nur ein Sinkflug, um die Verfolger abzuschütteln. Es sah aus wie einer der vielen Tricks, mit denen Cortez bisher seinen Kopf noch immer aus der Schlinge hatte ziehen können. Der Falke begann einen steilen Sinkflug und dann, gerade verschwunden hinter einer hohen Düne, gab es einen Knall und ein grell kreischendes und hoch aufflammendes Meer aus Feuer breitete sich aus.

Jordi und Kopernikus waren wie gelähmt.

Gedanken und Gefühle wirbelten Jordi durch den Kopf – noch konnte er nicht glauben, was gerade geschehen war. Er dachte an Kamino mit den lila Haaren; an Makris, wie sie zuletzt gelächelt hatte mit den Steinaugen; an den unverwüstlichen Cortez. Er starrte in die Flammen fern am Horizont und fragte sich, ob überhaupt ein Mensch so einen Absturz überleben konnte, und bevor er sich diese Frage beantworten konnte, streifte ein Geschoss den Pájaro.

Der Steuerknüppel wurde Kopernikus aus der faltigen Hand gerissen. Der Kolibri geriet ins Trudeln.

Eine zweite Salve tiefster Finsternis wurde von der Galeone, die jetzt nah bei ihnen war, abgeschossen. Jordi sah die Mündungen der Kanonen dampfen, ihre Geschosse bestanden aus reiner Kälte. Er hatte Kanonen wie diese im Inneren der Galeonenstadt gesehen. Sie waren lebendige Wesen. Kreaturen, die den Träumen kranker Schatten entsprungen sein mochten.

»Halt dich fest!«, schrie Kopernikus.

Die Mechanik des Pájaro setzte aus.

Einer der beiden Schwingen schlug unregelmäßig. Der Kolibri bekam Schlagseite. Weitere Schüsse trafen sie und Schatten benetzten die Holzhaut des Kolibris.

Einen Moment später fiel das kleine Fluggefährt wie ein Stein zu Boden.

Buchstaben und Papier

Catalina Soleado lief unruhig im Kreis umher.

»Du kannst einen ganz nervös machen«, sagte Firnis, der an dem Tisch saß und ihr beim Herumlaufen zuschaute. »Du musst mit dem Kopf denken, nicht mit den Füßen.«

Catalina zog ein Gesicht. »Ich denke lieber mit den Füßen.«

»Dann denke ein wenig leiser«, bat Firnis. »Du erschreckst sonst die Buchstaben.«

Sie nickte abwesend und lief weiter durch die Bibliothek. An den Palmen mit den leblosen Kokons vorbei und an den klebrigen Blumenkübeln mit den rankenartigen Geschöpfen. Sie umrundete den ausgetrockneten Brunnen mit der großen gusseisernen Skulptur, nur um wieder zu Firnis und dem Sphinx zurückzukehren.

Schon vor einer halben Stunde hatte sie damit angefangen. Nicht dass es sie wirklich beruhigte, aber es war besser, als auf einem Stuhl zu sitzen und die Wände anzustarren.

Endlich wusste sie, was ihre Bestimmung war – was sie zu tun hatte, um all das Schreckliche abzuwenden, das die

Schatten anrichteten. Und gleichzeitig war sie zu dieser schrecklichen Untätigkeit verdammt – einfach nur, weil sie nicht die leiseste Ahnung hatte, wie zum Teufel sie aus dieser verdammten Schattenstadt herauskommen sollte.

Aber das musste sie. Sie musste so schnell wie möglich einen Weg zurückfinden in ihre Welt. Anderenfalls würde ihr Wissen niemandem dort etwas nützen; nicht denjenigen, die ihr so sehr am Herzen lagen, nicht all den Menschen, die dort oben von den Schatten bedroht wurden, nicht ihr selbst.

Verdammt!

Jordi, halte durch, flüsterte sie mit zusammengebissenen Zähnen. Bitte! Ich schaffe es schon. Irgendwie wird es mir gelingen, so oder so. Catalina hatte Firnis gelöchert, ob er einen Weg aus der Schattenstadt kannte, doch er hatte keine Antworten gewusst.

Sie hatte überlegt, in die alte Zisterne der Bibliothek zu klettern, aber sie ahnte, dass es im Grunde genommen sinnlos sein würde. Das, was sie brauchte, war eine Quelle des reinen Lichts – wenn der Weg umgekehrt überhaupt so funktionierte, wie sie es sich zurechtlegte. Und reines Licht – das gab es in der Stadt der Schatten ganz bestimmt nicht.

Auch Miércoles hatte keinen Rat gewusst. »Es ist ein Rätsel«, hatte er nur gemurmelt. Wieder einmal.

Catalina warf dem Sphinx einen genervten Blick zu. Er saß neben Firnis auf dem Fußboden und trank aus einer Schale mit Milch – seelenruhig, wie sie fand.

Wütend erklomm sie zum dritten Mal eine steile Wendeltreppe und eilte an den Regalreihen voller kranker Bücher vorbei.

Das Haus der Nadeln machte einen kleinen Hopser, Catalina stolperte. Die Bibliothek hatte sich vor einiger Zeit in Bewegung gesetzt und war nun in einer Seitenstraße unterwegs.

Ungeduldig rappelte sie sich wieder auf und sah zu, wie sich ein paar umherflatternde Buchstaben auf einem der Regale niederließen.

Vorsichtig strich sie an den Buchrücken entlang. Die meisten sahen aus, als habe sie jemand im Regen stehen lassen. Die Deckel waren voll gelbbrauner Flecken und rochen wie etwas, das verdorben ist. Der Boden war überall mit Buchstaben bedeckt, die sich mühsam in Richtung der Bücherwürmer schleppten. Tinte tropfte in kleinen Rinnsalen durch das Gitternetzwerk der Treppe und sammelte sich weiter unten in Pfützen, die so schwarz waren, dass man sich darin spiegeln konnte.

Catalina drückte gegen einen der Buchrücken, nicht mal fest. Er zerbröselte unter ihren Händen, vereinzelte Buchstaben fielen aus ihm heraus.

»Was ist der Grund dafür?«, dachte Catalina laut nach. »Warum sterben die Bücher in diesem Haus?«

Gewiss, dies waren nur die Schatten von Büchern. Trotzdem! Ein Buch war ein Buch, daran gab es nichts zu rütteln. Die Schatten der Menschen lösten sich schließlich auch nicht auf.

Sie schritt den Gang hinab und blieb dann vor einem Regal stehen, das von einem Palmenzweig berührt wurde.

Zwischen einer Sammlung katalonischer Kurzgeschichten, die schon fast ganz zerfallen war, und einem Roman aus dem 19. Jahrhundert, der mehr als die Hälfte seiner Blätter und Buchstaben verloren hatte, stand das kleine Buch noch immer.

Es war ein Gedichtband, der lila gewesen war und jetzt, da sich alles veränderte, einen ungesunden dunklen Blauton angenommen hatte.

»Da bist du ja«, flüsterte Catalina und zog den kleinen Band behutsam aus dem Regal. Noch immer roch er nach Leim und frischer Tinte. Das Lesebändchen schlängelte sich zaghaft um ihr Handgelenk, als wüsste es nicht, ob das Mädchen, das hier stand, bei der Geburt des Büchleins dabei gewesen war oder nicht. »Du erkennst mich doch noch?«, fragte Catalina und lächelte, weil sie an Jordi dachte, mit dem sie in dem Haus der Nadeln an genau dieser Stelle gestanden hatte.

Sie öffnete das Buch und die dünnen kleinen Buchstaben, die sich darin versteckten, erwachten zum Leben. Sie formten Gedichte, wenn sie einen von ihnen berührte. Fast so, als redeten sie miteinander. Fast so, als wüssten sie noch, wer Catalina war.

Das Mädchen strich über das Papier und das Büchlein schenkte ihr ein Gedicht, in dem es um helle und schöne Dinge ging. Sie las die Zeilen und mit einem Mal waren die Lieder der singenden Stadt wieder greifbar.

Und je mehr sie an die Vergangenheit dachte, an all das Schöne, das sie erlebt hatte, desto länger wurde das Gedicht, das sich in dem Büchlein vor ihren Augen schrieb. Die Zeilen liefen und sprangen nur so über das Papier und wenn sie an eine Stelle kamen, die ein feuchter Fleck befallen hatte, dann formulierten sie einfach etwas, das sie in die andere Richtung lenkte.

»Ich muss wieder zurückkehren«, sagte Catalina zu dem Büchlein. »Ich kann heilen, was einmal verletzt wurde, das weiß ich jetzt.« Sie berührte die Buchstaben mit dem Finger, ganz zärtlich und sacht. »Aber ich kann nicht zeichnen, was ich nicht gesehen habe.« Sie betrachtete das Ende des letzten Gedichtes.

Die Buchstaben ordneten sich auf dem Papier um und das Gedicht, das die singende Stadt beschrieben hatte, begann sich zu verändern. Neue Worte bildeten sich.

Alles wurde anders.

Du bist Catalina, schrieb das Buch in schöner Schrift.

Ungläubig starrte das Mädchen auf das Blatt vor ihr. »Ja«, war alles, was sie sagte.

Du bist bei mir gewesen, als ich geboren wurde.

Wie könnte sie das vergessen. Sie hatte mit angesehen, wie das Buch den Kokon aufgebrochen hatte. Firnis hatte es ihr in die Hand gelegt und Catalina hatte es an diesen Platz hier gebracht. »Du kannst sprechen?«, fragte sie im Flüsterton.

Alle Bücher können sprechen. Hast du das nicht gewusst?

Sie kam sich töricht vor, die Frage überhaupt gestellt zu haben. »Aber warum?«, stammelte sie. »Warum kann ich dich verstehen? Ich kann Bücher sonst nicht verstehen.«

Das kleine Buch raschelte belustigt. *Diejenigen, die Büchern das Leben schenken, die können sie auch verstehen.* Die Seite flatterte unruhig, als sei ein Windstoß in sie gefahren, dann blätterte sie sich von allein um. *Bücher reden miteinander. Wir wissen, was mit uns geschieht. Die Buchstaben tragen die Geschichten weiter.*

»Hast du mich schon vorher verstanden?«

Das Buch raschelte erneut. *Du musst in deine Welt zurück. Weil du etwas tun musst.*

»Kennst du einen Weg?«

Das lila-blaue Buch blätterte einige Seiten weiter und schrieb: *Es gibt einen Mann, der mit alten Büchern handelt, in einer Stadt namens Lisboa. Meist trifft man ihn auf den flüsternden Märkten an.* Erneut blätterte das Buch eine Seite vor. *Ein Unglück kam über die Stadt. Lebendige Schatten.*

»Ich weiß«, sagte Catalina.

Einige der Buchstaben, die in seinen Büchern lebten, nahmen die Form von Schakalwesen an.

»Was heißt das?«

Die Buchstaben und das Papier, schrieb die schöne Schrift, *sie können eine Pforte sein.*

»Wie der Chafariz?«

Ich weiß nicht, was ein Chafariz ist.

»Eine Pforte, etwas in der Art«, sagte Catalina.

Manche Bücher erlauben es einem, durch sie hindurchzuschreiten, an fremde Orte und in ferne Städte.

»Du meinst, man kann mit den Buchstaben reisen?«, fragte Catalina. »Aber wie?«

Das weiß ich nicht, schrieb das Buch und das Mädchen bemerkte, dass die Schrift verschmierter aussah als noch vorhin. *Niemand weiß das. Aber diese Schakalwesen – sie haben es getan. Sie sind durch die Buchstaben gewandert. Und wenn sie es getan haben, dann kannst du es vielleicht auch.*

»Wie soll ich das anstellen?«

Das Buch blätterte zurück und die Seiten verknickten ein wenig an den Rändern, so aufgeregt war es. *Man spricht zu den Buchstaben, indem man sie berührt,* schrieb die krakelige Schrift.

Catalina spürte, wie ihr Herz anfing, schneller zu schlagen. Eine Idee regte sich in ihr. Sie dachte an Kassandra Karfax und das, was die Frau zusammengehalten hatte: Worte und Papier. Auf dem Papier hatten sich die Buchstaben bewegt, unablässig hatten sie Bilder heraufbeschworen.

Das blaue Buch zuckte in ihrer Hand.

»Was ist mit dir?«, fragte Catalina besorgt.

All unsere Worte zerfallen, mehr und mehr. Es tut weh. Sie sterben und werden einfach nicht mehr neu gebildet. Das Buch raschelte traurig mit den Deckblättern.

»Kann ich dir helfen?«

Die anderen Buchstaben, sie löschen uns aus. Sie leben, und wir nicht.

Das kleine blau-lilafarbene Buch begann sich zu schließen.

»Wen meinst du mit den anderen Buchstaben?«

Doch das Buch antwortete nicht mehr.

Es tut so weh, schrieb die schöne Schrift noch auf die letzte Seite.

Dann klappte es zu und lag erschöpft und ganz dunkelblau in Catalinas Hand.

»Danke«, flüsterte Catalina. Sie fühlte, wie sich ihre Kehle zusammenschnürte. »Du hast mir geholfen.« Sie schluckte. »Glaubst du, du kannst noch ein wenig durchhalten?«

Buchstaben flackerten über den Deckel des Buches, dunkel und verwischt. *Beeil dich,* las Catalina.

Sie nickte und sprang auf. Ihre Schritte klapperten laut auf der Wendeltreppe und Firnis schaute sie neugierig an, als sie ganz außer Atem bei ihm ankam.

»Es sind die Buchstaben!«, sagte sie und blieb keuchend stehen. »Ein Buch hat es mir gesagt.«

Firnis starrte sie an. »Es hat zu dir gesprochen?«

Sie nickte.

»Was hat es gesagt?« Etwas entzündete ein Licht in den alten Augen.

Catalina berichtete es ihm.

»Und du glaubst, dass ein so junges Buch etwas darüber weiß?«

Sie nickte.

»Die Buchstaben und das Papier«, sagte sie. »Sie bilden

die Pforte.« Sie erinnerte sich an den pergamentfarbenen Himmel. Ja, das, was hier vor sich ging, das, was die Schattenstadt zusammenhielt, musste mit dem Papier und den Buchstaben zu tun haben. Die Buchstaben bildeten Worte und es waren Worte, ausgesprochen von jemandem, der die Macht dazu hatte, Dinge Gestalt werden zu lassen.

»Ich verstehe nicht, was du meinst, nein, das verstehe ich nicht«, sagte Firnis verwirrt und hustete lang und heftig.

»Moment, Moment«, sagte Catalina. Sie musste nachdenken. Zu viele Dinge schwirrten ihr auf einmal im Kopf herum. »Ich muss nur kurz ...« Sie begann wieder herumzulaufen.

Firnis schüttelte den Kopf. »Dieses Mädchen«, sagte er nur und lächelte dem Sphinx zu, der auf einem zerschlissenen Sofa lag, den Kopf zwischen die Pfoten gebettet.

»Rede darüber«, schlug Miércoles vor und erhob sich langsam. »Drei denken mehr als einer.«

»Es sind die Buchstaben«, sagte Catalina mit fester Stimme. »Das hat mir das Buch gesagt. Man muss sie berühren, dann sprechen sie zu dir. Und manche erlauben dir, durch ihr Buch hindurchzuschreiten, an einen anderen Ort.«

Sie blieb vor dem Sofa stehen und sah von Firnis auf den Sphinx.

»Die Frage ist doch bloß«, sagte sie, »*welche* Buchstaben man berühren muss!«

»Wie meinst du das?«, fragte Firnis.

Sie runzelte die Stirn. »Alles hängt mit Kassandra Karfax und dieser Stadt hier zusammen«, begann sie. »Wenn Kassandra sich den Schatten vom Leib geschnitten hat und wenn dieser Schatten La Sombría ist, dann ...« Sie überlegte und sah dabei ganz grimmig aus.

»Dann?«

»Dann kann La Sombría doch nur leben, wenn Kassandras Körper am Leben bleibt.«

»Sie muss sogar noch leben, sonst wäre La Sombría ein Flüsterer.« Firnis hustete, als er die Worte aussprach, die ihm kränklich aus dem Mund fielen.

»Genau.« Catalina nickte. »Kassandra Karfax ist vor sehr langer Zeit geboren worden. Sie ist ein uraltes Wesen.«

»Und das bedeutet?«

»Sie hat ihre Gestalt behalten. Irgendwie hat sie es geschafft, am Leben zu bleiben.«

»Aber wie?«

»Kassandra Karfax hat ihre Haut durch Papier ersetzt. Und die Buchstaben sind es, die sie am Leben halten! Es ist eine Art Zauber.«

»Wie das Kartenmachen?«, hakte Miércoles nach.

»Es würde Sinn machen, nicht?« Catalina hoffte so sehr, dass es das tat!

»Aber wie soll dir das dabei helfen, den Weg in deine Welt zurückzufinden?« Miércoles' Schnurrhaare zuckten und seine Flügel schlugen unruhig auf und ab.

Catalina starrte ihn nur an. »Dieses Buch, das Ihr vorhin geholt habt – *die Chroniken der Schattenstadt*«, wandte sie sich an Firnis. »Woher stammt es?«

Der alte Bibliothekar warf einen Blick auf den runden Lesetisch. Dort lag der dicke Band noch immer, alt und vergilbt, aber die vielen Buchstaben in ihm waren weder krank noch geschwächt. Sie atmeten, als stünden sie in voller Blüte.

»Es ist keines der Bücher, die im Haus der Nadeln geboren wurden«, sagte er. Seine Neugierde war erwacht. Der milchglasige Schein aus den Augen lichtete sich.

»Es stammt von hier, aus der Schattenstadt, nicht wahr?«

Er nickte.

Catalina ging hinüber zu dem Buch und sah hinein.

»Gibt es noch andere Bände in der Bibliothek, die vorher nicht da waren?«, fragte sie Firnis.

»Jede Menge.«

»Und diese Bücher . . .?«

»Sie sind nicht krank geworden.«

»Weil die Buchstaben aus der Schattenstadt sind.« War das der einzige Grund?

»Vielleicht werden sie nicht krank«, mutmaßte Miércoles, »weil sie hier atmen können.«

Catalina dachte den Gedanken zu Ende. »Weil es *ihre* Buchstaben sind.« Sie klatschte in die Hände. »Kassandras.«

Firnis schaute auf. Die Buchstaben, die in seinen Augen schwammen wie Treibholz, sahen zerstückelt aus. Manche von ihnen trieben leblos dahin, und wenn er blinzelte, dann zuckten sie unruhig, als erinnerten sie sich daran, was einmal ihre Geschichte gewesen war.

Catalina sagte schnell: »Diese Buchstaben«, sie tippte auf das Buch, »sie könnten der Schlüssel sein.«

Miércoles ringelte seinen Schwanz. »Der Schlüssel wozu?«

Catalina stützte ihre Hände auf dem Lesetisch ab. »Zur Pforte!« Sie betrachtete den Einband des Wälzers. »Was wäre, wenn nicht irgendjemand die *Chroniken der Schattenstadt* geschrieben hat, sondern La Sombría selbst? Dann sind diese Buchstaben das, was es in jeder Welt gibt – in der Schattenstadt und in der Welt des Lichts. Denn La Sombría und Kassandra – sie gehören zusammen.« Sie umrundete den Tisch mit den *Chroniken* darauf. »Und wenn das so ist . . .«

»Dann?« Miércoles gesellte sich zu ihr.

»Dann müsste es doch auch möglich sein, mithilfe dieser Buchstaben zwischen diesen Orten zu reisen. Wie es der Gedichtband gesagt hat.« Catalina betrachtete das Buch, das vor ihr lag, auf einmal mit anderen Augen.

»Bist du dir sicher?«, fragte der Sphinx. »Das, was du da sagst, erscheint mir ausgesprochen rätsel. . .«

»Halt bloß den Mund«, fuhr Catalina den Sphinx unwirsch an. »Glaub mir, ich habe keine Zeit mehr für dieses elende Rätselraten. Ich muss zurück! Ich muss wissen, wie Kassandra Karfax wirklich aussieht! Und ich muss die Königin der Schattenstadt sehen. Nur dann kann ich sie zeichnen und all das, was . . .« Ihre Stimme brach.

»Ist schon gut, Mädchen, ja, das ist es.« Firnis eilte zu ihr, so schnell es seine alten Beine erlaubten, und legte ihr tröstend den Arm um die Schultern. Sie konnte es sehen, doch spüren konnte sie die Berührung des Schattens nicht und das erschütterte sie mit einem Mal mehr als alles andere.

»Das hier muss endlich ein Ende haben«, flüsterte sie.

Entschlossen trat sie an den Lesetisch. »Es gibt nur einen einzigen Weg, um herauszufinden, ob der kleine Gedichtband recht hatte oder nicht.«

Miércoles erhob sich. »Ich weiß nicht«, sagte er etwas beschämt, »ob ich dich auf diesem Weg begleiten kann. Rätselhafte Buchstaben mögen keine Sphinxe.«

»Dann warte in der Windmühle auf mich«, bat sie ihn.

Er schnurrte leise und ein wenig aufgeregt. »Tut mir leid«, murmelte er und spreizte verlegen seine Flügel.

Catalina kniete sich kurz nieder und streichelte ihm über die Federn. »Es ist nicht schlimm«, flüsterte sie. »Du hast mir viel geholfen.«

Sie wechselten einen letzten Blick. Der Kater lächelte und zwinkerte ihr aus seinen klugen Bernsteinaugen zu.

Einen Moment später hatte Catalina das gewaltige Buch aufgeklappt. Leise, leise berührte sie die Schrift mit dem Finger, erst zaghaft, dann immer mutiger.

Sie betrachtete die erste Seite, strich über die Worte und Buchstaben, sie blätterte um, wieder und wieder, doch verstehen konnte sie das Buch deswegen noch lange nicht. Ein raschelndes Wispern erklang von tief aus den Seiten. Und die Buchstaben, die dort lebten, wichen ihr aus, sobald sie die Hand aufs Papier legte. Sie stoben zur Seite und kehrten erst an ihren Platz zurück, als sie die Hand hob und von ihnen abließ. Manche fletschten ihre Zähne und schnappten nach ihr, andere türmten sich zu kleinen Mauern hoch.

»Es funktioniert nicht.« Miércoles schlug mit dem Schwanz. »Sie sprechen nicht mit dir.«

Catalina biss die Zähne zusammen. Warum klappte es nicht? Was machte sie falsch? »Vielleicht müssen sie ja nicht mit mir sprechen«, murmelte sie. »Vielleicht verstecken sie auch nur etwas.«

Firnis nickte. »Das tun Worte oftmals, ja, das tun sie.«

»Aber wie willst du herausfinden, was sie verbergen?«, fragte Miércoles.

Sie zögerte und versuchte sich daran zu erinnern, was Márquez ihr beigebracht hatte. »Ab und zu«, erklärte sie, »bei den ganz alten Karten, da gab es versteckte Hinweise, die ein Kartenmacher dort hinterlassen hatte. Man verbarg Geheimnisse, indem man sie einfach überzeichnete. Oft musste man Pergament mit Zitrone beträufeln oder mit einem feuchten Tuch über die Linien wischen, bis sie das Geheimnis preisgaben.«

Sie befeuchtete den Finger.

Dann berührte sie die Buchstaben aufs Neue. Noch immer wichen ihr die Buchstaben aus, aber einige erwischte sie. Die Tinte verschmierte, sobald sie mit dem Finger drüberfuhr.

Catalina rieb weiter, radierte Satz für Satz aus, Buchstabe für Buchstabe, auch wenn es unendlich lange dauerte, denn die Buchstaben wehrten sich mit aller Macht.

Aber sie gab nicht auf und langsam, ganz langsam, schälte sich etwas unter all den Tintenspuren und aufgeregten Buchstaben hervor.

»Herrje«, murmelte sie.

»Mach weiter«, drängelte Miércoles.

Sie rieb heftiger.

Wischte Satz um Satz aus. So lange, bis die Zeichnung auf dem Papier fest umrissen war. Die Linien traten hervor und jetzt konnte sie deutlich erkennen, was es war.

Es sah aus wie ein Türknauf, ein echter, richtiger Türknauf, der zu einer echten, richtigen Tür gehörte.

Catalina umfasste ihn und öffnete das Buch.

Es war ganz einfach.

»Da, schau!« Miércoles war auf den Tisch gesprungen und saß wie eine Statue da.

Die Buchstaben, die sie eben noch ausradiert hatte, krochen Catalina den Arm hinauf. Es kitzelte ein wenig, wenn sich die Lettern bewegten, aber unangenehm war es nicht unbedingt. Irgendwie sah es so aus wie das, was die Papierfrau getan hatte.

Immer mehr Buchstaben krabbelten auf ihrer Haut entlang. Sie wollte sie berühren und da merkte sie, dass es Papier war, das sie da anfasste. Sie bekam einen Schreck. Was, wenn sie sich doch irrte? Was, wenn das hier etwas ganz anderes war, ein Zauber, der nichts mit der Welt des Lichts zu tun hatte?

Catalina dachte an Jordi. Und an den lila-blauen Gedichtband, der erst vor wenigen Tage geboren war und vielleicht nicht viel älter werden würde. Und sie zog ihre Hand nicht zurück.

Leise hörte sie es in ihrem Kopf wispern, all die schattigen Satzzeichen und Wörter. Geheimnisse flüsterten sie ihr zu, die sie nicht verstand.

»Pass auf dich auf, Mädchen«, sagte Firnis.

Miércoles schwieg.

Und Catalina beobachtete die Buchstaben, die sie überrannten. Sie sah ihre Hände, Arme, Schultern zu Papier werden. Die gleiche schmutzig gelbe Farbe wie die Seiten des Buches hatte es.

Ich löse mich auf, dachte sie und für einen Moment überwältigte sie die Panik.

»Das geht vorüber«, wisperten neue Worte ihr zu. Sie umkreisten sie wie Vögel, die sie geleiten wollten, an einen Ort, den nur sie kannten und niemand sonst.

Jordi, hilf mir!

Und dann versank sie in dem Buch, und als sie zwischen all den Buchstaben und Worten war, da sah sie die Welt aus ganz anderen Augen, aus fremden Augen.

Nein, nicht eine Welt war es, sondern viele. Es war verwirrend, all die fremden Orte zu sehen. Es gab kleine Dörfer und gewaltige Festungsanlagen an der Küste und erst dann fiel ihr auf, dass sie die meisten dieser Landschaften erblickte, während sie an Deck einer Galeone stand. Es gab noch andere Orte, andere Plätze, andere Länder. Aber es waren so viele, dass ihr ganz schwindelig wurde.

Catalina bewegte sich zwischen all diesen Sichtweisen

hin und her und plötzlich wusste sie, dass sie Kassandra Karfax geworden war. Nun ja, nicht Kassandra Karfax persönlich. Nicht das Original.

Aber sie konnte durch all ihre Kopien hindurchschauen. Sie sah, was auch die Papierfrauen erblickten, wo immer sie sich auch aufhielten. Sie hörte das Echo aus Hunderten von Augenpaaren, die allesamt gezeichnet waren.

Ja, das musste genau das sein, was auch Kassandra Karfax sah.

So kontrollierte sie die Armada.

Sie war überall gleichzeitig und jede Information endete bei ihr. Die Echos ihrer selbst waren die wachen Augen und neugierigen Ohren ihrer Herrschaft.

Catalina stolperte durch diese Welt.

Unbeholfen.

Durcheinander.

Mit jedem Blinzeln sprang sie in eine andere Sichtweise, besuchte sie für Augenblicke eine neue Welt. Die Bilderflut riss sie mit sich und sie konnte nichts dagegen tun.

Sie musste an den Aquamarin denken, wusste nicht einmal, warum sie das gerade jetzt tat. Der Gedanke war, wie so viele Gedanken, einfach da.

Dann sah sie eine Wüste und da war El Cuento.

Sie trat einen großen Schritt nach vorne und das Bild wurde schärfer. Die Buchstaben, die unruhig wie Glühwürmchen um sie herumwirbelten, verdichteten sich zum Bild einer glühenden Wüstenwelt. Selbst die Hitze konnte das Mädchen jetzt in den Buchstaben spüren.

Sie hob den Blick und sah Malfuria am Himmel stehen.

Noch einen weiteren Schritt machte sie und dann einen dritten. Und als sie ankam, da fühlte sie die helle Sonne in ihrem Gesicht und sie wusste, dass sie den richtigen Weg gewählt hatte.

Silbermünzen

Der heiße Sand war überall. Jordi atmete ihn ein und spuckte ihn dann wieder aus. Er rieb ihn sich aus den Augen und versuchte zu erkennen, wo Kopernikus war. Der alte Mann und er waren aus dem Pájaro geschleudert worden, als der Vogel sich in die Düne gebohrt hatte und im Sand stecken geblieben war. Genau wie der Falke. Das, was geschehen war, konnte nur ein böser Traum gewesen sein. Es *durfte* nur ein böser Traum gewesen sein. In den Geschichten war das immer ganz anders. Die Guten starben nicht einfach so.

Jordi rappelte sich auf. Alle Knochen taten ihm weh, doch der weiche Sand hatte seinen Sturz aufgefangen. Der hintere Teil des Pájaro, der aussah wie die Schwanzfeder eines bunten Vogels, lugte aus der Düne und machte das ganze Ausmaß dessen, was gerade geschehen war, deutlich. Der Kolibri war zerstört, da gab es nicht den geringsten Zweifel. Die Schwingen waren in große Fetzen gerissen worden und lagen verstreut auf dem Wüstenboden. Es war nichts als ein Haufen Trümmer von dem Fluggerät übrig geblieben, nicht mehr als die Erinnerung daran, wie Fliegen gewesen war.

Kopernikus stöhnte, irgendwo in der Nähe.

Jordi stand langsam auf. Der Sand war heiß und die Sandgeister, die in gebührendem Abstand aus ihren kleinen Behausungen spähten, trauten sich nicht hervor, solange der Junge sich bewegte.

Nicht weit von Jordi lag ein regungsloser Silberaugenmatrose im Sand. Ihn hatten die Sandgeister bereits angenagt, daran bestand kein Zweifel. Es mussten viele gewesen sein, dachte Jordi benommen. Sehr viele. Beunruhigt sah er sich erneut um, konnte aber außer den Augen in den Höhleneingängen nichts erkennen.

Dann hörte er erneut das Stöhnen.

Er strich sich die Haare aus den Augen und blinzelte in das gleißende Licht der Sonne, das ihn blendete.

»Kopernikus?«

Der alte Mann hob die Hand. Weiter oben auf der Düne, gleich neben dem Pájaro lag er im Sand, und als Jordi den Hügel hinaufkletterte, sah er, dass sein Bein in einem so schrägen Winkel vom Körper abstand, dass es nichts Gutes verhieß. Kopernikus' Blick kündete davon, was er in all den Jahren und Jahrhunderten gesehen hatte.

»Was hast du vorhin noch gesagt?«, keuchte Kopernikus und richtete sich mühsam auf. »Schicksal, Glück und manchmal Pech?« Er keuchte auf vor Schmerzen und hielt sich das Bein. »Sieht so aus, als wäre uns das Pech hold.«

Jordi hob den Blick.

Sah, was den Himmel verdunkelte.

»Mist«, murmelte er nur.

Malfuria war zurückgekehrt.

Der Sturm aus Rabenfedern verfolgte nicht länger den Falken. Die Flammen, die hinter den Dünen hochschlugen, ließen keinen Zweifel daran aufkommen, warum dies so war.

Er spürte den glatten Aquamarin in seiner Tasche, berührte ihn kurz, als hoffe er, so Trost gespendet zu bekommen.

»Sie kommt!«, keuchte Kopernikus und blickte nach oben, wo die Galeone vor Anker gegangen war. Still schwebte sie über allem. Und Malfuria toste wie ein Traum aus Nacht und Federn vor der Sonnenscheibe.

»Da!«

Jetzt sah Jordi, was er meinte.

Zwei Wirbel aus Rabenfedern flogen auf sie zu. Sie hatten sich aus dem großen Wirbelsturm abgesondert. Wie kleine Stürme fegten sie durch die Luft, und als sie unten bei der Düne neben dem Pájaro ankamen, da flogen Sandkörner hoch und alles, was dort war, wurde von einer Staubschicht bedeckt.

Die Rabenfedern hielten ihre Position.

Dann stoben sie auseinander, als würden sie verweht. Aus ihrer Mitte schälten sich zwei Gestalten heraus. Die eine war ein Harlekin, die andere eine Frau aus Papier.

Geschwungene Zeilen, schwarz und lebendig, waren der Papierfrau ins Gesicht geschrieben, fortwährend bewegten sich die Buchstaben, und wenn die Sonne sie im richtigen Winkel traf, dann sah es so aus, als entstünden Gemälde von atemberaubender Einzigartigkeit. Unermessliche Wünsche lagen verborgen in diesem Antlitz, das wie Fieber in der Gluthitze war.

Der Harlekin trat vor. Er sah genauso aus wie die Gestalten, denen Jordi in Barcelona begegnet war. Groß, mit einem breiten Grinsen in dem weißen Gesicht, die Augen leere Schlitze.

Er zischte.

Schlangenhaft.

Und die Frau, deren Gesicht wie Papier war, lächelte ein gezeichnetes Lächeln, das boshafter nicht hätte sein können.

Jordi, der noch immer neben Kopernikus kniete, dachte nicht daran, von der Seite seines Freundes zu weichen. Er spürte, wie der alte Mann zitterte. Er hatte Angst vor dieser Frau.

»Wer ist das?«, flüsterte Jordi, wenngleich er es sich denken konnte.

Kopernikus, der seine Furcht durchaus zu verbergen wusste, funkelte die Papierfrau zornig an. In seinen Augen standen Tränen aus Schmerz und Wut und Hilflosigkeit. »Du?«, knurrte er sie an. »Nicht einmal mir zeigst du dich wahrhaftig.«

»Wer ist sie?«, fragte Jordi noch einmal. Die Frau erinnerte ihn an die Schakalwesen, die ihn in Lisboa verfolgt hatten.

»Das«, keuchte Kopernikus, »ist Kassandra Karfax.« Er musste lachen. Es klang bitter.

»Du hast fortgegeben, was La Sombría dir geschenkt hat«, sagte die Papierfrau nur und in ihre gemalten Augen aus Hinterlist und Farbenpracht hatte niemand Mitleid gezeichnet.

»Das soll dich nicht kümmern«, fauchte er sie an und fügte abschätzig hinzu: »Mutter.«

»Du siehst verwirrt aus, Karim«, sagte die Papierfrau. »Und steinalt.«

Buchstaben bewegten sich in ihrem Gesicht wie windige Würmer, die sich in die Erde wühlen.

»Was wollt Ihr von uns?« Jordi musste sich zwingen, damit seine Stimme ruhig klang.

Sie ging auf ihren Sohn zu. »Von ihm«, sagte sie, »will ich nichts.« Sie riss sich ein Stück des vergilbten Papiers aus dem Arm und hinterließ eine Lücke und unter dieser Lücke war nichts, nur Leere. »Von dir, Junge, will ich alles.«

»Du darfst ihr nicht glauben«, sagte Kopernikus, »egal, was sie sagt. Sie will nur das Mädchen, nicht dich!«

»Sei still!«, fauchte sie ihn an.

»Denk an das, was du vorhast. Zögere nie!«

Sie nahm das raschelnde Papier und schlug es Kopernikus, der sich kaum bewegen konnte, mitten ins Gesicht.

»Was ...«, keuchte Jordi.

Und Kopernikus begann zu stöhnen.

Die Buchstaben, die auf dem vergilbten Pergament gelebt hatten, verließen ihr altes Zuhause und krochen dem letzten Arxiduc von Gibraltar in die fahle Haut hinein. Wie Maden bewegten sie sich dort entlang, Jordi konnte sehen, wie sich die Buchstaben von innen gegen die Haut drückten. Sie verbanden sich zu Wörtern, die eine Bedeutung hatten, einen Sinn, der so schrecklich war, dass Jordi lieber nichts davon erfahren wollte.

»Jordi!«, war das letzte Wort, das Kopernikus krächzte. Dann erbrach er Buchstaben in den Sand, die zu Tinte zerliefen. Er starrte den Lichterjungen an. In seinem uralten Blick schwammen nun Buchstaben mit spitzen, zackigen Körpern.

Das Pergament, das ihm wie ein feuchtes Tuch das Gesicht bedeckte – oder nein – zu seinem Gesicht geworden war, zeichnete das Antlitz eines jungen Mannes nach, der nie richtig zu lächeln gelernt hatte. Dann wurde es zu dem Gesicht, das Jordi gekannt hatte. Kopernikus, wie er vor der Sagrada Família die Treppenstufen hinuntergestolpert war.

Die Augen zerflossen, als regne Farbe auf eine Skizze, sie wurden zu zwei dunklen Punkten und schließlich zu einer albtraumhaften Kontur. Die Haut wurde zu Papier, über das die wilden Buchstaben krochen, und Jordi erkannte, dass Kopernikus von der Magie, die seine Mutter dem Papier gegeben hatte, langsam aufgefressen wurde.

Er löste sich auf, Stück für Stück, bis nur noch aufgeweichtes Papier übrig war und nichts mehr sonst.

Jordi streckte die Hand aus, legte sie dorthin, wo eben noch das Gesicht seines Freundes gewesen war. »Kopernikus«, flüsterte er verloren.

Die Papierfrau lächelte und wendete sich dem Lichterjungen zu. »Jordi«, sagte sie. »Endlich!«

Der große Harlekin, der die ganze Zeit über regungslos dagestanden hatte, setzte sich in Bewegung und kam auf den Jungen zu. Die Leere in den Augenschlitzen ließ die Kälte nur erahnen, die sich hinter der harten Maske verbarg.

»Du hast sie gesucht, das Mädchen, oder?«, flüsterte die Papierfrau mit einem wohlwollenden sanften Knistern in der Stimme. »Du musst nur mit uns kommen, hinauf nach Malfuria.« Sie entblößte gelbe Zähne, die wie die Gemälde zerfallener Grabsteine aussahen. »Catalina Soleado wird bald hier sein.« Ein Papierauge zwinkerte ihm zu. »Du willst sie doch wiedersehen, oder etwa nicht?«

Jordi starrte sie nur an. Er dachte an das, was Kopernikus gesagt hatte, ganz zum Schluss. Und er verstand.

Dies hier war nicht der Plan, den er verfolgt hatte. Der Harlekin würde ihn nicht mit den Schatten infizieren. Nein, die Gestalt mit dem Grinsen in der weißen Maske würde ihn hinauf in den tosenden Sturm aus Rabenfedern bringen.

Er würde der Köder für Catalina sein, nichts weiter. Er würde nicht die Möglichkeit haben, ihr das zu sagen, was er wusste. Wie alles zusammenhing. Nichts, aber auch gar nichts von dem, was er sich erhofft hatte, würde passieren. Weil er es nicht in der Hand hatte.

»Nein!«, schrie er die Papierfrau an.

Dann sprang er nach vorne.

Ein kurzes Abstoßen genügte, sodass der Schwung ihn den steilen Abhang hinunterrutschen ließ. Er versuchte aufzustehen und fiel wieder hin, purzelte wie ein menschlicher Ball die Düne hinunter und kam irgendwann neben dem toten Silbermünzenmatrosen zum Liegen.

Der Harlekin verlor keine Zeit. In einer einzigen gleitenden Bewegung schwebte er die Düne hinab. Wie Wasser, wäre es aus Nacht gemacht.

Jordi rollte sich zur Seite. Er stieß gegen den Körper des Silberaugenmatrosen.

Die Sonne brach sich in den Münzaugen und Jordi dachte an Lisboa. Er sah die Flammen vor sich, die Fado Marizas Laden verschlangen, und jenes Feuer, das sich in der Silbermünze gespiegelt hatte, mit der er den Faden der Meduza durchtrennt hatte.

Er griff dem toten Matrosen ins Gesicht und pflückte die Silbermünzen aus seinen Augenhöhlen. Dahinter, das erkannte Jordi nur beiläufig, war nichts, nur Leere.

Er wendete den Blick ab und hielt die Silbermünzen fest in den Händen.

Keine Sekunde zu spät.

Der Harlekin war bei ihm, packte ihn und warf ihn in den Sand. Dann trat er erneut auf den Jungen zu und diesmal sprang Jordi auf und führte den Hieb mit den Silbermünzen aus, sodass die rechte Hand des Harlekins in den Sand fiel.

Die große Gestalt hielt kurz inne.

Sie schien zu überlegen, was jetzt zu tun sei. Womöglich hatte sie noch nie zuvor einen Menschen getroffen, der sich gewehrt hatte, wie Jordi es nun tat.

»Komm schon!«, schrie der Junge den Harlekin an.

Am Ende war die große Gestalt die einzige Möglichkeit, zu Catalina zu gelangen. Einen Weg zurück gab es nun nicht mehr. Jeder Ort auf der Welt war besser als dieser hier. Wenn er hierbliebe, dann wäre er nur der Köder, der Catalina ins Verderben locken würde.

Er schnitt dem Harlekin am Hals entlang und ein winziger Spritzer Finsternis troff dem Wesen aus den Augenschlitzen.

Jordi fragte sich, was es für ein Gefühl sein würde, zum Schatten zu werden. Er sah seinen eigenen Schatten, der flach im Sand lag und die Düne emporwaberte. Der Schatten hatte nie etwas anderes getan, als ihm treue Dienste zu leisten. Niemals hatte er sich gegen seinen Besitzer aufgelehnt. Niemals!

Die Papierfrau erschien hinter dem Harlekin. »Bring ihn nach Malfuria«, kreischte sie. »Er darf uns nicht entkommen.«

Schwer atmend stand Jordi im Sand. Ein lauwarmer Wind wehte ihm ums Gesicht und dann kam der Harlekin erneut auf ihn zu.

Jordi sprang ihn an und riss ihm die Maske vom Gesicht. Der Harlekin packte den Jungen mit der verbliebenen Hand am Hals, sodass Jordi die Luft wegblieb.

Er schlug mit den Silbermünzen nach der schattenhaften Leere hinter der Maske. Finsternis benetzte ihm wie Sirup die Finger. Ein zweites Mal drückte er die Silbermünzen in die kalte Dunkelheit hinein, in das Gesicht des Harlekins.

Sie blieben dort stecken.

Mit einem lauten, aufheulenden Zischen schleuderte der Harlekin den Jungen in den Sand. Dann taumelte er und begann sich langsam aufzulösen, nur seine Gewänder blieben übrig.

Jordi rieb sich die Augen, schnappte nach Luft. An seinem Fuß kauerte ein Sandgeist, er trat danach. Kassandra Karfax, das wusste er, würde ihn nicht kriegen.

Nein, jetzt nicht mehr!

Die zerknitterte Papierfrau stand noch immer neben dem Harlekin, der langsam im Boden versickerte. Sie kam auf Jordi zu und ihr Gesicht begann sich langsam zu verändern. Durch einen Schleier aus Sand und Staub sah Jordi in Augen, die er nur zu gut kannte.

Dann verwandelte sich die Papierfrau. Und Jordi wusste, dass er einen Fehler gemacht hatte.

Scherbensplitter, überall

Catalina Soleado stand in einer gleißend hellen Wüste unter einem Sturm aus Rabenfedern, den sie tot geglaubt hatte. Die Buchstaben, die sie hierhergeführt hatten, fielen von ihr ab und wurden im Sand zu Staub und das Papier, das ihr die Pforte gewesen war, trieb in kleinen Fetzen über die Dünen.

Weit oben am blauen Himmel, gleich unter Malfuria, schwebte eine riesige schwarze Galeone und vor ihr, im heißen Sand der Düne, lag jemand, den sie vermisst hatte wie nie einen Menschen zuvor.

»Jordi!« Sie stürzte auf den Lichterjungen zu, der regungslos auf dem Rücken lag, mitten im Schatten der fliegenden Galeone.

Catalina kniete sich neben ihn. Er hatte die Augen geschlossen, atmete aber.

Sie packte ihn bei den Schultern und schüttelte ihn kräftig. »Jordi, was ist passiert?«

Er rührte sich nicht.

Sie musterte ihn bestürzt. Er sah so friedlich aus, als sei er in einen tiefen Schlaf gefallen. Ernsthafte Verletzungen wies er keine auf, soweit sie das beurteilen konnte, abgesehen von den vielen Schürfwunden und Kratzern, die seine Arme, den Hals und das Gesicht bedeckten.

Vorsichtig berührte sie sein dunkles, struppiges Haar. Sie konnte sich an den Geruch erinnern, er hatte sich überhaupt nicht verändert, war nur ein klein wenig staubiger geworden.

Sie musste an ihre letzten Begegnungen denken, an die flüsternden Märkte und die Brücke in der singenden Stadt. An seine Augen aus Mokka, die jetzt fest geschlossen waren.

So vieles war schiefgegangen, doch nun war sie wieder bei ihm, sie waren zusammen, wenn auch nur in diesem gleißenden Glutofen.

Catalina schaute zu Malfuria hinauf, zur Galeone, zu den Trümmern, die einmal ein Fluggerät gewesen sein mochten, und fragte sich, was dies für ein Ort war. Eine Wüste, natürlich, doch wo genau befanden sie sich?

Drüben am Horizont brannte ein Feuer, dessen Flammen so hoch schlugen, dass sie fast schon die Sonne zu kitzeln schienen. Brannte dort eine Stadt? Etwas anderes? Sie wusste es nicht.

Aber es kümmerte sie auch nicht weiter.

Die Buchstaben hatten sie in diese Wüstenei gebracht. Und Jordi Marí war hier, das war es, was zählte. Sie hatte ihn wieder und sie fühlte sich stark genug, um es von nun an mit jeder fliegenden Galeone der Welt oder dem, was sonst noch auf sie zukommen mochte, aufzunehmen.

Ein neuer tiefschwarzer Schatten legte sich über das Mädchen, ganz plötzlich, und Catalina fuhr herum.

»Endlich«, hörte sie eine Stimme hinter sich sagen, die wie verbranntes Papier im allerletzten Sonnenuntergang des Herbstes klang, »endlich sehen wir uns wieder.«

Catalina kannte die Stimme wie ihre eigene, doch sie hätte nie geglaubt, sie in diesem Leben noch einmal zu hören.

Sarita Soleado war nicht allein.

Neben Catalinas Mutter standen zwei Frauen, die eine wie Fleisch und Papier, die andere wie ein Schatten.

»Du hast den Weg hierher gefunden«, sagte Sarita. Ihre grünen Augen flackerten zögerlich auf, nur einen Sekundenbruchteil lang, und Catalina schoss durch den Kopf, dass sie nicht viel anders aussah als zu jener Zeit, als sie ihre Tochter nach Barcelona gebracht hatte, zum Kartenmacher Màrquez.

Doch Catalina sah in ihr nicht länger die Mutter, die sie in der Cala Silencio aufgezogen hatte. Nach dem, was sie in der Sagrada Família erlebt hatte, war Sarita eine Fremde, jemand, der Böses tat und dabei vor nichts zurückschreckte.

»Du lebst?« Erst jetzt wurde sie sich bewusst, dass sie tief in ihrem Herzen geglaubt hatte, dass Sarita gestorben war. Jemand, der in diesem Inferno gewesen war, *musste* einfach umgekommen sein.

Und im gleichen Moment wurde ihr klar, dass sie nicht ein einziges Mal um sie getrauert hatte, nein, nicht wirklich, und sie fragte sich, ob sie das zu einem ähnlich schlechten Menschen machte, wie Sarita, zumindest in ihren Augen, einer war.

Catalina verscheuchte diese Gedanken. Sie führten zu nichts. Sarita Soleado war hier und ihr Gesicht war für Catalina wie ein Spiegel. Ihre Mutter lebte, das war es, was zählte.

»Du hast ihn gern«, stellte Sarita fest und deutete mit einem Kopfnicken auf den Jungen, neben dem Catalina im Sand kniete.

»Was weißt du schon davon?«, fuhr das Mädchen Sarita an und erhob sich.

Kassandra, die neben Sarita stand, grinste. Sie sah ganz anders aus als die grausige Papierfrau, der Catalina in Lisboa begegnet war. Dies hier war die richtige Kassandra Karfax, keine Kopie, kein Duplikat.

Das Mädchen erkannte bleiche Haut zwischen den mit Nähten befestigten Flicken aus Papier, die den alten Körper zusammenhielten. Diese Frau war aus Fleisch und Blut und irgendwie hatte sie es mithilfe der Buchstaben tatsächlich geschafft, dem Altern die Stirn zu bieten.

»Auch ich habe einmal geliebt«, antwortete Sarita Soleado, und wäre Catalina nicht so voll tiefroten Zorns gewesen, dann hätte sie vielleicht das Zittern in der Stimme ihrer Mutter erkannt. »Ich habe . . .«

»Du hast Papa getötet«, schrie Catalina sie an. »Du hast es mir selbst gesagt. Du hast es einfach so hingenommen, dass er stirbt.« Ihre Stimme überschlug sich fast. »Und all das nur wegen der blöden Karte, die du zeichnen musstest!« Die Bilder vom Tod ihres Vaters lebten auf, hier in der Wüste, an diesem Ort, der unendlich weit entfernt war von der Cala Silencio, wo das Unglück sich zugetragen hatte. »Er ist ertrunken«, sagte sie, jetzt leiser, verbittert, »wegen dir.« Wie oft hatten die Bilder sie in ihren Träumen heimgesucht. »Du trägst die Schuld daran, niemand sonst.« Sie sah sich um. »Und all das hier, Jordi . . .«, sie konnte ein Schluchzen nicht unterdrücken. »Das hast du erst in Gang gesetzt.«

Sarita Soleado starrte ihre Tochter nur an. Catalina wollte in ihrem Blick lesen, versuchen zu verstehen, was ihre Mutter angetrieben hatte, dass sie ihre Tochter verraten hatte, dass sie all das Dunkle in ihr Leben gelassen hatte, doch sie konnte es nicht. Sie schaffte es einfach nicht, Sarita anzusehen.

Stattdessen wirbelte sie herum und fixierte Kassandra, die sie belustigt musterte. Ihr Schatten stand neben ihr, er hatte einen Arm um Kassandra gelegt und schmiegte sich an sie.

»Was wollt ihr von mir? Was habt ihr ihm angetan?« Sie schaute auf Jordi hinab. Nicht zu wissen, was hier vorgefallen war, machte sie rasend.

»Ich bin La Sombría«, sagte die Schattenfrau und löste sich von Kassandra. Sie sah elegant aus, ein dunkles Abbild ihrer hellen Schwester. »Ich freue mich, dich endlich kennenzulernen.« Es schien, als gleite sie über den Sand wie die Erinnerung an ein Gespenst aus tiefster Nacht.

»Warum lebt Malfuria?«, fragte Catalina. Sie betrachtete

den Sturm aus tosenden Rabenfedern, der am Himmel stand und wie eine Säule in die Höhe ragte.

Die Frau, in deren Gesicht braune Pergamentfetzen klebten, auf denen sich windige Buchstaben wie Lügen schlängelten, schritt durch den Sand und gesellte sich zu ihrem Schatten. »Agata la Gataza sieht die Welt jetzt mit einem Herzen aus Schattenstaub. Sie sieht jetzt, wie schön die Schattenwelt ist, und sie weiß, dass sie dort glücklich sein kann. Ich konnte sie bekehren, könnte man sagen.« Sie lächelte. »Mit deiner Hilfe, mein Kind.«

Catalina ballte die Fäuste. »Nennt mich nicht so«, fauchte sie.

»Du warst eine folgsame Marionette«, stellte La Sombría fest.

»Was wollt ihr von mir?«, fragte sie noch einmal.

Es war Sarita, die sagte: »Du weißt, was unser Wunsch ist.«

Catalina schüttelte den Kopf. »Ich werde es nicht tun!«

»Du solltest nicht voreilig sein.«

Die Galeone trieb leicht im sanften Wüstenwind. Ihr Schatten wanderte über den Sand und tauchte alles in ein Zwielicht aus Wärme und der bangen Erwartung einer langen Nacht.

Kassandra Karfax beugte sich vor. Mit einem Mal erschien ein Lächeln auf ihren alten Lippen, das nicht herablassend oder spöttisch aussah, sondern gütig und weise. In ihrem Papierfetzengesicht fanden sich die Buchstaben zu wunderschönen dunklen Blüten zusammen und ihre Stimme brauste wie eine machtvolle Melodie, als sie nun sagte: »Du bist in der Stadt aus Nacht und Nirgendwo gewesen. Sag, hat es dir dort etwa gar nicht gefallen?« Sie beobachtete das Mädchen aus einem gezeichneten Auge aus schwarzer Tinte und aus einem, dessen Farbe sich fortwährend veränderte. »Weißt du noch, als der Rabenkater dich gefunden hat? Ihr seid mit der Gezeitengondel auf einem Kanal der Schattenstadt zur Sagrada Família gefahren. Deswegen haben die Harlekine euch damals nicht gefasst. Niemand hat damit gerechnet, dass du die Mephistia bist. Sarita hat dich überall gesucht. Und mein Sohn konnte dich ebenso wenig finden. Du bist bestimmt für die Dunkelheit, mein Kind.«

Catalina verschloss ihre Ohren vor dem süßen Klang der Stimme, der sie lockte und an ihr zerrte. Sie presste die Lippen zusammen und sah auf Jordi. Sie dachte an den Plan, der sie hatte herkommen lassen. Jetzt war sie hier und nur ein kleiner Schritt trennte sie von dem, was sie vorhatte.

»Ich werde niemals tun, was ihr von mir verlangt«, sagte sie langsam.

Sie griff in die Hosentasche, doch gleich darauf durchfuhr sie ein jäher Schreck. Dort, wo vorhin noch der Bleistiftstummel gewesen war, den sie aus der Windmühle mitgenommen hatte, dort, wo sich das Blatt Papier befunden hatte, da fühlte sie jetzt nur noch Schattenstaub.

Da war kein Stift mehr. Und auch kein unbeschriftetes Blatt Papier.

Sie konnte nichts zeichnen! Der Stift hatte nur in der Schattenstadt existiert. Warum, in aller Welt, hatte sie nicht daran gedacht, als sie dort gewesen war?

Sie warf einen Blick auf Sarita, die einfach nur dastand mit einer Miene, die Catalina nicht deuten konnte, und ihre Tochter beobachtete. Hatte sie gesehen, wonach Catalina suchte?

»Du hast wirklich geglaubt«, fragte Kassandra Karfax süß, »dass du dich mir entgegenstellen könntest?«

Catalina sagte nichts.

Sie schaute sich in der Wüstenwelt um. Oben, an der Spitze der Düne, sah sie das Wrack einer Flugmaschine, die nicht besonders groß gewesen war. Die Überreste erinnerten an einen bunten Kolibri. Mehr als zwei Mann hatten wohl kaum Platz darin gefunden. Sie fragte sich, ob jemand Jordi begleitet hatte, als er hierhergeflogen war.

Kassandra Karfax, die ihren Blick bemerkte, sagte: »Darin ist Jordi Marí gereist.«

Sie zwinkerte mit dem Auge, das die Farben zu wechseln vermochte, und hoch oben feuerte die schwarze Galeone mit den Segeln aus Nacht einen krachenden Schuss ab. Sekundenbruchteile später explodierte das Wrack des kleinen Fluggerätes in einer Wolke aus Feuer, Holzsplittern und Rauch.

»Damit«, sagte Kassandra Karfax, »wird niemand mehr fliegen.« Dann kam sie erneut einen Schritt auf Catalina zu. Die Buchstaben, die auf den Fetzen in ihrem Gesicht lebten, schrieben unruhige Wörter, sogar auf die Haut und noch viel tiefer. »Nun? Was willst du jetzt tun?« Sie schaute zu dem brennenden Fluggerät, dann hinauf zur Galeone, schließlich zu Malfuria und fügte spöttisch hinzu: »Fortlaufen?«

Sarita stand immer noch da, ohne etwas zu sagen. Sie ließ Catalina keinen Moment aus den Augen, wartete begierig auf eine Antwort.

Ihre eigene Mutter. Im Pakt mit dieser Frau, die alles zerstören wollte.

Catalinas Wut wuchs.

Ganz sicher würde sie nicht mehr fortlaufen, ein für alle Mal. Sie war jetzt hier, in dieser Wüstenwelt, und sie war fast an ihrem Ziel. Sie wusste jetzt, wie Kassandra Karfax und La Sombría aussahen, mehr noch, sie hatten sich so tief in ihr Gedächtnis eingebrannt, dass Catalina sie nie mehr vergessen würde.

Zu jeder Zeit würde sie ihre Abbilder zeichnen können. Ja, sie könnte es tun, wenn sie nur etwas zum Zeichnen hätte.

»Lasst sie gehen!«, befahl unvermittelt eine Stimme, die alt und rau war wie die Raben, mit denen sie ihr Leben lang gesprochen hatte. Gleichzeitig wurde ein Fetzen Papier vom Körper der Reisenden gerissen.

Sarita stöhnte auf und La Sombría zischte wie etwas, das einem Kind die Träume in Fetzen zu schneiden vermag.

Alle sahen sie es.

Das Feuer und die Gestalt darin.

Krumm und gebeugt stand sie in den Flammen, die aus

dem Wrack der Kolibri-Flugmaschine züngelten. Die Umrisse ließen vermuten, dass es sich um eine Bauersfrau handelte. Doch Catalina wusste, dass es keine einfache Bäuerin war, die da in den Flammen reiste.

Kassandras Schatten glitt über den Sand, doch ein jäher Feuerstoß ließ sie zurückzucken.

Dann trat die alte Frau aus dem Feuer heraus und strich sich die Funken aus dem Haar wie Laub.

Sie hinkte. Ihr zerfurchtes Gesicht war verbrannt. Grelle rote Flecken ließen die gebräunte Haut aufleuchten. Augenbrauen und Haaransatz waren ganz versengt.

»Nuria Niebla«, fauchte Kassandra Karfax.

»Ja, ich bin es«, sagte die Nebelhexe. Funken kletterten noch immer an ihrem Rock empor. Sie löschte sie aus, mit nur einer einzigen Bewegung ihrer alten Hände. »Bringen wir es zu einem Ende«, sagte sie, »so oder so.«

Das, dachte Catalina nur, ist also meine Großmutter.

»Du wirst nichts ausrichten können gegen uns, alte Frau«, erwiderte Kassandra und drückte mit der Handfläche auf die Wunde im Papier, die Nuria Niebla ihr zugefügt hatte. »Du hättest nicht kommen sollen.«

La Sombría zischte wütend und floss zur Seite. Aus ihrer Hand formten sich zwei große Harlekine, die sofort auf die Nebelhexe zuglitten.

Kassandra schüttelte den Kopf. »Warte noch«, sagte sie und sah sich nach Sarita um, die sich nicht von der Stelle gerührt hatte. Ihre Stimme wurde ganz weich, als sie nun zu Catalinas Mutter sprach. »Sarita. Nun sollst du den

Lohn für all deine Mühe bekommen«, sagte sie. »Endlich ist die Gelegenheit gekommen.« Ihre Stimme wurde zum Zischen eines Harlekins, als ihr Blick Nuria streifte. »Sie hat sich nie um dich gekümmert. Sie hat dir verboten, dein Leben zu leben. Du bist vor ihr geflohen, verzweifelt, wie du warst. Erinnere dich, Sarita. Erinnere dich an damals, an das Äffchen, an die kalten Nächte auf der Straße. Erinnere dich, Sarita.«

Erschrocken bemerkte Catalina, wie ihre Mutter plötzlich einen Bleistift in der Hand hielt. Sie hatte Tränen in den Augen.

Kassandra Karfax riss sich einen Fetzen Papier aus dem Hals und reichte ihn ihr. »Beende es hier, ein für alle Mal.«

Sarita zögerte nicht einmal.

Sie nahm das Papier entgegen und wieder einmal fiel Catalina auf, wie ähnlich sie ihrer Mutter doch war. Sarita schien sich sogar zu bewegen, wie es ihre Tochter tat.

Sarita holte tief Luft. »Alte Frau – hättest du geglaubt, dass wir uns so wiedersehen?«, spie sie der Nebelhexe voller Zorn und Abscheu entgegen.

Nuria Niebla wirkte tatsächlich alt und schwach, aber ihr Wille war ungebrochen.

Sie stand oben auf der Düne, die Flammen im Rücken, und sah zu ihrer Tochter hinab, zu dem Mädchen, das es schon vor langer Zeit vorgezogen hatte, sein Heim zu verlassen.

»Ich kann durch Feuer reisen«, sagte sie, »und ich kann auch durch die Flammen hindurchschauen. Ich erkenne

Wahrheiten hinter Lügen. Vermagst du sie auch zu sehen?« Sie sprach zu Sarita. »Ich habe dich gesucht, an allen Lagerfeuern dieser Welt. Und jetzt habe ich dich endlich gefunden. Euch beide habe ich gefunden.« Sie streckte die Hand aus, sah zu Catalina hinüber. »Mein Kind, komm zu mir.«

Catalina dachte an all die guten und warmen Erinnerungen, die ihr der Aquamarin geschenkt hatte.

Nuria Niebla schritt den Hang herunter. Sie ließ ihre Tochter nicht aus den Augen.

»Du wirst ihr nichts zuleide tun«, sagte Sarita wütend. »Ich sorge dafür.« Sie trat vor.

Nuria war fast am Fuße der Düne angelangt. Die beiden Frauen standen einander gegenüber. Auch die Nebelhexe hielt nun einen Stift in der Hand. Und ein Blatt Papier.

Kassandra Karfax und La Sombría fauchten wütend.

Die beiden Harlekine näherten sich vorsichtig der alten Hexe. Sie griffen jedoch nicht an.

Stille.

Sarita und Nuria blickten sich lange an.

Es sah fast aus, als lauerten sie nur darauf, dass der andere mit dem Zeichnen beginnen würde. Ganz versunken waren sie in die Augen der anderen, hielten stumme Zwiesprache, wie nur zwei mächtige Magierinnen es tun können. Und wäre Catalina nah genug bei den beiden gewesen, dann hätte sie bemerkt, dass sich Nuria in den Augen ihrer Tochter spiegelte, wie Sarita es in den Augen ihrer Mutter tat.

Dann endlich nickte Sarita.

Und Nuria ebenso.

Und alles, alles ging rasend schnell.

So schnell, dass Catalina kaum bemerkte, was überhaupt geschah.

Sarita Soleado führte einen Strich aus. Schnell, unbarmherzig. Wie ein Hieb mit einer Peitsche, so schnell hatte sie etwas auf den Fetzen Papier skizziert.

Nurias verbrannter Körper war angespannt, man konnte es sehen.

Und Kassandra Karfax schrie auf.

Kreischte.

Wütend.

Ein Stück ihres Arms, der Papier war, hing ihr auf einmal zerfetzt am Körper.

Sarita Soleado drehte sich um und sah der Reisenden mitten in das uralte, geflickte Gesicht.

Tränen glänzten ihr in den Augen. »Es tut mir leid«, flüsterte sie und ihre Stimme war kaum mehr als ein Scherbenmeer, »aber ich habe tatsächlich gelernt, die verhuschten Wahrheiten hinter den versteckten Lügen zu erkennen. Ihr selbst habt es mir gezeigt, in den letzten Tagen.« Erneut zeichnete sie etwas. Dann noch etwas und noch etwas.

Die Reisende schrie auf wie ein Vogel, der sein Ende nahen sieht. Sie schlug um sich und fauchte, wie Tiere es tun, wenn man sie in die Enge getrieben hat. Buchstaben fielen ihr aus dem Gesicht. Gezeichnete Zähne brachen ihr aus dem Mund.

»Was tust du?« Es klang wie ein Flehen. Es war *gurgelnd.*

»Ich habe einen großen Fehler gemacht, schon vor langer Zeit«, sagte Sarita Soleado und Catalina wusste nicht, ob sie zu Kassandra Karfax oder zu ihrer Tochter sprach.

Nuria Niebla trat noch einen Schritt vor.

Auch sie zeichnete, unaufhörlich.

Sie hob den Blick, um das fliegende Schiff zu betrachten, und Catalina fiel auf, dass sie mit geübter Hand eine fliegende Galeone skizziert hatte. Dann machte sie sich über die Galeone her. Mit harten und spitzschrägen Strichen, die wie Bomben einschlugen, fegte sie das Schiff vom Himmel. Dunkles Holz splitterte laut, hohe Masten brachen ab, zerschlugen das Deck, Silberaugenmatrosen stürzten in die Tiefe.

Die Galeone begann zu sinken. Sie bekam Schlagseite, die Mastspitzen mit schwarzen Segeln berührten sogar schon Malfuria.

Als Sarita Soleado erkannte, was ihre Mutter vorhatte, da unterstützte sie deren Zeichnung. Beide Frauen, Mutter und Tochter, zeichneten wie wild auf die Reisende und die Galeone ein.

Die Scherbensplitter, die ihre einsamen Leben gewesen waren, all die Jahre lang, fügten sich auf einmal zusammen, weil sie am Ende beide erkannten, welche Gesichter sich in den Splittern des anderen spiegelten. Weil sie endlich zusammengefunden hatten, nach allem, was geschehen war.

Es dauerte nur wenige Striche und die Galeone trieb

durch die Luft und Kassandra Karfax, die neben ihrer Schattenschwester stand, blickte auf und sah mit einem dunkelroten und einem ganz tintenschwarzen gezeichneten Auge, dass die Galeone direkt auf sie stürzte.

La Sombría war dicht bei ihr. Sie machte einige schnelle Schritte, doch das reichte nicht aus.

Die fliegende Galeone begrub Kassandra Karfax unter sich. Fetzen von Papier stoben auf und wirbelten in der heiß flimmernden Luft umher. Auch La Sombría wurde ein Opfer der Galeone.

Catalina keuchte.

Jordi rührte sich noch immer nicht.

Unterdessen zeichneten Sarita und Nuria weiter und weiter. Vor Catalinas Augen zerlegten sie die Galeone in ihre Einzelteile. Die Kartenmacherinnen waren nicht gnädig. Sie zerstörten, was sie sahen. Die Trümmer wirbelten nur so durch die Luft und in den Trümmern erkannte Catalina aufschreiende Papierfetzen und schattige Furcht vor dem, was in der Luft zu riechen war.

Und Kassandra Karfax erkannte, dass sie sterben würde.

Die großen Gebläsemaschinen im Bauch der Galeone explodierten und Catalina sah die Welle aus brennend heißer Luft förmlich auf sich zukommen. Selbst die Harlekine wurden von dem Licht, das auf einmal von den Flammen ausgespuckt wurde, verweht.

Catalina konnte es kaum fassen.

Kassandra Karfax war tot. La Sombría ebenso.

War es möglich, dass dies tatsächlich das Ende war? Hatte sie sich geirrt, als sie dachte, ihre Lösung wäre die einzige Möglichkeit? War es die unverhoffte Allianz von Sarita und Nuria gewesen, die Kassandra Karfax nicht hatte voraussehen können?

Sie sank auf die Knie und berührte Jordis Wange, die ganz kalt war.

Erschüttert blickte sie zu den beiden Kartenmacherinnen, die noch immer ihre Bleistifte über das Papier fliegen ließen. Nuria Niebla führte ihren Stift wie eine elegante Waffe und keiner der beiden hielt inne, bevor die Galeone nicht endgültig zerstört worden war. Selbst das Wrack wurde zerlegt, bis lediglich eine dichte Wolke aus Staub über die Wüste wehte.

»Es ist noch nicht vorbei«, sagte Sarita zu ihrer Mutter.

Und Nuria, die lächelnd in den Himmel starrte, wie sie es lange schon nicht mehr getan hatte, entgegnete nur: »Ich weiß.«

Dann zeichneten die beiden erneut, sie führten die Stifte, als hätten sie es schon immer gemeinsam getan.

Und sie zerstörten Malfuria.

Es sah ganz einfach aus.

Wie in Lisboa, so erklang auch jetzt ein wimmerndes Klagen, das wie die verzerrte Stimme der uralten Katzenhexe anmutete. Rabenfedern und Finsterfetzen schwebten durch die Luft. Der tosende Schattensturm brach in sich zusammen und hörte auf zu leben.

Das Herz der Hexenheit verstummte ein zweites Mal, diesmal wohl auf immer.

Als es vorbei war, sank Nuria Niebla erschöpft zu Boden.

Catalina wollte zu ihr hinlaufen, aber ihre Großmutter hob warnend beide Hände und wehrte ab. Einen Moment später sah das Mädchen, warum.

Ein Skorpion näherte sich Nuria Niebla, doch die alte Frau machte keine Anstalten zu flüchten. Stattdessen beobachtete sie das Tier, das sich im Sand versteckt hatte, und ließ es zu sich kommen. Tränen standen in ihren Augen, und als sie Sarita anschaute, da wusste Catalina, dass dies der Preis war, den Sarita zahlen musste. Nuria streckte die Hand aus und der Skorpion, der klein und flink war, stach zu.

Die alte Frau zuckte zusammen.

Catalina konnte sich nicht rühren.

Sarita saß im Sand und weinte. Nuria Niebla starb am Ende doch noch von der Hand ihrer Tochter. Sie hatte es gewusst.

Und der Preis, den Nuria zahlte?

Während ihr das Gift des kleinen Skorpions durch die Adern rann, musste sie mit ansehen, wie ein Sandgeist ihrer Tochter von hinten in den Hals biss und Sarita mit einem Keuchen in sich zusammensank.

Mutter und Tochter.

Scherbensplitter, die sich erkannt und gefunden hatten, fast schon zu spät.

Und Catalina, die das ganze Ausmaß der Zerstörung sah, ahnte, was die beiden vereint hatte. All das, was in den Jahren zuvor geschehen war, musste einen Sinn ergeben haben für die beiden Frauen, auf einmal. Sie hatten sich gefunden und sie hatten einander geopfert in ihrer Sorge um die jüngste Kartenmacherin.

Catalina lief durch den Sand zu ihrer Mutter, nahm sie in die Arme, stützte sie.

Die Bilder, die sie bestürmten, waren die Bilder ihrer Kindheit. Der helle Strand in der Cala Silencio, die ruhigen Momente, in denen Sarita ihr Geschichten erzählt und sie im Arm gehalten hatte, die verliebten Blicke, die Sarita ihrem Mann zugeworfen hatte, wenn er zur See hinausgefahren war.

Catalina strich ihrer Mutter das Haar aus dem Gesicht.

»Es ist vorbei«, sagte Sarita und lächelte. »Wir haben sie zerstört. Sie werden nicht länger Unheil anrichten können.«

»Warum hast du das getan?«, fragte Catalina und wusste, dass sie viel mehr damit meinte als nur das, was gerade geschehen war.

Sarita Soleado berührte die Wunde in ihrem Nacken. »Kassandra und La Sombría – sie durften dir kein Leid zufügen«, sagte Sarita mit letzter Kraft. Erst jetzt erkannte Catalina, dass sie ein Stück Pergament in ihrer Hand festhielt. »Verzeih mir«, bat sie Catalina und dann schenkte sie ihr das Pergament, das hektisch zusammengefaltet worden war.

Einige Minuten vergingen, in denen Catalina nur still dasaß. Das Gift des Sandgeistes färbte die Adern unter der

Haut ihrer Mutter ganz goldfarben. Das Zittern ließ langsam nach.

Dann schloss Sarita die Augen, genauso wie Nuria, nur wenige Meter von ihr entfernt.

Und Catalina spürte, wie ihre Tränen einen Weg in die Augen fanden. Sie kniete neben dem Körper ihrer Mutter, die friedlich zu schlafen schien, und hielt ihn fest. Sie sah ihre Großmutter, die sie kaum gekannt hatte.

Eine Rabenfeder schwebte heran, schwarz und munter, und legte sich auf die bleiche Stirn Sarita Soleados.

Catalina schaute auf.

Erschrak.

Plötzlich stoben Rabenfedern überall aus den Flammen, die aus der gestrandeten Galeone schlugen. Das Wrack explodierte in Rabenfedern, und bevor Catalina überhaupt verstanden hatte, was hier passierte, erhob sich Malfuria schon wieder in den Himmel und ein wildes Heulen ließ dem Mädchen das Blut in den Adern gefrieren.

»Du hast wirklich geglaubt, dass sie mich getötet haben?« Kassandra Karfax stand hinter dem Mädchen und lachte leise. »Du hast geglaubt, dass sie Malfuria zerstört haben?« Sie legte Catalina eine dürre Hand auf die Schulter. »Niemand«, zischte sie, »niemand kann Malfuria zerstören. Es ist das Herz der Kartenmacherinnen.«

Erschrocken fragte sich Catalina, was sie damit meinte. Sie drehte sich um zur Reisenden, die sagte: »Du verstehst noch immer nicht?«

Catalina spürte, wie trocken ihr Mund war.

»Agata la Gataza«, sagte die Reisende, »sie war diejenige, die euch erschaffen hat.« Ihre abgebrochenen Zähne waren wie spitze Drohungen. »Ja, mein Kind, du und deinesgleichen, ihr seid die Kinder von Malfuria. Die Magie der Katzenhexe hat all die Kartenmacherinnen nur gezeugt, um La Sombría und mich zu vernichten. Ihr ganzes Leben hat sie damit verbracht, dies zu erreichen. Und jetzt? Sie ist eine von uns. Und du bist die letzte Kartenmacherin, die übrig geblieben ist.« Der Schatten La Sombrías kam unter dem Wrack der Galeone hervorgeglitten und gesellte sich zu Kassandra. »Du, Catalina Soleado, bist die Mephistia«, sagte er. »Du allein kannst zeichnen, was wir verlangen. Deine Mutter war schwach und deine Großmutter war nicht annähernd so mächtig, wie du es bist. Wir brauchten sie nicht länger.«

Eine Reihe von Rabenfedernwirbeln schwebte zu der Stelle, an der sie sich befanden.

»Ich werde nicht tun, was ihr von mir verlangt. Niemals!«, sagte Catalina mit fester Stimme. Sie hatte gesehen, was neben ihrer toten Mutter im Sand lag. Jetzt griff sie danach, heimlich und still.

»Du wirst die Karten der Welt neu zeichnen. Für uns.«

»Nein!«

»Dann«, sagte Kassandra und deutete auf Jordi, »wird er sterben. Willst du das?«

Catalina betrachtete den Jungen. Sie spürte den spitzen Gegenstand in ihrer Hand.

Wusste Kassandra Karfax, was das Mädchen wusste?

Sie hielt den Bleistift, mit dem Sarita gezeichnet hatte, zwischen den Fingern. Sie betrachtete Kassandra Karfax und La Sombría. Und sie fragte sich, ob sie schnell genug sein würde, um das zu tun, weswegen sie hierhergekommen war.

»Denk an den Jungen«, betonte Kassandra Karfax erneut. »Jordi Marí wird sterben, wenn du dich uns widersetzt.« La Sombría versickerte im Sand und erhob sich einen Moment später neben dem Körper des Jungen.

Catalina sprang auf und rannte zu Jordi. »Nein«, schrie sie, »ihr dürft ihm nichts tun.« Sie stellte sich schützend vor ihn. Warum noch länger warten? Worauf? Jetzt war der Augenblick gekommen.

»Ihr seid diejenigen«, sagte Catalina, »die sich in allem täuschen.« Den Fetzen Papier, den Sarita ihr eben gegeben hatte, hielt sie in der einen Hand und den Bleistift, den sie aufgehoben hatte, in der anderen. »Ich weiß, dass ich zusammenfügen muss, was nie hätte getrennt werden dürfen.«

Die Rauchwolke, die den Himmel verdunkelt hatte, verzog sich. Heller Sonnenschein flutete die Wüste, dort, wo Catalina stand. Sie berührte das Papier mit dem Bleistift.

Ja, sie wusste, wen sie zeichnen würde. Bald wäre alles vorbei.

Dann schrie sie auf. Denn der Bleistift wurde ihr von hinten aus der Hand geschlagen.

Erschrocken drehte sie sich um.

Jordi Marí hatte sich aufgerichtet. Catalinas Hand

brannte noch immer von dem festen Schlag, den der Lichterjunge ihr gerade versetzt hatte. »Jordi«, stammelte Catalina nur und spürte, wie die Verzweiflung ihr das Herz umklammerte.

»Du«, hörte sie Kassandra Karfax sagen, »bist diejenige, die sich irrt. In vielen, vielen Dingen.«

Catalina sah, wie Jordi die Augen öffnete. Sie sah die Schatten, die dort lebten. Und im hellen Sonnenlicht erkannte sie, was ihr vorhin entgangen war. Sie sah, dass Jordi keinen Schatten mehr besaß. Doch bevor sie etwas tun konnte, sprang der Lichterjunge sie an und öffnete den Mund. Finsterste Eiseskälte spuckte er ihr ins Gesicht und Catalina, die wusste, dass sie am Ende doch verloren hatte, erfuhr, wie es sich anfühlte, wenn die Dunkelheit siegte und einen mit sich nahm.

Die letzte Kartenmacherin

Es fühlte sich an, als vergesse man die Kälte und küsse die Nacht. Es war, als schliefe man ein, ohne Träume mit sich nehmen zu dürfen. Es war wie Sterben, nur anders, nur leichter.

Catalina Soleado erwachte in der Windmühle und blickte in Augen aus Mokka, die sie besorgt betrachteten. »Du bist ein Schatten«, sagte der Junge zu ihr und lächelte. »Einen schöneren hat es nie gegeben.«

Sie setzte sich auf. »Jordi?«

Er streckte seine Hand aus und Catalina fasste ihn an, ganz zögerlich. Zuerst nur die Haare, dann die Nasenspitze, am Ende griff sie nach seiner Hand, die ganz warm war. »Jordi?«, fragte sie erneut.

»Ich bin ein Schatten«, sagte er, »so wie du.«

Sie schaute sich um. Alles war vertraut, wie eh und je. Die Königsspindel, die Küche mit den umgeworfenen Stühlen, der Tisch, auf dem Miércoles saß und sich die Flügel putzte. Er blinzelte ihr zu, aus seinen goldfarbenen Raubtieraugen.

Jordi streichelte über ihr Gesicht, als könnte er immer

noch nicht fassen, dass sie da war. »Ich wollte dich finden«, sagte er, »aber dann kam alles anders.«

»Ja, ich weiß.« Sie hielt noch immer seine Hand, ganz fest. Dann fragte sie ihn: »Warum bin ich in der Windmühle?« Dies alles kam ihr vor wie ein Traum.

»Ich bin draußen in der Straße erwacht«, sagte er und erwähnte die Häuser und Gassen, die sich fortwährend veränderten und wanderten. »Ich bin einfach dort gewesen, von einem Augenblick zum nächsten.« Eben, so berichtete er, hatte er noch in der Wüste gelegen, im nächsten Moment war er hier, direkt vor der Windmühle gelandet. »Ich bin einfach hineingegangen. Ich war überzeugt davon, dass du hier wärst.«

Konnte es sein, fragte sich Catalina, dass der Schatten eines Menschen zu demjenigen Ort zurückkehrte, an dem er sich daheim gefühlt hatte? Das würde erklären, weshalb sie hier war. Nicht aber, dass auch Jordi vor der Windmühle erwacht war. Doch halt! Er hatte gesagt, dass er in der Straße davor erwacht war.

Dann musste das jene Straße gewesen sein, in der sie auf den flinken Flickenfetzen in ihn hineingerast war! Wie lange war das jetzt her? Tage, Jahrtausende? Ja, so musste es gewesen sein. Jordi hatte an diese eine Straße gedacht, weil ...

Sie fiel ihm um den Hals, einfach so. Es war an der Zeit, das zu tun.

Lange hielten sie sich umschlungen und Catalina dachte daran, wie schmerzlich es gewesen war, als Firnis sie nicht hatte berühren können, hier in der Stadt aus Nacht und Nirgendwo. Doch sie beide, Jordi und sie, zwei Schatten, sie konnten zueinanderfinden.

Catalina wusste nicht, wie viel Zeit vergangen war, als er sich von ihr löste. »Ich hatte Angst, dass du nicht mehr kommst«, gestand er. Dann deutete er auf den Sphinx. »Als ich die Windmühle betrat, habe ich nur den geflügelten Kater gefunden.«

»Er hat mich mit seinen Fragen gelöchert«, schnurrte Miércoles und seufzte gequält auf. »Dabei versteht er mich doch gar nicht. Menschen können ganz schön anstrengend sein.«

Catalina musste lachen. »Das ist Miércoles«, erklärte sie Jordi, »er ist ein Sphinx.«

Der Angesprochene lief durch die auf dem Boden liegenden Karten und sprang schließlich aufs Fenstersims. Die Schattenstadt war noch immer in Bewegung. Schaukelnd und knirschend passierte die Windmühle einen großen Platz, um sich dann neben einem gezeichneten Baum eine kurze Ruhepause zu gönnen.

»Ich bin von hier aus in die Wüste gereist«, sagte Catalina, die sich vorsichtig von Jordi gelöst hatte und ebenfalls zum Fenster hinübergewandert war. »Aber ich bin zu spät gekommen. La Sombría hatte dich schon zu einem Schatten gemacht.«

Er folgte ihr und nickte. »Ich habe dich noch gesehen. Du bist aus der Papierfrau herausgekommen.«

»Das weißt du?«

Er erzählte ihr kurz, was ihm in der Wüste widerfahren war.

Als er geendet hatte, blickte er niedergeschlagen auf den Boden. »Du siehst, mein Plan ist nicht aufgegangen«, sagte er leise. »Am Ende kam es alles ganz anders.«

»Aber das ist gut so«, sagte Catalina, plötzlich aufgeregt. »Denn ich glaube, ich kann auch an diesem Ort zeichnen!«

»Was heißt das?« Er sah sie aufmerksam an.

»Ich muss ein letztes Mal zeichnen, um alles in Ordnung zu bringen. Und ich glaube, ich kann das auch von hier aus.« Sie wusste nicht, wie viel Zeit ihr blieb. Sie hatte keine Ahnung, ob die Königin der Schattenstadt ihr die Flüsterer hinterherschicken würde. Das Gefühl, keinen Körper mehr zu haben, war jedenfalls kein schlimmes. Es war so, als habe man eine Jacke getragen, die man nun abgelegt hatte, das war alles. Dennoch war die Gewissheit, dass ihr Körper eigentlich irgendwo in dieser Wüste lag, gleich neben Jordis, ein wenig befremdlich.

Jordi beugte sich zu ihr und küsste sie. Einfach so. Catalina war erst sprachlos, dann nicht mehr. »Dann bring es in Ordnung«, sagte er. »Ich rühre mich auf jeden Fall nicht vom Fleck. Und zur Sicherheit halte ich mich an dir fest, falls du wieder verschwinden solltest.«

Sie lächelte nur.

Dann lief sie zum Regal, wo alles bereitlag, was sie brauchte, und kehrte zum Fenster zurück. Sie warf einen kurzen Blick nach draußen, vorbei an Miércoles. Sie fragte sich, ob Kassandra Karfax sich überhaupt bewusst war, dass sie auch in der Schattenstadt zeichnen konnte. Und dann, diesem Gedanken folgend, brachen sogleich die Zweifel über sie herein. Vielleicht war sie diejenige, die sich abermals irrte? Womöglich war sie gar keine Bedrohung für La Sombría und Kassandra Karfax.

Sie fegte den Gedanken beiseite.

Nein, sie würde es tun.

Der Sphinx schnurrte und beobachtete aufmerksam den Platz vor dem Windmühlenhaus.

Catalina kniete sich auf den Hocker. Sie hatte sich die Haltung von Arcadio Márquez abgeschaut. Es war die beste Körperhaltung, wenn man zeichnete. Oft hatte sie Stunden so verbracht und der Geruch nach Tinte war ihr in die Nase gestiegen, während sie geduldig und präzise die Karten kopiert hatte, die Márquez ihr gegeben hatte.

Sie musste sich einfach nur konzentrieren.

Dabei schwirrten ihr so viele Dinge im Kopf herum. Sarita, Nuria, das Geheimnis der Kartenmacherinnen.

Nein!

Denk nicht daran!

Sie bemerkte, dass sich Jordi hinter sie gestellt hatte. Er legte eine Hand auf ihre Schulter. Das war alles, und so viel.

So begann sie zu zeichnen.

Sie tauchte den Stift in ein Glas mit Tusche und führte ihn zum Papier, das sie vor sich ausgebreitet hatte. Jetzt, da sie zu zeichnen begann, war es wie früher. Als sei kein einziger Tag vergangen, seitdem Sarita sie in diese Windmühle gebracht hatte.

Doch auch daran wollte sie nicht denken.

Alles, worauf sie sich konzentrieren musste, war Kassandra Karfax. Auf jedes Detail musste sie achten.

Ja, so funktionierte es.

Sie begann mit den Augen. Sie sah sie vor sich, die Papierfetzen, alles. Ihre Hand führte den Tuschestift über das Pergament und so wurde, Stück um Stück, die Reisende geboren. Wangen, Nase, Stirn, Mund und Haare. Dann Hals und Körper und alles, was sie sonst noch war. Sie gewann an Schärfe und Kontur, bekam Tiefe und Leben eingehaucht.

Jeden Papierfetzen, der ihr an der Haut klebte, malte das Mädchen. Und zu allem, was sie malte, zeichnete sie den Schatten hinzu. Ja, selbst die schwarzen Buchstaben, die jemand auf die Papierfetzen geschrieben hatte, zeichnete sie in das Porträt hinein. Und je deutlicher das Abbild der Reisenden wurde, desto mehr erwachte es zum Leben und desto verzweifelter wehrten sich die Buchstaben.

Catalina war die Mephistia.

Die letzte Kartenmacherin.

Und sie malte Kassandra Karfax, wie sie wirklich war. Alles an ihr, was lebte und atmete, brachte sie zu Papier. Und alles an ihr, was einen Schatten warf, bekam einen gezeichnet. La Sombría entstand so fast ganz nebenbei. Sie war die Schwester der Reisenden, sie besaß das Antlitz, das auch Kassandra Karfax besaß. Und genauso zeichnete sie Catalina.

Schwestern in Hell und Dunkel.

Sie heilte, was nie hätte getrennt werden dürfen. Sie fügte zusammen, was das Silber vor langer, langer Zeit zerschnitten hatte.

Aus den Augenwinkeln sah sie, wie Jordi einen Schritt vortrat und aus dem Fenster starrte, und als sie für einen kurzen Augenblick seinem Blick folgte, da bemerkte sie es auch: Die Stadt aus Nacht und Nirgendwo begann sich zu verändern. Während Catalina zeichnete, schwanden draußen die Häuser und Straßen. Sie lösten sich auf, sie kehrten zurück, sie wurden ausradiert. Die Konturen wurden erst unscharf, dann durchsichtig, dann waren sie fort. Wie eine Welle erfasste die Veränderung einen Stadtteil nach dem anderen. Catalina ahnte, wo die Brandung in heller Gischt explodieren würde.

»Die Stadt zerfällt«, sagte Jordi staunend.

Doch Catalina reagierte nicht.

Miércoles saß ruhig da, wie es die Art der Sphinxe ist.

Catalina wendete den Blick wieder ab von dem, was sich da draußen zutrug. Nein, sie wollte nicht sehen, was genau passierte, und sie wollte auch gar nicht sehen, *wie* es passierte. Sie war die letzte Kartenmacherin und alles, was sie tun musste, war zu zeichnen.

Ihre Hand führte den Stift, als sei er eine Verlängerung ihres Arms. Sie fragte sich kurz, ob sie auch hier, in der Stadt der Schatten, einen Preis zu zahlen hatte für das, was sie tat. Doch dann verwarf sie diesen Gedanken, denn es war zu spät, ihm nachzuhängen. Es gab keinen anderen Weg mehr, den sie gehen konnte.

So zeichnete sie weiter.

Fiebernd, ohne Unterlass.

Immer genauer wurde die Zeichnung. Fast konnte man das Mädchen im Gesicht der Reisenden erkennen, das kleine Mädchen, das die Reisende einmal gewesen war. Und so wurde die Königin der Schattenstadt wieder zu dem gewöhnlichen Schatten, der einmal einem Kind namens Kassandra Karfax gehört hatte.

Catalina hatte keine Ahnung, was draußen in der Wüste wohl geschehen würde. Welche Auswirkung dies alles auf die wirkliche Kassandra Karfax, auf La Sombría und auf Malfuria hatte.

Die Stadt aus Nacht und Nirgendwo jedenfalls zerfiel schneller und schneller, je genauer Catalina ihre Zeichnung anfertigte. Es gab keine Schreie in den Straßen, nichts. Nur Rauschen, das die Luft erfüllte. Nur Licht, das über das brüchige Firmament flutete. Und die Welle, die das Nichts brachte und sich unaufhörlich der Windmühle näherte.

Herrje, es funktionierte tatsächlich.

Sie spürte es.

In den Fingern und im Herzen.

Das war es, was Kassandra Karfax nicht berücksichtigt hatte. Sie war die Mephistia und sie konnte die Karten auch in der Stadt aus Nacht und Nirgendwo zeichnen. Selbst der Schatten Catalinas, der sie jetzt war, konnte dies tun. Vielleicht, dachte sie benommen, war es genau das, weswegen es die Mephistia überhaupt gab.

»Sie wird kleiner«, sagte Jordi und meinte die Stadt.

»Ja«, murmelte Catalina ohne aufzuschauen.

Die Stadt schwand in Windeseile und was blieb, war nur ein Nichts aus hellem Pergament. Die Leere, die draußen vor dem kleinen Fenster geboren wurde, näherte sich unaufhaltsam der Windmühle von Montjuic, die, das ahnte Catalina, bald wieder nur in Montjuic existieren würde und nirgendwo sonst. Sie wusste, dass sie die Dinge wieder ins Lot brachte. Sie spürte, dass die dunklen Schatten dort, wo sie noch waren, zu schwinden begannen. Jede Straße, jedes Haus, das die Schattenstadt verließ, wurde in der anderen Welt, in der Catalina den Jungen kennengelernt hatte, von der Dunkelheit befreit.

Catalina stellte sich die singende Stadt vor, wie sie bunt wurde und ihre alten Lieder wiederfand. Sie sah die riesigen Wolkengebilde aufbrechen, die man Fäden der Meduza nannte, und die Sonne, wie sie die azurblauen Wellen vor Port Vell küsste. Sie sah gesunde Gischtgeister in den Fluten springen und die Fischerboote begleiten. Sie sah die mächtigen Türme der Sagrada Família, die stolz in den Himmel ragten. All das erblickte sie, weil es da war. Weil es das war, was sie zu zeichnen vermochte.

Catalina Soleado heilte die Welt, die sie kannte.

Sie fragte sich, ob auch das Haus der Nadeln wieder gesunden würde, ob der alte Firnis nach Barcelona zurückkehren würde. Sie fragte sich, was mit all den anderen Städten geschah, die den Schatten zum Opfer gefallen waren. Würden die fliegenden Galeonen vom Himmel stürzen, wenn ihnen die Kraft genommen würde? Würden wirklich alle Schatten zu ihren Körpern zurückkehren können?

Dies waren die Fragen, die sie bestürmten. Unstete Gedanken, die nach Antworten suchten und keine fanden. Gedanken, die ihr leise zuflüsterten und Wünsche aussprachen.

Sie sprang vom Hocker und hob Saritas Karte vom Boden auf, legte sie auf den Tisch und betrachtete sie lange.

Und dann, mit einer schnellen Bewegung, fuhr sie über das Papier. Sie berührte den Namen der Stadt.

Und die Karte erwachte zum Leben. Die dünnen Striche und all die verwegenen Linien veränderten sich, wie die singende Stadt es tat. Schatten zogen sich aus den Straßen zurück, es sah aus, als flössen sie alle ins Meer hinein.

»Wie machst du das?«, entfuhr es Jordi.

»Meine Mutter hat diese Karte gezeichnet.«

»Du hast mir davon erzählt«, erinnerte er sich, »im Haus der Nadeln.«

»Ja.« Nur nebenbei registrierte Catalina, wie die Bilder aufflackerten, als seien sie eine gezeichnete Version der Laterna Magica. Verzerrte Bilder, die alle durcheinanderwirbelten.

Und während die Karte sich veränderte, fand Catalina die Antworten, nach denen sie sich gesehnt hatte.

Jordi war bei ihr, ganz dicht, ganz nah. Er war vom Fenster zurückgetreten.

»Gleich ist es hier«, hörte sie ihn sagen. Catalina lehnte

sich gegen ihn und öffnete die Augen. Sie wusste, was er meinte.

»Manche Rätsel«, sagte Miércoles mit lächelnder Stimme, »werden irgendwann sogar gelöst.« Dann breitete er die Schwingen aus und sprang aus dem Fenster, glitt elegant der anstürmenden Welle aus Nichts entgegen. Catalina sah nicht, wo er strandete. Er war einfach fort, so geheimnisvoll, wie er damals in Malfuria aufgetaucht war.

»Leb wohl«, flüsterte sie ihm hinterher.

Und als sie den letzten Strich ausführte und mit dem letzten Tropfen Tinte die schmalen Augen der Reisenden ausmalte, als die Königin der Schattenstadt endgültig mit ihrem Körper vereint wurde, nach all den langen Jahrhunderten, da löste sich auch die letzte Kartenmacherin in der Stadt aus Nacht und Nirgendwo auf und alles, was dort gelebt hatte, war mit einem Mal Vergangenheit.

Sonnenlieder

Die Sonne schien in warmen Strahlen durch die bunten Fenster im Haus der Nadeln und Firnis Cervantes, der schon viel in seinem langen Leben erlebt hatte, aber nichts wie dies hier, öffnete die Augen und saß an einem Tisch, der ganz ruhig atmete und dabei so sanft schaukelte, als habe es niemals in seinem Leben einen Funken Aufregung gegeben.

Der alte Bibliothekar hatte gerade in einem Buch gelesen oder war während des Versuchs, dies zu tun, eingeschlafen.

Firnis blinzelte ins Sonnenlicht, das die Buchstaben zum Leben erweckte. Seine Hand ruhte auf dem Papier, das warm war und fest.

Ein Kater mit Flügeln saß in dem Stuhl, ihm gegenüber. Er schnurrte – und Firnis, der nicht verstand, was das Tier sagte, lächelte gütig und milde und sagte: »Du bist ein Sphinx, nicht wahr?«

Der Sphinx sprang auf die Tischplatte. Güldene Augen hatte er, in denen sich noch mehr Licht fing.

»Ich hatte einen seltsamen Traum«, sagte Firnis. »Oder

vielleicht – vielleicht ist es auch kein Traum gewesen.« Er sah sich im Haus der Nadeln um.

»Du kannst bei mir bleiben, wenn du möchtest«, schlug er dem Sphinx vor. Dann lehnte er sich zurück und erzählte ihm eine Geschichte. Und als er fertig war, da erfuhr er, dass der Sphinx Miércoles hieß und bei ihm bleiben würde.

Es gab nur wenige Geschäfte in der Carrer de Santa Eulalia. Der Laden des Leuchtgefäßemachers war eines davon. Isidor Villàngomez, der sich an den Jungen erinnerte, dem er noch vor wenigen Tagen einen Leuchtstab verkauft hatte, stand nachdenklich in der runden Holztür und betrachtete die fliegenden Fische, die auf den Laternen hockten, und die Sonne, die hoch am Himmel stand. Er dachte an den Jungen, weil er neue Leuchtstäbe machen musste. Dem Jungen mit dem braunen Haar hatte er seinen letzten mitgegeben.

Die Sonnenstrahlen ließen die Mosaikeidechsen, die über das Kopfsteinpflaster liefen und dabei wie ruhige Lieder klimperten, ganz hell und farbenfroh glänzen.

Ein Nachbar kam aus seinem Haus. Müde wirkte er, als habe er lange Zeit geschlafen. Er fragte nach Dingen, an die sich der Leuchtgefäßemacher nur vage erinnerte. Doch je länger sie redeten, desto stärker wurden auch die Erinnerungen. Harlekine kamen darin vor und düstere Wolken, die den Himmel bedeckten.

Aber was immer auch gewesen war, es war nun vorüber. Und Isidor Villàngomez, der davon überzeugt war, dass es ein schöner Tag werden würde, ging ins Geschäft zurück, denn die Arbeit wartete nicht.

Der hohe Turm aus ineinander verkeilten Granitsteinen ragte aus dem Felsgestein der kleinen Insel vor Port Vell und die Schiffe, die an ihm vorbeifuhren, konnten gewiss sein, dass seine Lichter ihnen des Nachts den Weg weisen würden.

Malachai Marí, der an einem fernen Ort gewesen war und jemanden erblickt hatte, den zu sehen er nie mehr geglaubt hatte, war vor wenigen Minuten aufgewacht. Er hatte im Treppenhaus des Leuchtturms gesessen, einfach so.

Die Sonne stand hoch am Himmel.

Er ging nach oben, wo sich die großen Brenngläser unter einem roten Kuppeldach befanden. Dort verharrte er, sah lange Zeit aufs Meer hinaus und fühlte sich, aus einem Grund, den er selbst nicht ganz verstand, nicht mehr allein.

Die dichten Wolken, die bis vor wenigen Augenblicken noch über der singenden Stadt gehangen hatten, waren verschwunden. Die Sonne schien auf die Trümmer der Sagrada Família, doch die Stadt, die immer schon gesungen hatte, fand neue Lieder, die es sich zu singen lohnte. So war es immer schon gewesen, so war es auch jetzt.

So war es überall.

Leben

Irgendwo in einer Wüstenei, die heiß und fern der Heimat war, öffneten ein Junge und ein Mädchen die Augen und sahen einander an, weil sie nicht fassen konnten, dass die Welt sie wiederhatte. Sie halfen einander auf die Beine und standen vor dem Wrack der Galeone, das noch immer brannte.

Gemeinsam taumelten sie auf den Körper zu, der im gleißenden Sonnenlicht lag.

»Ist sie das?«, fragte Jordi unsicher.

Catalina nickte nur.

»Sie sieht traurig aus«, bemerkte Jordi.

Und Catalina, die jetzt wusste, dass Dinge manchmal einfach passieren, erkannte, was er meinte. Sie spürte, wie zerbrechlich die dünne Linie war, die Gutes von Bösem trennte.

»Es ist vorbei«, sagte sie.

Kassandra Karfax lag im Sand wie die verkümmerte Erinnerung an die Reisende, die sie einmal gewesen war. Das fahle Papier, das vormals die Lücken in der verwelkten Haut geschlossen hatte, spannte sich nun über einen vertrockneten Schädel, dessen leere Augenhöhlen das Einzige waren, in dem noch Schatten wie tiefes Bedauern lebten.

Das Leben, das sie sich in all den Jahren mit Zauberkraft und Verbissenheit geborgt hatte, war ihr nun genommen worden. Sie sah aus wie jemand, der schon vor Hunderten von Jahren gestorben war. Der lange Schatten aber, der sie umgab, war bei ihr geblieben. Er war geschrumpft, wie der Körper, zu dem er gehörte. Aber er hatte sie niemals verlassen.

»Sie tut mir leid«, war alles, was Catalina sagte.

Dann drehte sie sich um.

Drüben, in der Düne, lag ein weiterer Körper. Rabenfedern umgaben ihn, manche steckten der alten Frau sogar zwischen den Haaren, als wären sie ihr aus dem Kopf gewachsen.

»Agata la Gataza«, murmelte Catalina und schaute zum Himmel hinauf.

Malfuria war mit der Katzenhexe gestorben.

Alles, was damals geboren worden war, hatte nun ein Ende gefunden. Die Kartenmacherin hatte zum letzten Mal gezeichnet. Und diesmal hatte die Magie einen anderen Preis gefordert als den der Liebe. Nicht Catalina selbst hatte gezeichnet, sondern nur ihr Schatten. Und das, wusste sie nun, hatte alles verändert.

Stille senkte sich über die Wüste.

Sie standen einfach da, inmitten der Trümmer. Catalina hatte keine Ahnung, was sie jetzt tun sollten. Es war vorbei, so viel war sicher. Doch die Wüste war schier endlos, wie es schien.

Schließlich ging sie zu Sarita, kniete sich neben ihr in den

Sand und nahm ihre Hand. Ganz kalt war sie, trotz der sengenden Hitze, die über die Dünen tanzte.

Ein leiser Wind berührte ihr Haar.

»El Cuento?«

Sie begann zu weinen, als könnten die bitteren Tränen all jene, die von ihr gegangen waren, zurückbringen. Nicht einmal der Wind vermochte sie zu trösten. Immerhin, er war wieder da. Er sprach von Dingen, die sie nicht verstand, weil sie ihm nicht richtig zuhörte. Er war fort gewesen, das wusste sie, und jetzt war er wieder da und nur das zählte.

Catalina blickte lange in das Gesicht ihrer Mutter, die am Ende doch noch das Richtige getan hatte. Dann erinnerte sie sich des Fetzens Papier, den Sarita ihr in die Hand gedrückt hatte. Sie kramte in der Hosentasche danach, fand ihn und faltete ihn ganz vorsichtig auseinander. Eine sanfte Wellenlinie war darauf gezeichnet, eine Küste, die einmal ein schöner Ort gewesen war.

»Du hättest mir all das sagen sollen«, seufzte Catalina, als sie erkannte, was sie da in den Händen hielt. »Wenn du bei mir geblieben wärst und mit mir geredet hättest, dann hättest du nichts von alledem zeichnen müssen.« Der Papierfetzen, das wusste Catalina, würde ihr die Antworten auf die Fragen geben, die sie ihrer Mutter nie hatte stellen können. Und sie begann sich zu fragen, wann Sarita damit begonnen hatte, die Niederschrift auf das Papier zu zeichnen.

»Wir sollten jetzt gehen«, hörte sie Jordi sagen. Er stand neben ihr und sah traurig aus.

Sie blickte ihn aus tränenfeuchten Augen an. »Das ist

meine Mutter«, sagte sie. »Das ist Sarita Soleado.« Ihr Blick wanderte zu Nuria Niebla. Irgendwie waren die beiden Frauen doch bei ihr geblieben und niemals, das wusste Catalina, würden sie ganz von ihr gehen.

Jordi half ihr auf die Beine.

Die Sonne kitzelte ihr Gesicht, wie sie es damals am Montjuic getan hatte. Catalina blinzelte ins Licht hinein und bemerkte das Fluggerät, das wie ein Haufen Schrott aussah und auf sie zuzukommen schien.

Jordi schien glücklich zu sein.

»Ich wusste doch, dass Cortez sie reingelegt hat«, sagte er. Er schluckte hörbar. »Alle hat er in die Irre geführt. Sogar mich.« Catalina, die keine Ahnung hatte, wovon genau er sprach, erkannte an der Freude in seinen Augen, dass es nur etwas durch und durch Gutes sein konnte, dass da unbeholfen und angeschlagen immer näher kam.

Catalina ergriff Jordis Hand. »Was werden wir jetzt tun?«, fragte sie und ertrank in den Augen aus Mokka. Sie fürchtete sich vor der Antwort, denn sie wusste, welche Antwort sie sich wünschte.

Jordi zog sie an sich und hielt sie fest. »Wir werden leben«, sagte er, »alle beide.« Dann lächelte er sie an wie jemand, der endlich daheim ist.

Und als sie sich küssten, da spürten sie beide, dass die Schatten, die wieder ganz ihnen gehörten, genau das Gleiche taten und glücklich waren wie sie selbst.

Nachwort

Die Geschichte, die ich in der Dalt Vila von Eivissa begonnen habe, ist nun zu Ende erzählt. Keine zwei Jahre ist es her, dass meine Familie und ich von dort oben aufs Meer hinausgeschaut haben und Tamara (deren spanische Seele mir den Weg gewiesen hat) einen Stein gefunden hat, der wie der Wind aussah. Catalina Soleado wurde dort geboren: im Schatten der knorrigen Pinien, nahe den breiten Festungsmauern, wo es in der Mittagshitze nach Meer roch und die Katzen faul in den Schatten lagen. Jordi Marí lernte ich nur wenige Tage später kennen. Und als wir dann wieder zu Hause waren, da wurde es Zeit, sich mit Catalina und Jordi auf eine neue Reise zu begeben.

Dank gebührt all denen, die mich geduldig auf dieser Reise begleitet haben:

Ivan aus San Joan de Labritjia (der mir die Bedeutung von *La Reina de la Sombra* aufgezeigt hat), Christian Rocas (der Netzmeister) sowie Anna Hettrich, Amelie Kleinbauer und Kevin Müller (die ich diesmal nicht vergessen habe) – und die Bäggabaggaasch (Anne, Werner, Klara, Luise, Soffi und Jakob).

Die Musik, der ich während des Schreibens gefolgt bin, wurde heraufbeschworen von Klaus Badelt, James Newton Howard, David Julyan, Tyler Bates, Aino Laos und James Blunt.

Großer Dank gebührt dem Arena-Team: Nicole Hartmann, Albrecht Oldenbourg, Winfried Popp, Frauke Schneider und Daniela Steiner; nicht zu vergessen Ralf Nievelstein und Christian Homuth. Und – natürlich – Christiane Düring, von der Firnis noch einiges lernen kann, was Buchstabenzauberei und Wortsetzermagie angeht (und der ein kleines lila Buch definitiv sein Leben verdankt).

Tamara, Catharina, Lucia und Stella haben geduldig auf das Ende der Geschichte gewartet, mich allzeit abgelenkt und auf andere Gedanken gebracht, wann immer dies nötig war. Überdies sorgen sie dafür, dass mir die Schatten fernbleiben, an wirklich jedem Tag, wofür ich ihnen gar nicht genug danken kann.

Christopher Marzi, November 2007

Christoph Marzi

Malfuria

Das Geheimnis der singenden Stadt

Inmitten der verschlungenen Gassen von Barcelona lebt Catalina Soleado bei einem alten Kartenmacher. Ein gewöhnliches Mädchen glaubt sie zu sein, doch eines Tages bringt ein fliegendes Schiff die Schatten in die singende Stadt. Unheimliche Gestalten machen Jagd auf das Mädchen. Gemeinsam mit ihrem Gefährten Jordi Marí beginnt für Catalina eine abenteuerliche Flucht. In die Bibliothek der lebenden Geschichten, durch die Katakomben der Stadt bis zur Sagrada Família führt ihre verzweifelte Suche nach Antworten. Erst dort entdecken sie das Geheimnis, das Catalina umgibt, das Geheimnis von Malfuria.

Arena

328 Seiten. Gebunden.
ISBN 978-3-401-06089-7
www.arena-verlag.de

Christoph Marzi

Malfuria
Die Hüterin der Nebelsteine

Catalina Soleado kann die Welt verändern – mit einem einzigen Federstreich. Doch ihre Gabe ist gefährlich. In einem Barcelona, in dem die Schatten die Macht übernommen haben, machen magische Buchstabenwesen, wispernde Mosaikschlangen und fliegende Galeonen Jagd auf das Mädchen. Während ihr Gefährte Jordi den Kampf aufnimmt, muss Catalina in Malfuria, dem wirbelnden Sturm aus Rabenfedern, über die Meere fliegen. Dort trifft sie auf ein uraltes Geheimnis...

Arena

348 Seiten. Gebunden.
ISBN 978-3-401-06127-6
www.arena-verlag.de